Éditions Druide
1435, rue Saint-Alexandre, bureau 1040
Montréal (Québec) H3A 2G4

www.editionsdruide.com

# RELIEFS

Collection dirigée par
Anne-Marie Villeneuve

# SIX MINUTES

Catalogage avant publication de Bibliothèque et Archives nationales
du Québec et Bibliothèque et Archives Canada

Brouillet, Chrystine
Six minutes
(Une enquête de Maud Graham)
(Reliefs)

ISBN 978-2-89711-202-8
I. Titre. II. Collection : Brouillet, Chrystine.  Une enquête
de Maud Graham.  III. Collection : Reliefs.
PS8553.R684S59 2015        C843'.54        C2015-940899-7
PS9553.R684S59 2015

Direction littéraire : Anne-Marie Villeneuve
Édition : Luc Roberge et Anne-Marie Villeneuve
Révision linguistique : Lise Duquette et Isabelle Chartrand-Delorme
Assistance à la révision linguistique : Antidote 8
Maquette intérieure : Anne Tremblay
Mise en pages et versions numériques : Studio C1C4
Conception graphique de la couverture : Anne Tremblay
Œuvre de couverture : iStock photo © MoreISO
Photos de l'auteure : Marcel La Haye
Diffusion : Druide informatique
Relations de presse : Patricia Lamy

Les Éditions Druide remercient le Conseil des arts du Canada
et la SODEC de leur soutien.

Gouvernement du Québec — Programme de crédit d'impôt
pour l'édition de livres — Gestion SODEC.

ISBN PAPIER : 978-2-89711-202-8
ISBN EPUB : 978-2-89711-203-5
ISBN PDF : 978-2-89711-204-2

Éditions Druide inc.
1435, rue Saint-Alexandre, bureau 1040
Montréal (Québec) H3A 2G4
Téléphone : 514-484-4998

Dépôt légal : 2ᵉ trimestre 2015
Bibliothèque et Archives nationales du Québec
Bibliothèque nationale du Canada

Imprimé au Canada

Chrystine Brouillet

# SIX MINUTES

*Une enquête de Maud Graham*

Druide

*À la mémoire*
*d'Anne-Marie Desaulniers*
*(1989-2010)*

# 1

*Montréal, mai 1992*

Nadia avait couru pour arriver à l'école et ses cheveux s'étaient échappés de son bandeau violet. Elle les replaça rapidement en entrant dans la grande salle aux parquets vernis. Devant ses camarades déjà alignées le long des grands miroirs et des barres, elle battit des paupières : elle ne pourrait pas échapper aux sarcasmes de Chantale Émond, mais pour une fois le professeur de ballet aurait raison de lui faire des reproches. Elle était en retard et méritait le blâme.

Nadia s'avança vers Mathilde qui tendait la jambe droite pointée vers le mur. Celle-ci esquissa un sourire qui s'effaça dès que la voix de M^{me} Émond retentit.

— Nadia Gourdeault ! Pensiez-vous vraiment vous glisser à côté de votre compagne sans que je m'en aperçoive ?

— Non, madame.

— Avez-vous une bonne raison pour expliquer ce retard ?

— Non, madame.

— Ce cours ne vous intéresse pas ? Vous avez pourtant besoin de travailler si vous voulez modeler votre corps. Quand on a la grâce d'un crapaud, on devrait s'efforcer de mettre les bouchées doubles. Mais la ténacité ne semble pas être votre vertu principale.

Nadia serra les dents, guetta un signe de Chantale Émond qui lui permettrait de poser le bout de sa pointe gauche sur la barre. Elle la vit enfin esquisser un mouvement de la tête et tendit aussitôt sa jambe, scruta l'image que lui renvoyait le miroir; se tenait-elle parfaitement droite? Ses épaules étaient-elles assez dégagées? Ses mains à la bonne hauteur?

Avait-elle eu raison de quitter La Malbaie pour venir étudier le ballet à Montréal? Elle se répétait qu'elle devait bien avoir un minimum de talent si on l'avait acceptée dans cette école, mais les commentaires désobligeants de Chantale Émond semaient le doute dans son esprit.

— Plus haut, fit celle-ci en l'obligeant à monter sa jambe à la verticale. Plus haut! Ce n'est pas difficile à comprendre. Et vous, Mathilde Saint-Onge, redressez-vous, on dirait une vieillarde. Et souriez! SOURIEZ!

Tandis que l'enseignante s'éloignait vers la parfaite Marie-France Côté, Nadia, à mi-voix, questionna Mathilde: croyait-elle vraiment que madame Émond avait un amoureux comme le prétendait Cristelle?

— Non, chuchota son amie d'enfance. Elle est trop bête!

Nadia hocha la tête avant de se regarder de nouveau dans la glace. Elle aimait ses cheveux auburn, ses yeux verts, mais elle détestait son nez, surtout de profil. Sa mère prétendait qu'elle ne se voyait pas telle qu'elle était, une fort jolie fille, mais sa mère l'aimait. Elle manquait d'objectivité. Nadia sourit en pensant à Viviane qui lui téléphonerait à dix-huit heures comme elle le faisait tous les mercredis. Entendre la voix de sa mère l'aidait à tenir le coup à Montréal. Elle commençait peu à peu à aimer y vivre, bien que le fleuve qui teintait d'indigo sa ville natale lui manquât. Montréal avait beau être entourée d'eau, elle n'avait pas du tout l'impression que c'était le même fleuve qui coulait sous le pont Jacques-Cartier.

Mais c'était dans la métropole qu'elle pouvait devenir une grande danseuse; elle reverrait les vallons de Charlevoix plus tard.

Quand Mathilde et elle auraient fait le tour du monde avec des troupes prestigieuses, elles viendraient se reposer à La Malbaie.

::

*Toronto, juin 2004*

Nadia réprima un cri de douleur en s'extirpant du canapé où elle s'était allongée. Elle n'avait pas eu l'énergie de gravir les marches de l'escalier qui menait à la chambre à coucher. La chambre où Ken l'avait prise de force la veille. Où Ken l'avait envoyée valser contre le mur du fond après avoir serré ses mains autour de sa gorge en hurlant. Elle avait cru qu'elle serait plus en sécurité à l'étage, loin de la cuisine et des objets coupants, et faisait semblant de dormir quand il était rentré de sa soirée avec Paul et James, mais il avait repoussé les couvertures, s'était moqué d'elle. Pensait-elle qu'elle l'abusait ? Qu'il ne devinait pas qu'elle était éveillée ?

— Tu t'imagines que je suis un idiot ?

— Non, non, avait-elle protesté.

Mais Nadia savait très bien qu'aucune de ses paroles n'aurait d'effet sur Ken Formann. Il avait trop envie de l'humilier, de la frapper, de la détruire.

C'était la première fois qu'il cherchait à l'étrangler. D'habitude, il prenait garde à épargner son visage, son cou. Il voulait pouvoir exhiber en public sa si belle femme.

En quittant le canapé, Nadia se demandait si son mari était devenu fou. Non. Ce serait trop simple de réduire sa colère à la folie. Ken n'avait pas perdu la tête lorsqu'il l'étouffait, Ken voulait la terroriser. Et avoir un avant-goût de ce qu'il ressentirait lorsqu'il la tuerait. Elle tâta son abdomen en se disant qu'il lui avait sûrement fêlé des côtes en pesant de tout son poids sur elle, mais sa carotide était plus douloureuse : Nadia espéra que sucer des glaçons et appliquer un sac magique réfrigéré la soulagerait un peu. Elle prononça quelques mots à voix haute pour vérifier que ses cordes vocales étaient toujours fonctionnelles. Mais à quoi lui servaient ses cordes vocales puisqu'elle ne pouvait appeler personne à son secours? Le meilleur ami de son mari, Vincent O'Neil, était devenu enquêteur. Elle n'irait certainement pas déposer une plainte au poste de police. Ken finirait par l'apprendre. Par son copain ou parce qu'il la faisait probablement suivre. Elle était sa prisonnière.

:  :

*Montréal, juillet 2009*

Mathilde Saint-Onge ouvrit les yeux, sourit en voyant son chemisier sur le bord du canapé de la suite de l'hôtel Le St-James, puis tendit l'oreille, se renfrogna en constatant qu'aucun bruit ne provenait de la salle de bain. Ken était parti sans lui dire au revoir? N'avait-il pas aimé cette nuit? N'avait-elle pas déployé toute sa science amoureuse pour le satisfaire? Elle repoussa les couvertures d'un geste las, se demanda ce qu'elle aurait pu faire pour retenir Formann et allait se diriger vers la douche lorsqu'on frappa à la porte. Un employé de l'hôtel lui tendait un énorme bouquet de fleurs.

Elle le remercia et s'empressa de lire le mot attaché au bouquet: «Désolé d'être parti si vite. T'appellerai à mon prochain passage à Montréal. Merci pour cette soirée magique.»

Magique! Il avait aimé sa soirée, sa nuit.

Elle s'approcha de la fenêtre, le soleil teintait d'ocre les pierres des immeubles du Vieux-Montréal. Ce serait une belle journée. Elle aurait peut-être dû ressentir une certaine culpabilité vis-à-vis de Nadia, mais après tout c'était elle qui avait quitté Ken.

:  :

*Saratoga Springs, État de New York, octobre 2009*

Nadia flattait pour la dernière fois la robe tachetée de Leon en lui répétant qu'elle ne l'oublierait jamais, qu'il avait été son meilleur ami au cours des dernières années, qu'il l'avait sauvée. Personne n'aurait pu lui donner ce sentiment de sécurité que lui avait offert le bel appaloosa à son arrivée dans cette ville, trois ans auparavant. Dès sa première visite à l'écurie, elle avait aimé ce cheval, elle avait su qu'elle avait eu raison de suivre son instinct et d'accepter l'emploi au centre équestre. C'était mal payé, elle devrait multiplier les heures pour gagner un salaire qui lui laisserait de quoi vivre, mais le seul mot qui importait dans cette phrase était « vivre ». C'était son unique obsession. Continuer à vivre après avoir fui Ken Formann. C'était ça ou mourir. Peut-être qu'il la pourchasserait jusqu'aux États-Unis, mais, même si elle ne dormait pas très bien la nuit, elle avait l'impression de respirer un peu mieux. Ses côtes fêlées lui faisaient moins mal, elle ne souffrait plus lorsqu'elle avalait des aliments solides et les mèches de cheveux arrachées repoussaient lentement. La teinture qu'elle avait employée pour modifier son apparence retarderait peut-être le processus de repousse, mais avait-elle le choix ? Elle avait quitté la maison en pleine nuit après que Ken se fut endormi à ses côtés. Durant trente minutes, elle avait dû l'écouter respirer, guetter les premiers ronflements ; il lui fallait être certaine qu'il dormait profondément avant de sortir de la chambre et de saisir le sac en plastique qu'elle avait caché au fond du garderobe de la chambre d'amis. Pas question de prendre une valise ou un vrai sac de voyage. Elle n'avait glissé qu'un chandail, une culotte, un soutien-gorge, un jean et un vieux châle dans le sac bariolé du supermarché. Si Ken l'avait trouvé, elle aurait toujours pu prétendre qu'elle y avait mis ces trucs l'été précédent et les avait ensuite cherchés sans les trouver. Il ne l'aurait pas crue. Mais il n'aurait pas non plus pensé qu'elle préparait son évasion.

Une femme ne quitte pas sa maison avec une seule petite culotte. Surtout pas sa princesse, habituée au luxe, aux belles robes, aux bijoux.

Nadia n'avait apporté que son alliance. Elle la vendrait dès qu'elle le pourrait, car elle n'avait réussi à cacher que cinq cent trente dollars au cours des quatre derniers mois. Heureusement que c'était l'été, elle avait tout enterré dans le jardin. Puis tout caché dans le pot de grès à côté de la porte extérieure de la cuisine. Pieds nus, elle avait descendu l'escalier et s'était glissée dehors où elle s'était habillée. Elle n'avait pu courir le risque de mettre ses vêtements dans la maison : si Ken se réveillait, il lui fallait être en robe de nuit et pouvoir prétendre qu'elle était allée chercher un verre d'eau à la cuisine. Elle avait enfilé ses sous-vêtements en tremblant tellement qu'elle avait eu du mal à agrafer le soutien-gorge. Elle avait mis son jean, le cœur battant, se répétant comme un mantra les étapes qu'elle avait imaginées : se rendre au centre-ville à vélo, l'abandonner près d'un commerce en espérant qu'on le vole, aller à la gare et monter dans le premier autocar qui quitterait Toronto pour les États-Unis.

C'était toute une chance qu'elle ait pu récupérer son passe-port. Son projet de fugue s'était précisé lorsqu'elle et Ken étaient rentrés de New York au printemps. Il l'avait emmenée là-bas pour un week-end, disant qu'ils avaient besoin de se changer les idées, qu'il s'était un peu énervé avec elle parce qu'il travaillait trop, elle le comprenait sûrement. Dans l'avion qui les ramenait à Toronto, Nadia avait remarqué que son passeport arriverait à échéance quelques semaines plus tard. Elle avait demandé à Ken si elle devait se charger de le renouveler ou s'il s'en occuperait. Ken avait haussé les épaules, mais ne l'avait pas rangé dans le coffre-fort comme il le faisait habituellement. Et elle avait réussi à cacher l'enveloppe contenant le nouveau passeport lorsque le facteur l'avait livré. Quand elle avait quitté Toronto, elle l'avait collé contre sa peau, dans sa culotte. C'était son bien le plus cher. Avec sa vie.

Saratoga Springs. Elle était dans un autocar lorsqu'elle avait vu une affiche annonçant les courses de chevaux. Elle était descendue à l'arrêt suivant, avait fait de l'autostop pour revenir vers Saratoga Springs. Une très jolie ville, coquette. On y vivait au rythme des chevaux. Haras, paddocks, centres équestres, pourquoi pas ? De toute façon, elle ne pouvait plus danser.

Elle avait dû y renoncer en épousant Ken Formann.

Et elle ne pourrait pas plus danser maintenant qu'elle l'avait quitté. Car il la chercherait partout. Dans toutes les écoles de ballet du pays, dans tous les théâtres, toutes les troupes. Il enverrait des hommes à ses trousses, engagerait des détectives. Et puis elle ignorait si son pied gauche pouvait supporter ce qu'elle en aurait exigé si elle avait recommencé à danser. Une fois, elle s'était juchée sur des pointes, en cachette de Ken, et elle avait constaté qu'elle réussissait à garder un parfait équilibre, mais cet exercice n'était pas suffisant pour savoir si son pied tiendrait le coup. Depuis que Ken l'avait écrasé en échappant un haltère dessus. Il avait toujours prétendu que c'était un accident, mais elle se souvenait de son expression alors qu'elle hurlait de douleur. Une expression de satisfaction.

Il lui fallait donc, pour toujours, oublier ce qui avait été sa plus grande passion. Oublier qui elle avait été. Jusqu'à son nom. Nadia allait devenir Diana dans cette petite ville calme où les chevaux gambadaient dans les prés, où les chevaux lui apporteraient la dose de beauté essentielle à sa survie. Les regarder s'élancer vers l'horizon, voir les muscles parfaitement sculptés sous les robes mouchetées, percevoir le souffle du vent dans leur crinière, s'émerveiller de la noblesse de leur attitude l'aiderait à se reconstruire.

— Tu m'as rendue plus forte, Leon, répéta Diana. Tu es le meilleur animal au monde.

Autrefois, Nadia aurait pleuré en quittant le cheval adoré, mais la Diana qu'elle était devenue au cours des dernières années était endurcie. Après avoir caressé une dernière fois Leon, elle était partie sans se retourner pour monter dans la voiture qu'elle avait rachetée à la propriétaire d'un des vingt chevaux qui vivaient au centre. Il lui avait fallu moins d'une heure pour enfourner dans le véhicule ses maigres possessions : des vêtements, de la vaisselle, de la literie, une photographie encadrée de Leon, des livres et une lampe. Les appareils électroménagers qu'elle avait acquis trois mois après être arrivée, elle les avait laissés au jeune couple qui reprenait son appartement.

Alors que le paysage bucolique de Saratoga Springs disparaissait derrière elle, Diana se disait qu'elle saurait dans moins de trois heures si le faux passeport fabriqué au New Jersey lui permettrait de rentrer au Québec. Pourrait-elle parler à sa mère ? Celle-ci lui en voulait peut-être de ne pas avoir été présente aux funérailles de son père. Mais comment aurait-elle pu s'y rendre sans danger ? Elle venait de s'enfuir, Ken était fou de rage. Elle avait posté une lettre à sa famille pour leur demander de ne pas tenter de la retrouver ; elle reviendrait lorsqu'elle se sentirait mieux dans sa peau, il ne fallait pas s'inquiéter pour elle. Même si Nadia savait que ses parents seraient bouleversés, elle ne pouvait leur révéler que Ken avait tenté de l'étrangler. Qu'il finirait par la tuer. Son père, ignorant le pouvoir de Ken, ses puissantes relations jusque chez les hauts gradés de la police de Toronto, irait inutilement en parler aux forces de l'ordre. Nadia supposait que des enquêteurs s'étaient présentés à leur domicile de Toronto, Ken n'avait pas eu le choix de déclarer sa disparition. Mais ses parents ne devaient pas s'en mêler. Ken s'imaginerait qu'elle leur avait raconté qu'il l'avait agressée. Il fallait éviter d'attiser sa rage ; elle s'éteindrait avec le temps, avec la distance. Ne pas revoir sa famille était le prix à payer pour protéger son anonymat. Chaque Noël, elle avait demandé à un conducteur de van, qui ramenait des chevaux en Arizona, de poster une carte de vœux à ses parents. C'était tout ce qu'elle s'autorisait. Chaque mois de décembre, elle hésitait, finissait par écrire la carte, trouvait un conducteur — jamais le même — et priait pour que ses vœux arrivent à bon port. Elle n'avait écrit qu'à sa famille. Elle avait eu envie de donner de ses nouvelles à Mathilde et à Gina avec qui elle avait dansé à New York, mais la prudence s'imposait…

Des années plus tard, elle s'étonnait que Ken ne l'ait pas retrouvée. Se persuadait ensuite que, au contraire, il savait parfaitement où elle vivait et attendait le bon moment pour lui sauter dessus. Elle ne s'était jamais mise au lit sans tirer le canapé devant la porte de l'appartement et, malgré les bruits de la rue, il n'avait jamais été question pour elle de mettre des boules de cire dans ses oreilles pour mieux dormir. De toute manière, elle ne dormait pas encore très bien. Doutait d'y parvenir un jour.

Le vent sentait le foin coupé lorsque Diana distingua le poste-frontière. Le foin coupé et la camomille, les odeurs de son enfance. Elle prit une longue inspiration et sortit son passeport en se répétant que tout irait bien. Il le fallait. Elle avait assez souffert. Après toutes ces années, Ken avait sûrement dans sa vie une nouvelle femme qu'elle plaignait sans la connaître, persuadée que Ken exerçait sur elle un contrôle de tous les instants. Cette femme n'aurait pas la moindre possibilité de s'enfuir comme elle-même avait pu le faire. Diana secoua ses mèches blondes pour chasser ces pensées; à quoi bon s'appesantir sur le sort d'une inconnue? Elle avait bien assez de ses propres problèmes. Qu'est-ce qui l'attendait au Québec? Où vivrait-elle? Comment parviendrait-elle à résister à l'envie de revoir sa sœur cadette restée à La Malbaie près de leur mère? Comment savoir si Ken voulait encore la tuer? Avec les années, il devait avoir accru son pouvoir, renforcé ses liens avec Vincent O'Neil qui avait certainement gravi les échelons dans son domaine. Il avait sûrement fait fructifier sa fortune; il avait toujours les moyens de la rechercher.

: :

*Hamilton, le 3 février 2012*

Pavel Grundal scrutait le visage de Ben Ramsay. Avait-il bien entendu ce que le garagiste lui avait dit ? Avait-il envie d'accorder foi à ses révélations parce qu'elles semblaient accréditer les hypothèses qu'il entretenait au sujet des crimes de Ken Formann ?

Sa femme lui disait qu'il était obsédé par Formann et elle avait raison : il continuerait à chercher des preuves de ses exactions jusqu'à ce qu'il en trouve assez pour le traîner en justice. Jusqu'à ce qu'il puisse venger le meurtre de son oncle Milan. Il ne se berçait pas d'illusions, il ne saurait jamais qui conduisait la voiture qui avait renversé son parrain, mais il découvrirait autre chose. Formann trempait dans trop de trafics pour qu'il ne parvienne pas à le coincer d'une façon ou d'une autre.

::

*Québec, avril 2013*

Rachel Côté regardait son visage dans le miroir de la salle de bain et s'étonnait de se reconnaître, d'être la même fille que la veille, la fille aux grands yeux noirs et aux cheveux sombres qui la faisaient ressembler à Audrey Tautou. Elle toucha son front, ses joues, son menton, son cou. C'était bien elle. Elle était pourtant une autre depuis que Christian l'avait frappée. Elle avait l'impression que le coup de poing qu'il lui avait donné en plein ventre l'avait fait exploser, qu'elle s'était morcelée et qu'elle ne parvenait plus à ramasser tous ses morceaux épars, à les rassembler pour redevenir elle-même. Son esprit lui échappait, paniqué, volait en tous sens comme un oiseau pris au piège. Elle n'arrivait pas à prendre cette longue inspiration qui l'aurait peut-être calmée. Elle pensait à tout et à rien, à appeler sa meilleure amie et à se taire, à retourner dans la chambre et à rester assise sur le siège des toilettes, à demander à Christian pourquoi il l'avait battue ou à préparer le café comme chaque matin, à se remémorer chaque seconde avant le coup de poing pour trouver ce qui avait déclenché la colère de son amoureux ou croire que c'était l'abus d'alcool qui l'avait rendu fou. Elle n'avait plus aucun repère.

Elle faisait l'apprentissage de la perte de l'innocence.

:: :

*Montréal, le 3 septembre 2013*

Diana souriait en refermant la porte coulissante du véhicule qu'elle avait loué pour son déménagement. Elle avait réussi à tout caser et n'avait pas été obligée de renoncer à son vieux fauteuil en velours côtelé vert jade, le premier meuble qu'elle avait acheté quand elle s'était installée dans Hochelaga-Maisonneuve. Il était élimé, mais elle l'aimait encore pour s'y être blottie chaque soir pour y préparer ses examens d'aide-vétérinaire, pour lire, pour grignoter un sandwich ou simplement regarder les enfants jouer dans le parc voisin et les chiens courir vers les ballons en jappant. Avait-elle déjà pris le temps d'observer les flocons de neige avant de s'installer à Montréal? À l'époque où elle dansait, elle ne s'arrêtait jamais. Quand elle était mariée, elle regardait dans la même direction que Ken, puis Ken lui-même, qu'elle guettait, qu'elle appréhendait, tentant de le deviner. Regarder tomber la neige était un luxe que s'offrait maintenant Diana. Parce qu'elle déménageait, elle ne la verrait plus couvrir le parc, mais elle la verrait scintiller sur la terrasse de son nouvel appartement.

Elle était heureuse d'avoir déniché ce grand trois-pièces dans Limoilou où elle pourrait jouir d'une cour, n'ayant qu'un escalier à descendre pour profiter du jardin. Qu'elle partagerait avec le locataire qui habitait au-dessus de son appartement. Il ne la gênerait pas, l'avait assurée la propriétaire. Il était très souvent absent et elle choisissait ses locataires avec soin : ce qui lui importait, c'était que règne le calme. Vivant elle-même dans l'immeuble mitoyen, Suzanne Fournier souhaitait un environnement agréable, harmonieux. Et elle était ravie d'avoir une spécialiste sous la main si son labrador ou ses persans étaient malades. Diana avait précisé qu'elle n'était pas vétérinaire, seulement assistante, mais l'ancienne journaliste du *Soleil* pourrait compter sur elle en cas d'urgence. Ou pour garder les bêtes lorsqu'elle s'absentait. Diana s'était retenue de lui dire que la présence d'un chien la rassurait : si un intrus tentait de pénétrer dans la cour commune, elle en serait avertie.

Des années après avoir quitté son mari, elle se teignait toujours les cheveux et les sourcils et portait encore des lunettes dont elle n'avait aucun besoin. Elle était maintenant habituée à ces écrans de verre qui créaient une certaine distance entre les gens et elle. Lorsqu'elle faisait face à un étranger, ces lunettes qui lui donnaient un air un peu intellectuel lui offraient quelques secondes d'observation supplémentaires. Elle les remontait lentement sur son nez le temps de se faire une idée de cette personne. Qu'elle croise un homme dans l'autobus, à la boucherie, au cinéma ou à la pharmacie, si elle avait l'impression de l'avoir déjà vu, elle s'arrangeait pour vérifier s'il la suivait. Elle était très habile pour marcher tout en tenant un miroir de poche afin de voir qui était derrière elle. Très douée pour repérer une ombre menaçante dans les vitrines des grands magasins. Elle cherchait dans chaque rue ce qui pouvait devenir une arme de défense : un bac de recyclage, une pancarte, une porte qui s'ouvre vers l'extérieur. Elle savait quel côté de la rue était éclairé si elle devait rentrer plus tard chez elle. Ce qui n'arrivait que très rarement. C'était déjà exigeant de tout surveiller en plein jour ; l'obscurité multipliait le niveau de difficulté et l'angoisse. Elle s'entraînait pour être prête à fuir si c'était nécessaire, mais aucun exercice d'étirement ne pourrait la guérir de ses maux de dos, de cou.

À tourner la tête aussi souvent qu'elle le faisait au cours d'une journée, il y avait des conséquences sur les vertèbres.

Mais au moins ses vertèbres n'étaient pas écrasées. Et elle était toujours vivante. Elle aimait croire que c'était parce qu'elle respectait certaines règles : ainsi, elle ne s'autorisait dorénavant à parler à sa mère et à sa sœur Mélanie que quatre fois par année, en achetant un téléphone jetable à chaque occasion. Ni Mélanie ni sa mère ne connaissaient son adresse. Elles avaient eu beau insister, Diana répétait qu'elle préférait les appeler. Quand Mélanie lui avait dit qu'elle savait que Ken était dangereux, mais qu'il ne lui faisait pas peur, elle avait tremblé de tout son corps. S'était-il présenté au domicile de ses parents ? À l'appartement de sa sœur ? Elle avait toujours pensé qu'il la pisterait, qu'il s'en prendrait à elle, mais, au fond, il la ferait autant souffrir en maltraitant un de ses proches. Mélanie l'avait plus ou moins rassurée en affirmant que personne n'avait revu Ken à La Malbaie depuis des années, qu'il avait cessé de téléphoner à la maison quelques mois après sa disparition, qu'il devait l'avoir oubliée. Diana n'avait pas contredit Mélanie, mais elle ne baisserait jamais sa garde. Parce qu'elle avait vu le vrai visage de Ken. Mélanie et leur mère ne pouvaient pas comprendre à quel point il était dangereux. À quel point ses fréquentations étaient inquiétantes. L'entreprise de transport de Ken Formann servait à couvrir des activités illégales, comme l'avait compris trop tard Diana. Des trafics très rentables. Qui permettraient à Ken de poursuivre ses recherches à son endroit aussi longtemps qu'il le souhaiterait.

Diana était trop lucide désormais pour croire aux contes de fées.

En traversant le pont de Québec, elle ressentit néanmoins une joie si intense qu'elle en fut étourdie. Le fleuve argenté ourlant le boulevard Champlain était moucheté des derniers voiliers qui le remontaient paresseusement jusqu'à l'île d'Orléans, l'île où leurs parents les emmenaient, sa sœur et elle, chaque été. Où vivaient les parents de son amie Mathilde. S'il était trop tard pour les framboises, peut-être qu'elle pourrait goûter les fraises d'automne. Avec un peu de crème fraîche. Tant pis pour les calories! Récemment, elle avait accepté qu'elle n'aurait jamais plus le corps d'une danseuse. Le corps d'avant Ken. Elle s'entraînait régulièrement, courait trois fois par semaine, mais ses muscles s'étaient modifiés, sa chair s'était épanouie. Cette nouvelle morphologie l'agaçait un peu, elle la trouvait lourde. Toutefois, elle s'était réconciliée avec cette apparence différente; moins elle ressemblait à Nadia, plus elle était en sécurité.

Ken la reconnaîtrait-il s'il la voyait aujourd'hui?

Mais pourquoi la verrait-il? Il habitait Toronto, n'avait rien à faire à Québec. Surtout pas dans un modeste quartier. Et encore moins dans le cabinet d'un vétérinaire. Il n'aimait pas les animaux. Diana n'allait jamais dans les grands restaurants ou les hôtels où il aurait pu se rendre.

Elle serait à l'abri à Limoilou. Et contente d'entendre japper Drakkar lorsqu'on frapperait à la porte de la cour. Elle-même avait souvent eu envie d'avoir un chien, mais avait dû y renoncer, ignorante de son destin, des déménagements qui l'attendaient encore. Trouver rapidement un appartement n'était pas aisé; avec un animal, il ne fallait pas y penser.

:  :

*Québec, le 13 janvier 2014*

Maud Graham hochait la tête tandis que Carole lui dressait un compte rendu des blessures qu'on avait infligées la veille à Rachel Côté.

— Trois côtes fêlées, le poignet droit foulé, des bleus sur tout le corps. Il faut qu'elle porte plainte!

— Tiffany a déjà essayé de la convaincre…

— Je le sais. Mais toi, tu es plus âgée, plus maternelle. Peut-être qu'elle t'écoutera. Tu as l'habitude de ces situations.

— Oui, malheureusement. Il y en a autant qu'avant. Ou plus. J'aime mieux ne pas le savoir. C'est la deuxième fois que Rachel se retrouve à l'urgence?

Carole soupira avant de préciser qu'elle était aussi venue pour une fausse couche quelques mois plus tôt.

— Je n'ai pas vu beaucoup de marques, cette fois-là. C'est possible qu'elle ait trébuché dans un escalier comme elle nous l'a raconté. À mon avis, c'est mieux qu'elle n'ait pas eu d'enfant avec un type aussi violent. La voici…

Carole sourit tristement à Maud Graham alors qu'elle s'approchait du lit de Rachel. Celle-ci geignait dans un demi-sommeil et Graham eut tout le temps de scruter le visage aux traits ronds, presque enfantins, à la peau diaphane. Quel âge pouvait avoir Rachel? Vingt, vingt-deux ans? Il y avait encore des traces laissées par une acné d'adolescence. Elle était à peine plus âgée que Maxime… Son agresseur avait épargné sa figure, mais par l'échancrure de la tunique fournie par l'hôpital, Maud Graham discernait un chapelet d'hématomes à côté d'un tatouage représentant une étoile. Rachel battit des paupières, se recroquevilla en voyant une étrangère à son chevet.

— Bonjour. C'est Carole, l'infirmière, qui m'a demandé de venir vous voir.

— Carole…

— Comment vous sentez-vous? Voulez-vous de l'eau?

Comme Rachel acquiesçait, Maud prit le verre et inclina la paille afin que la jeune femme puisse s'abreuver.

— Je suis ici pour vous aider. Ce qui s'est passé hier ne doit pas se reproduire…

— Qu'est-ce que… je suis tombée…

— Oui, je vous crois, vous êtes tombée. Parce que votre agresseur vous a jetée par terre pour vous bourrer de coups de pied.

— Je… je ne me rappelle plus.

— Rachel, je sais que ce n'est pas la première fois. Je veux vous aider. Souhaitez-vous qu'on appelle vos parents ? Ou une amie ?

— J'ai dit à Carole que ce n'est pas nécessaire. Je vais me reposer un peu et ça ira mieux.

— Non. Je regrette d'être aussi directe, mais il ne changera pas. À moins de le vouloir et de se faire aider.

— Christian a eu trop de peine parce que j'ai perdu le bébé. Il était tellement content ! C'est ma faute, j'aurais dû allumer la lumière quand je suis descendue au sous-sol. J'ai raté une marche…

— Et maintenant il vous punit parce qu'il vous tient responsable d'un accident ?

Rachel secoua la tête, Maud Graham embrouillait tout. Ce n'était pas si simple. Ils auraient dû avoir un bébé. Au début, Christian n'était pas content, mais il avait changé d'idée. Il avait hâte d'avoir un fils qui lui ressemblerait. Qui serait aussi beau que lui.

— Il est vraiment beau ?

— Oui. C'était le plus beau gars du cégep.

— Vous sortez ensemble depuis ce temps-là ?

— Non, non, on s'est retrouvés par hasard dans un bar à Montréal. Il m'a reconnue tout de suite, même si on ne se tenait pas ensemble au cégep. Il est plus vieux que moi, il avait fait un retour aux études. Il a dû rentrer à Québec parce que son père venait de mourir dans un accident.

Maud Graham connaissait la suite de l'histoire. Rachel avait consolé Christian, ils avaient commencé à se fréquenter, il s'était montré si sensible, si vulnérable, si gentil qu'elle avait accepté de quitter Montréal pour aller s'installer à Québec où il avait trouvé du boulot. Avait-elle poursuivi ses cours dans la capitale ?

Graham en doutait. S'était-elle fait un nouveau réseau d'amis à Québec ? Sûrement pas aussi étendu qu'à Montréal où elle était née, où vivait sa famille. Christian avait su l'isoler rapidement. Le récit de Rachel confirma toutes ses hypothèses. Rachel n'avait pas terminé ses études en ostéopathie, mais elle travaillait cependant comme réceptionniste dans un centre de santé à Sillery.

— Et Christian ? Que fait-il ?

— Il travaille pour une grosse compagnie pharmaceutique à Sainte-Foy.

— Quand vous êtes tombée, hier, c'est lui qui vous emmenée ici ?

Rachel tourna la tête et ce seul mouvement la fit grimacer. Elle voulait fuir le regard inquisiteur de Maud Graham. Celle-ci insista : ne pouvait-on pas prévenir un proche ?

— C'est... c'est ma voisine qui m'a accompagnée. Annie a trois enfants, mais elle va revenir me voir plus tard. Je vais l'appeler quand je serai prête.

Des bruits de pas firent sursauter Rachel qui se raidit dans le lit, puis se détendit en reconnaissant une des infirmières. Elle apportait un énorme bouquet de fleurs blanches.

— C'est pour toi, dit-elle à la blessée.

— Pour moi ?

Graham s'empressa de saisir le bouquet, le tendit à Rachel en retirant la carte retenue par un trombone au papier cellophane qui protégeait les lys et les rudbeckias.

Elle eut le temps de lire « *À mon bel amour, Christian xxx* » avant de rendre la carte à Rachel qui la lut plusieurs fois. Comme si elle tentait de se persuader de sa réalité. Elle finit par solliciter l'approbation de Maud Graham et de l'infirmière.

— Elles sont belles, les fleurs, non ? Je n'ai jamais reçu un aussi gros bouquet.

— Il est magnifique, convint l'infirmière. Je vais essayer de trouver un pot.

Maud Graham attendit son retour avant de quitter Rachel, cherchant un argument pour la convaincre de porter plainte. Sachant que ce bouquet pouvait être le premier d'une longue série si on ne contrait pas la violence de ce Christian tout de suite. Il battrait Rachel, puis pleurerait, s'excuserait, achèterait des roses, puis recommencerait. Graham avait vu ce scénario se répéter à plusieurs reprises. Et chaque fois, elle éprouvait le même découragement face à une société qui continuait d'engendrer des êtres violents et une colère froide envers les institutions qui ne protégeaient pas assez les victimes. On leur conseillait de porter plainte contre leur conjoint, mais entre le moment où une femme racontait que son mari menaçait de la tuer et celui où elle était entendue par un juge, six mois pouvaient s'écouler. Alors que six minutes suffisaient amplement pour qu'un homme étrangle son épouse. Il avait tout le loisir de trouver ces six petites minutes durant ces six mois. Quand survenait le pire, on s'étonnait que la victime n'ait pas été protégée, mais les possibilités d'intervention des policiers étaient limitées. Il fallait toujours cette maudite ordonnance de la cour pour appréhender ou contrôler un agresseur. Comment la justice pouvait-elle être aussi irresponsable? Et relâcher toujours trop vite ces hommes ou ces femmes qui voulaient exercer un contrôle total sur leurs proies?

— Et alors? s'enquit Carole tandis que Graham s'avançait dans le corridor vers le poste des infirmières.

— Christian a fait livrer un bouquet de fleurs.

Le regard de Carole se ternit.

— Gages-tu qu'elle reviendra à l'urgence dans deux mois?

— Ou je la reverrai sur une scène de crime. Je me sens tellement inutile… Je n'ai pas su la persuader de porter plainte.

— Ça prend plus qu'une rencontre, tu le sais bien. La travailleuse sociale la verra tantôt. La psy…

— Elle est jeune, elle a des parents. Où sont-ils?

— Il y a peut-être une tradition de violence chez elle…

— Ou non. Trop de filles s'amourachent de *bad boys*.

— Je le sais. La semaine dernière, on a eu une gamine de quatorze ans, avec une gonorrhée. Elle paniquait parce qu'elle pensait avoir attrapé cette saloperie avec le copain de son chum... Elle se sentait coupable, alors que c'est le chum en question qui la « prêtait » à son meilleur pote ! C'est désespérant... Qu'est-ce qu'elles ont dans la tête pour tout accepter ?

Maud Graham, n'ayant aucune réponse, se contenta d'effleurer de sa main l'épaule de l'infirmière-chef de l'Hôtel-Dieu avant d'appuyer sur le bouton de l'ascenseur. En sortant, elle trouva un certain réconfort dans la blancheur apaisante du ciel. Il neigerait sûrement d'ici à ce qu'elle regagne son bureau. Sa voiture était glacée et Graham paria qu'elle aurait le temps de se rendre à la pâtisserie pour acheter un gâteau des Rois avant que l'habitacle soit réchauffé. Grégoire lui avait parlé de cette boutique où on trouvait d'ineffables feuilletés à la pâte d'amande. Elle avait envie de faire plaisir à ses collègues. Et besoin d'un peu de légèreté. Elle soupira en pensant qu'elle n'abuserait personne, ni elle-même : elle savait qu'il y avait énormément de beurre dans ce dessert. La légèreté ne serait qu'illusion.

Qu'est-ce qui était vrai, qu'est-ce qui était faux dans ce monde ? Elle espérait que Maxime, son fils adoptif, ait invité son amie Coralie à souper avec eux à la maison. Maud se rappellerait ainsi qu'il y avait des jeunes qui vivaient des relations saines. La jeune fille avait été d'une aide précieuse lorsque Maxime était allé à Toronto pour subir une ponction lombaire, afin que sa demi-sœur puisse recevoir la moelle osseuse qui lui sauverait peut-être la vie. Graham serait toujours reconnaissante envers Coralie de l'avoir remplacée auprès de Maxime, de l'avoir appelée à plusieurs reprises pour la tenir au courant des suites de l'intervention. Elle sourit en songeant à la demande qu'il lui avait faite le matin même : aller acheter de nouveaux patins. Il voulait emmener sa demi-sœur Camilla patiner au carré d'Youville si elle venait le visiter à Québec durant la semaine de relâche. Elle avait acquiescé, émue de lire une telle fierté dans les yeux de Maxime quand il évoquait la fillette. Parce qu'il l'avait sûrement aidée. Et probablement parce qu'elle lui ressemblait et qu'il s'attachait de plus en plus à elle.

:  :

*Québec, le 16 janvier*

— Tu lui plais, dit Isabelle à Diana.

— N'importe quoi !

— Dominique Poitras n'a pas arrêté de te regarder. Il a répété deux fois que tu avais un don, que tu étais une fée avec sa siamoise.

— Il a voulu être gentil.

— Ça fait trois fois qu'il vient acheter de la nourriture. Il doit avoir cinq gros sacs de d/d chez lui. Il cherche visiblement des prétextes pour te voir. Combien de clients nous apportent des truffes pour Noël ? Ça aussi, c'était un prétexte. Il ne pouvait pas n'en offrir qu'à toi, alors nous en avons tous profité… Moi, je le trouve charmant. Pas toi ?

Diana haussa les épaules. Que répondre à cela ? Qu'elle n'était pas indifférente au charme de Dominique Poitras, qu'elle ne pouvait s'empêcher de sourire lorsqu'il poussait la porte de la clinique vétérinaire, qu'elle avait été sensible à ses attentions quand elle s'était massé le cou après lui avoir rendu Églantine. Il lui avait demandé si elle s'était blessée. Non, avait expliqué Diana, c'était une douleur qu'elle avait depuis des années. Il fallait corriger cela, avait dit Dominique Poitras. « Venez me voir. » Il lui avait tendu sa carte et elle y avait lu qu'il était ostéopathe, qu'il travaillait à Sillery. Elle avait hoché la tête en prenant la carte, mais elle doutait de le rappeler. Pourquoi lui aurait-elle fait confiance ? Elle s'était si lourdement trompée avec Ken. Comment saurait-elle si son jugement était sûr ? Il valait mieux rester sur ses gardes. Porte fermée, cœur clos.

— Je gage qu'il va revenir d'ici la fin de la semaine, maintint Isabelle. Tu ne trouves pas qu'il a de beaux yeux ?

Oui, Diana aimait ces yeux gris-bleu qui lui rappelaient la cime des vallons de Charlevoix quand ils se fondent dans le ciel. Elle aimait la douceur de ce regard, la tendresse qu'elle y avait lue tandis qu'il caressait Églantine, sa voix quand il tentait de calmer la chatte qui tremblait, la maintenant d'une main et la flattant de l'autre, ferme et rassurant, Diana l'avait observé. Elle avait noté qu'il ne portait pas d'alliance. C'était la première fois depuis des années qu'elle remarquait ce genre de détail. Et elle s'en inquiétait. Elle ne pouvait pas s'intéresser à un homme. Elle ne le devait pas.

Et peut-être qu'il n'avait pas d'alliance à cause de son travail ; il était sûrement incommodant de masser des patients avec un bijou, si sobre soit-il. Elle-même ne portait jamais de bague au cabinet. Ni à Saratoga Springs lorsqu'elle pansait les chevaux. De toute façon, si Dominique Poitras était si agréable, il ne devait pas être libre. Il y avait trop de femmes célibataires à Québec qui auraient été ravies de sortir avec lui. Il était gentil avec elle comme il devait l'être avec tout le monde, par nature.

: :

Maud Graham fixait le morceau de tarte au sucre qu'avait apportée Moreau en se disant qu'elle n'aurait jamais dû offrir une galette des Rois à ses collègues. Le lendemain, Joubert avait déposé un gâteau au chocolat — fait par Grégoire donc succulent — sur la table de la salle de réunion et c'était maintenant au tour de Moreau. Toutes ces calories après les excès du temps des fêtes ! Elle avait eu un geste de refus quand Moreau avait coupé la tarte en milieu d'après-midi, mais il avait aussitôt protesté.

— Tu dois en manger, c'est ma femme qui l'a faite pour nous.

— Un petit morceau, alors…

Elle avait souri à Moreau après avoir laissé fondre le sucre sous sa langue, levé le pouce vers le ciel en signe d'approbation enthousiaste.

— Fameux ! Cette tarte est aussi bonne que celle de Grégoire ! Je veux la recette !

— C'est comme ça que Josiane m'a eu. Par le ventre.

Moreau avait eu un rire si enfantin que, pour la première fois depuis qu'elle le connaissait, Maud Graham l'avait trouvé sympathique. Et maintenant qu'il était retourné à son poste, que Rouaix et Joubert étaient rentrés chez eux, elle n'arrivait pas à détacher ses yeux de la dernière part de tarte. Et si elle faisait vingt minutes de plus de vélo elliptique demain au gym ? Elle se rapprocha de la table, saliva, s'en écarta. Non. Non. Non.

Elle boirait plutôt un thé Assam. Avec un peu de lait.

En sirotant le breuvage, elle se félicitait d'avoir su résister à la tentation quand elle vit McEwen venir vers elle, le visage crispé.

— Qu'est-ce qui se passe Tiffany ?

— On vient de m'appeler. Éric Prudhomme est mêlé à une agression au pénitencier.

— Mêlé ?

— Avec deux autres détenus, il s'en serait pris à un pédophile.

— Oh non ! Pas lui ! Il n'aurait jamais dû… C'est sûr ?

— Je ne sais pas.

— Sa femme est-elle au courant ?

Tiffany McEwen secoua la tête.

— C'est un gardien qui t'a prévenue ?

— Non, un journaliste.

Graham faillit demander comment un journaliste pouvait savoir ce qui était arrivé au pénitencier, puis renonça. Qu'est-ce que ça changerait ?

— Peut-être qu'il y a des circonstances atténuantes…

— Peut-être, répéta Tiffany sans plus de conviction que Maud.

Elles voulaient toutes deux que Prudhomme n'ait pas attaqué ce codétenu. Elles souhaitaient qu'il fasse preuve d'une conduite exemplaire pour bénéficier d'une remise de peine, elles pensaient à ses filles qui seraient grandes quand il sortirait de l'établissement carcéral. Pourquoi n'avait-il pas réussi à se contrôler ?

— Pourquoi perd-on les pédales ?

— Sa fille a été la victime de Carmichaël. J'imagine que rencontrer un autre pédophile lui a fait péter les plombs.

— Il a tué Carmichaël ! Ce n'était pas suffisant ? Quand on voit où ça l'a mené... J'aimerais mieux ne jamais savoir ce que deviennent ceux qu'on arrête.

Tiffany esquissa un geste de protestation : Graham n'était-elle pas toujours heureuse d'avoir des nouvelles de Vivien Joly qu'elle avait arrêté des années plus tôt pour le meurtre de sa voisine ? L'ancien professeur d'histoire travaillait à la bibliothèque de l'établissement pénitencier et aidait les détenus qui le souhaitaient à entreprendre ou à poursuivre leurs études. Un cas de réhabilitation exemplaire.

— J'aurais plutôt parié qu'Éric Prudhomme serait comme Joly, avoua Maud. Il était très calme quand Joubert et Marcotte l'ont emmené ici. Il avait même l'air soulagé.

— Faut croire qu'il était toujours en colère.

— Je pense que c'est le plus dangereux des péchés. Vois-tu ton photographe, ce soir ?

Le visage de Tiffany s'éclaira si subitement que Maud Graham n'avait besoin d'aucune réponse. Au moins, toute cette enquête sur les Carmichaël, père et fils avait eu cela de bon : Tiffany McEwen avait rencontré Émile Vincelette. Celle-ci s'empressa de raconter qu'ils iraient ensemble à New York à la Saint-Valentin pour visiter les galeries d'art. Graham envia Tiffany de vivre si simplement le bonheur d'être amoureuse. Quand elle avait rencontré Alain, elle était tout le contraire de sa collègue : angoissée à l'idée de lui plaire, de ne pas lui plaire, qu'il ne l'appelle jamais, qu'il la rappelle, qu'il voie qui elle était vraiment, qu'il l'imagine autre, qu'il soit ensuite déçu, qu'il se moque de leurs six ans de différence pour regretter ensuite de ne pas avoir d'enfant avec elle. Ou avec une autre. Même si Alain répétait que Maxime comblait parfaitement ses désirs de paternité, Maud gardait toujours dans un coin maudit de sa tête l'inquiétante possibilité qu'il change d'idée et la quitte pour une femme plus jeune qui lui donnerait un fils.

— J'ai juste un problème avec Émile. Il aimerait faire des photos d'une scène de crime.

— Comme boulot?

— C'est notre sujet de discussion. Il ne veut pas devenir technicien en scène de crime, mais avoir accès à ce qu'on voit quand il y a un meurtre. Il soutient que c'est pour son travail, pour découvrir une autre vérité...

— C'est ce qu'il croit alors qu'il regretterait probablement cette expérience. De toute manière, on ne peut pas autoriser ton bel Émile à circuler sur une scène de crime. C'est déjà assez compliqué de gérer tout le monde...

— C'est ce que je lui ai dit. D'un côté, ça me fait plaisir qu'il s'intéresse à mon métier, mais j'ai peur que ce soit une curiosité mal placée, une sorte de voyeurisme. Même inconscient. Je ne suis jamais sortie avec un artiste... on pense différemment, j'ai peur d'être trop concrète.

— Tu te poses trop de questions, ma belle.

Tiffany McEwen s'esclaffa :

— C'est toi qui dis ça? Je vais m'en souvenir...

— Sauve-toi!

Maud Graham regarda sa collègue tandis qu'elle enroulait son foulard autour de sa tête, de son cou; Tiffany se moquait visiblement d'être décoiffée plus tard. Comme Maud aurait aimé avoir ce naturel, cette spontanéité. Combien de temps lui avait-il fallu avant d'accepter qu'Alain, au réveil, la précède à la salle de bain?

Durant des mois, elle avait mal dormi à ses côtés, craignant de ne pas se réveiller assez tôt pour se brosser les dents et se coiffer avant qu'il ouvre les yeux.

Elle repensa à Caroline, l'épouse de Prudhomme, qui dormait seule désormais; elle espéra que l'incident au pénitencier n'aurait pas de trop lourdes conséquences. Si la peine s'allongeait, trouverait-elle l'énergie pour continuer à aller voir son mari en prison? Graham savait que les épouses étaient plus loyales que leurs conjoints; les femmes incarcérées recevaient bien moins de visites que les hommes. La fibre conjugale s'émoussait plus vite chez eux; ils rencontraient une autre femme, oubliaient qu'ils en avaient une au pénitencier. Et le plus ironique, c'était que, dans la majorité des cas, une femme aboutissait en prison à cause d'un homme. Pour avoir menti, volé, caché des trucs, vendu de la drogue pour lui. Ou pour l'avoir tué parce qu'il représentait un réel danger et que, en cour, les jurés n'avaient pas été persuadés à cent pour cent que le meurtre était la seule solution. Graham avait un souvenir amer d'un procès qui s'était conclu au détriment de l'accusée: une fille de vingt ans avait poignardé son conjoint violent, mais n'avait pas eu un bon avocat.

Graham grimaça en songeant à cette Rachel qu'elle avait vue à l'Hôtel-Dieu; quelle serait l'issue de sa relation avec l'homme qui lui avait envoyé des fleurs?

Combien de femmes étaient victimes de violence conjugale à Québec? Au Québec? Combien étaient malmenées au moment même où Graham pensait à ce fléau?

Elle éteignit son ordinateur en soupirant. Est-ce que les choses changeraient un jour?

Quand elle passa devant la salle de réunion, Graham fut soulagée de constater que la dernière part de tarte avait disparu. Et un peu déçue, aussi.

# 2

Diana s'étonnait de la vitesse à laquelle la soirée s'était écoulée. Déjà vingt-deux heures trente !

— Il faut que je rentre, dit-elle à Dominique Poitras. Je me lève tôt.

— Le temps a passé trop vite.

— C'est vrai.

Il y eut un silence, puis ils commencèrent une phrase en même temps, s'interrompirent, se remirent à parler, puis éclatèrent de rire.

— J'aime ça, t'entendre rire.

— Tu pensais que j'étais toujours sérieuse ?

— Je ne sais pas. Je ne t'ai pas vue souvent sourire au travail. C'est sûr qu'il n'y a pas vraiment de motifs pour rigoler quand tu es avec des gens qui s'inquiètent pour leur animal. Ou que tu dois calmer un chat paniqué…

Diana acquiesça, fut tentée de raconter à Dominique qu'elle n'avait pas eu beaucoup de fous rires au cours des dernières années, mais se tut. Elle n'avait pas suffisamment réfléchi à ce qu'elle pourrait dire ou non de son passé à cet homme. Elle ne le connaissait pas assez.

Mais comment le connaître vraiment? Comment s'assurer qu'il ne lui réservait pas de terribles surprises? Avait-elle un meilleur jugement aujourd'hui qu'au moment où elle avait rencontré Ken Formann? Elle ne lisait aucune malice dans les yeux bleus de Dominique Poitras, mais elle n'avait rien décelé non plus quand elle s'était mise à fréquenter Ken.

— On va se revoir? J'aimerais vraiment t'emmener au chalet, te préparer à souper. Tu connais déjà Églantine…

— Ta chatte a un nom de plante…

— Je pense que j'aurais aimé être jardinier. J'ai peut-être manqué ma vocation. Toi, aurais-tu voulu faire autre chose que de t'occuper des animaux?

Diana se raidit avant de secouer la tête et de s'empresser de changer de sujet.

— Tu as ce chalet depuis longtemps?

Dominique posa sa main sur celle de Diana.

— Qu'est-ce que j'ai dit?

— Rien. Je suis un peu fatiguée.

— Je ne veux pas être indiscret, fit Dominique en espérant que Diana ne retire pas sa main. Je souhaite seulement ne pas t'avoir déplu… Et si je ne sais pas ce qui te dérange dans ce que j'ai dit, je pourrai me remettre les pieds dans les plats sans faire exprès.

Diana hocha la tête avant de murmurer qu'elle lui expliquerait plus tard son attitude.

— Ça veut dire qu'on va se revoir?

— Ça ressemble à ça.

Dominique sourit et il y avait tant de chaleur dans son expression que Diana lui sourit à son tour. Cette soirée au cinéma, ce café partagé lui avaient donné l'impression d'être en vacances, d'avoir pris congé de son passé durant quelques heures. Elle avait bien sûr pensé à ce qu'elle avait vécu avec Ken, n'avait pu s'empêcher de comparer Dominique à son ex, avait guetté la phrase ou le geste qui lui révélerait si l'ostéopathe pouvait être dangereux pour elle. Mais, malgré toutes ces pensées qui l'habitaient durant la soirée, elle avait eu un réel plaisir à écouter Dominique. C'était un homme qui savait apprécier les plaisirs simples. Il était peut-être même un peu candide, mais elle préférait cette attitude rafraîchissante à la méchanceté.

Est-ce qu'elle se leurrait ou pouvait-elle vraiment rêver à un avenir plus radieux que son passé ? Peut-être que, cette année, elle ne célébrerait pas seule son anniversaire.

:: 

*Toronto, le 29 janvier*

Ken Formann remonta le col de son manteau de cachemire. Il venait de souper avec le propriétaire d'une chaîne de restaurants qui souhaitait s'associer à lui pour en ouvrir un à Toronto. Ken était tenté d'accepter, même s'il ne connaissait rien à la restauration, car il devait investir une partie de son argent dans une entreprise propre, et celle de Jack Williams semblait offrir cette garantie. Il se surprit à entendre la neige crisser sous ses pas, c'était plutôt rare dans cette ville animée, mais la vague de froid avait ralenti les activités habituelles et ce mercredi soir était anormalement calme. Un bruit de portière qu'on ouvre interrompit ses réflexions ; Frankie, son chauffeur, se tenait près de la Jaguar et avait attendu qu'il ne soit qu'à un mètre du véhicule pour sortir dehors et le saluer.

— Il fait bien chaud à l'intérieur. Rentrez-vous à la maison ?

— Oui. Il ne se passe rien en ville, ce soir.

Ils roulèrent en silence jusqu'au très chic quartier où habitait Ken Formann qui, après être entré chez lui, se dirigea, sans même avoir enlevé son manteau, vers le bar de la grande salle à manger pour se servir un verre. Un armagnac vingt ans d'âge. Il fut tenté de jeter des bûches dans le foyer, puis laissa tomber cette idée. Il boirait son digestif devant la télévision. Peut-être y avait-il du nouveau sur la disparition de Malcom Kyle ou celle de Derek Hopkins ? Grâce à Vincent O'Neil, il savait que les enquêteurs chargés de ce dossier manquaient d'éléments. La preuve ? On ne l'avait interrogé qu'une seule fois et il n'avait plus entendu parler de Kyle ni de Hopkins depuis ce jour-là. Mais sait-on jamais... Depuis que Nadia s'était enfuie, Ken avait toujours à l'esprit que la vie réserve parfois de mauvaises surprises. C'était son anniversaire dans une semaine. Où le fêterait-elle ? Avec qui ? Finirait-elle par se manifester auprès de sa famille ? Ou de son amie Mathilde ? Il le saurait immédiatement. Déjà, à leur première rencontre, juste avant qu'il épouse Nadia, il s'était dit que Mathilde souriait trop pour être honnête. Il avait lu l'envie dans son regard et cela l'avait amusé de voir que Nadia ne se doutait pas de la jalousie de cette amie avec qui elle avait étudié la danse. Elle n'avait pas deviné qu'être la demoiselle d'honneur d'un mariage princier ne comblait pas Mathilde de bonheur. Pourquoi était-ce Nadia qui épousait le beau et richissime Ken Formann, et non elle ? Pourquoi vivait-elle ce conte de fées alors qu'elle-même avait dû demander à un collègue de l'accompagner aux noces à Toronto parce que son dernier petit ami l'avait laissée tomber ? Pourquoi la chance était-elle toujours du côté de Nadia Gourdeault ? C'était elle qui avait été choisie à New York pour le rôle d'Angie dans la dernière production. Alors que Mathilde avait travaillé autant, sinon plus qu'elle. Ken l'avait scrutée tandis qu'elle s'extasiait devant la somptuosité de la salle où avait lieu la réception et il s'était souvenu d'elle lorsque Nadia avait disparu deux ans plus tard. Il savait que Mathilde et Nadia s'étaient parlé de moins en moins souvent et il ne pensait pas que Nadia soit allée se réfugier chez Mathilde. Malgré ses hésitations, il avait téléphoné à cette dernière, persuadé qu'elle écouterait sa version des faits. Ne lui avait-il pas fait parvenir un sac Vuitton après le mariage, pour la remercier de s'être déplacée pour l'événement ? Il avait toujours pris la peine de discuter un peu avec elle les rares fois où elle avait téléphoné à Nadia.

Nadia qui n'était pas allée chez Mathilde. Ni au moment de sa fugue ni plus tard. Mais Ken avait pris prétexte de cette disparition pour entretenir une certaine relation avec Mathilde ; il l'avait invitée à souper chaque fois qu'il était à Montréal, où elle habitait depuis qu'elle avait quitté la troupe. Dès leur première rencontre, il avait senti qu'il plaisait à Mathilde, mais il avait attendu pour coucher avec elle. Il tenait à conserver l'attitude d'un homme qui ne pouvait changer sa vie tant qu'il ignorait ce qui était arrivé à son épouse. Il avait fait comprendre à Mathilde Saint-Onge qu'il ne pouvait pas se remarier alors que les circonstances de la disparition de Nadia n'avaient pas été éclaircies. Il fallait savoir si elle était toujours vivante ou non. Mathilde avait promis qu'il pouvait compter sur elle pour l'appeler dès qu'elle aurait la moindre nouvelle à lui communiquer à ce sujet. Elle s'était efforcée de téléphoner régulièrement à la famille de Nadia, ses collègues, ses professeurs. Sans succès, mais Ken était persuadée que sa femme céderait un jour à la tentation de revoir l'un ou l'autre de ses proches. Elle finirait par penser qu'il l'avait oubliée. Elle se croirait en sécurité. Et là, Mathilde lui serait enfin utile.

Ken Formann but une longue gorgée en espérant avoir bientôt des nouvelles. Durant les mois qui avaient suivi la fuite de Nadia, il avait fait surveiller les parents et la sœur de Nadia, mais il s'était lassé de dépenser inutilement son fric. Il avait parlé à sa mère à quelques reprises, jouant le mari inquiet, perturbé, dévasté par la disparition de sa femme, mais M^{me} Gourdeault lui avait toujours fait la même réponse : elle ignorait où habitait Nadia. Si elle était encore vivante. N'était-il pas le dernier à l'avoir vue avant sa disparition ? Le ton de sa belle-mère était tout sauf sympathique, et si ces insinuations n'impressionnaient pas Ken Formann, elles l'ennuyaient: si cette femme disait vrai? Si Nadia, après s'être enfuie, avait été victime d'un meurtre? Si on ne retrouvait jamais son cadavre? Il ne connaîtrait jamais la vérité. Et il ne pourrait jamais se venger de l'affront qu'elle lui avait fait en s'éclipsant. Il serra son verre dans sa main, se retint de le vider d'une seule gorgée. Il fallait qu'elle soit toujours en vie. Elle était toujours en vie! Il l'aurait senti si elle était morte, ils étaient trop intimement liés. Il devait la retrouver et fermer ce chapitre de son existence.

Parce qu'elle le méritait. Et parce qu'elle savait trop de choses sur lui. Elle ne l'avait pas dénoncé aux autorités, mais si elle changeait d'idée? Il n'y avait qu'une manière de s'assurer qu'elle se taise à jamais.

:  :

*Sainte-Foy, le 31 janvier*

La lampe ne lui appartenait pas, mais Christian Desgagné la débrancha et la déposa rageusement dans la boîte de carton qui contenait déjà ses objets personnels; un cadre avec une photo de Rachel à leur mariage, une bouteille de scotch à demi entamée, deux tasses à café, le stylo que Rachel lui avait offert à son anniversaire, une patte de lapin montée sur une base en ivoire et un livre sur le golf qui lui avait certes fourni quelques trucs utiles sur le terrain, mais qui était finalement décevant. Il cacha la lampe sous une chemise en carton et sortit de son bureau, s'arrêta devant celui de Pierre Lahaye qui vidait aussi ses tiroirs.

— On s'est fait baiser sur toute la ligne, dit celui-ci. Qu'est-ce que tu vas faire?

— J'ai peut-être quelque chose du côté de la firme Sauriol et Boisclair, mentit Christian Desgagné. Je sentais que le vent allait tourner, j'ai pris les devants. Si jamais ça se concrétise, je pourrais te rappeler, si tu veux?

— Ce serait vraiment bien. Nos indemnités de départ ne vont pas durer éternellement. Réaménagement de personnel ? Qu'est-ce que ça veut dire ?

— Que les patrons font ce qu'ils veulent. Comme toujours.

— J'ai envie de mettre une bombe dans le bureau de la directrice, ragea Pierre.

— Assure-toi qu'elle soit bien là… Simone Nadeau est souvent en voyage. Ça serait bête que tu fasses tout sauter tandis qu'elle s'envoie en l'air à Tahiti.

— Je ne sais pas comment tu réussis à plaisanter aujourd'hui, dit Pierre avec étonnement.

— On va retrouver un autre boulot, c'est sûr. Une meilleure place, où on sera vraiment appréciés.

— Tu ne m'oublieras pas ? On reste en contact ?

— Promis, dit Christian en lui donnant une poignée de main assurée.

Il ne quitterait pas l'immeuble avec un air de chien battu. Calmement, il marcherait la tête haute jusqu'au stationnement souterrain, il roulerait jusqu'à la Grande-Allée, passerait la porte Saint-Louis, garerait sa voiture près de la terrasse Dufferin et irait boire un verre au Clarendon où il était certain de ne rencontrer personne. Christian n'était pas d'humeur à échanger avec qui que ce soit. Il avait l'impression de nager en plein cauchemar ; comment avait-on pu le remercier de ses services ? Alors qu'il était dans la boîte depuis deux ans ? Les ventes avaient baissé, mais c'était temporaire. Tout se serait replacé si on lui avait donné une petite chance. Simone Nadeau avait gardé dans son équipe Maxime Trottier, Émilie Darveau, Stéphanie Dumoulin, Marie-Ève Dugas et l'avait viré, lui ? Elle avait parlé de compressions budgétaires, du regret de devoir se séparer des derniers arrivés. Mais Stéphanie Dumoulin avait été engagée un mois avant lui ! On l'avait favorisée parce que c'était une femme. C'est lui qui aurait dû garder le poste. Il était certainement plus compétent que cette fille qui avait à peine vingt-cinq ans. Un diplôme universitaire, bien sûr, mais aucun vécu.

Avant de trouver à se garer, il dut tourner plusieurs fois dans les rues avoisinantes de l'hôtel Clarendon et il pesta lorsqu'il sortit de sa voiture et constata qu'il commençait à neiger. Quand il reviendrait chercher son véhicule, il devrait déblayer les vitres. Il donna un coup de pied dans une motte de neige durcie avant de se diriger vers l'hôtel où il allait parfois écouter du jazz. Des touristes dépliaient une carte de la ville. Il eut envie de leur dire que Québec était un bled sans intérêt, qu'il aurait dû quitter la capitale depuis longtemps. On aurait sûrement mieux reconnu ses talents ailleurs.

Après s'être installé au bar, il commanda une double vodka. L'alcool lui parut étrangement léger ; il avait pourtant vu le barman verser deux rasades de vodka. Il lui fit signe de remplir son verre à nouveau, se força à grignoter des arachides, à échanger quelques paroles au sujet du hockey avec lui.

— C'est bon, le hockey. Ça nous attire des visiteurs. Mais en même temps, je trouve que les joueurs se plaignent souvent le ventre plein. Ils ont des salaires...

— Je suis d'accord, fit Christian. Ils gagnent des fortunes et on dirait qu'ils n'en ont jamais assez. Nous, on travaille durant des heures, des jours, des mois pour arriver au centième de ce qu'ils touchent pour jouer quelques matchs en six mois...

— D'un autre côté, il y a plus de danger sur la glace que derrière mon bar, admit le barman.

— Pas si sûr, rétorqua Christian. Un serveur s'est fait tirer dessus par un client fou, aux États-Unis.

— Oui, mais on n'achète pas des armes à tous les coins de rue, à Québec...

Christian acquiesça sans ajouter qu'il le regrettait : il aurait bien aimé posséder un revolver et tirer une balle dans la tête de Simone Nadeau. Il trempa ses lèvres dans le verre, trouva que la vodka avait meilleur goût. Il avait envie d'en boire une troisième, mais il devait prendre la voiture pour rentrer chez lui. Retrouver Rachel. Qui lui demanderait s'il avait passé une bonne journée.

Pas question d'avouer qu'il avait perdu son emploi. Ça ne la regardait pas. Il trouverait un autre travail rapidement. Il communiquerait d'ailleurs avec Sauriol et Boisclair. C'est sans réfléchir qu'il avait lâché le nom de cette firme, mais pourquoi pas? Il ne devait pas avoir songé à eux sans raison. Oui, c'est ce qu'il ferait dès lundi.

:  :

*Québec, le 31 janvier*

Les lumières du corridor de la salle de l'urgence, même tamisées à cette heure, agressaient Rachel qui tenta de se protéger les yeux avec son foulard, mais ce geste lui arracha un cri de douleur et elle s'immobilisa sur le lit, le souffle court, les yeux brillants de larmes. L'infirmière qui l'avait soutenue jusqu'au lit lui avait promis qu'elle reviendrait très vite avec le médecin de garde. Elle lui avait demandé son prénom, avait dit qu'elle s'appelait Nicole, qu'elle s'occuperait bien d'elle. Qu'on la soulagerait de sa douleur.

Heureusement, Nicole ne lui avait pas demandé ce qui lui était arrivé.

Elle s'était contentée de lui murmurer des paroles apaisantes, en prenant d'infinies précautions pour ne pas lui faire de mal en l'aidant à s'allonger.

Que devrait-elle raconter?

Qu'elle avait glissé sur la glace? Oui, c'était plausible en hiver.

Est-ce que Christian lui avait démis la clavicule en l'envoyant valser contre le mur du salon? La douleur s'était d'abord fait sentir à son cuir chevelu, parce qu'il l'avait empoignée par les cheveux pour la malmener, puis une onde brûlante l'avait parcourue, la clouant contre le mur où elle s'était affaissée et était restée sans bouger en espérant que Christian croie qu'elle s'était évanouie. D'ailleurs, elle avait perdu connaissance quand il avait quitté la pièce. La souffrance l'avait réveillée quelques secondes plus tard. Les murs du salon semblaient tanguer quand elle avait tenté de se relever. Rachel s'était appuyée au mur, le longeant jusqu'au corridor, se demandant si elle devait vérifier si Christian s'était couché ou mettre son manteau et appeler un taxi. Ou attendre au lendemain matin. Ou frapper chez sa voisine. Non. Elle se rendrait seule à l'hôpital. Où était son sac à main? Avait-elle assez d'argent pour payer le trajet vers le CHUL? Lentement, elle s'était avancée vers l'entrée, avait vu son sac sur la petite table où elle posait toujours ses clés. Les bottes de Christian avaient laissé des traces de neige fondue à côté du paillasson. Une chance qu'il les avait enlevées, qu'il ne les portait pas pour lui donner des coups de pied. Rachel avait gémi en tirant sur la manche de son manteau, qui glissa du cintre. De son bras valide, elle l'avait enfilé à moitié, s'était arrêtée pour guetter le moindre bruit suspect et avait ouvert la porte. Le froid l'avait saisie, la noirceur de la nuit lui avait fait craindre que le taxi ne puisse repérer l'adresse. Elle avait composé le numéro de la compagnie sans cesser de vérifier par la vitre de la porte d'entrée si Christian surgissait dans la lumière.

En descendant précautionneusement les trois marches du perron qui menaient à la rue, elle avait eu peur de glisser et de tomber sur son épaule blessée. Le chauffeur, devinant qu'elle était mal en point, était sorti du véhicule pour lui ouvrir la portière. C'est alors qu'elle s'était mise à pleurer. En songeant que cet inconnu était plus gentil avec elle que Christian, depuis des semaines.

Qu'allait-elle raconter au médecin?

Pourquoi Christian l'avait-il battue? Elle lui avait simplement demandé s'il avait eu une bonne journée. Elle ne comprenait plus rien à leur vie.

La veille, il prétendait vouloir un enfant, un fils avec elle. L'avant-veille, il refusait de l'accompagner chez ses parents, lui reprochait de les voir trop souvent, avait levé le ton lorsqu'elle avait protesté. Elle ne les avait pas vus depuis quatre mois! La semaine précédente, il lui avait offert un bracelet Pandora.

Qui pouvait lui expliquer ce qu'il y avait dans la tête de Christian?

Elle fut soulagée mais inquiète de reconnaître le médecin qui l'avait soignée un an plus tôt, la première fois qu'elle avait dû se rendre à l'urgence. Est-ce qu'il se souviendrait d'elle? Il se présenta et lui demanda si elle pouvait lui dire où elle avait mal.

— Mon épaule.

— Bien. On va vous aider. Et examiner votre tête.

— Ma tête?

— Vous saignez, Rachel, dit Marc Leduc. Avez-vous des douleurs à l'abdomen? Au dos?

Elle secoua la tête. C'était sa clavicule gauche qui avait subi le choc lorsque Christian l'avait projetée contre le mur. L'urgentiste la palpa doucement, lui sourit.

— Il ne semble pas y avoir de fracture. L'os est déplacé. Il faut le remettre à sa place.

Rachel battit des paupières. Ce serait très douloureux, elle le savait, mais cela la soulageait d'apprendre qu'elle n'aurait pas à être immobilisée durant des semaines. Qui préparerait les repas pour Christian? Et puis, elle ne pouvait pas, elle ne voulait pas être remplacée au centre de santé où elle était réceptionniste depuis près d'un an. Elle avait besoin de sortir de la maison, retrouver les membres de l'équipe de Physi'Os qui disaient apprécier son travail, boire un jus avec eux chaque matin. Dominique, Frédérique, Mélodie, Maeva étaient presque toujours de bonne humeur et elle goûtait par-dessus tout le climat calme, sans aucun conflit qui régnait au centre. Quand Rachel les écoutait parler, à l'heure du dîner, elle avait l'impression qu'ils avaient tous une vie de couple harmonieuse. Est-ce qu'ils faisaient tous semblant que tout allait bien, comme elle-même s'y acharnait, ou avaient-ils vraiment la chance d'avoir des relations moins conflictuelles? Était-ce parce qu'elle était plus jeune que Christian qu'elle commettait autant d'erreurs avec lui? Elle mettait pourtant toute sa volonté à le satisfaire, mais un rien l'énervait. Il ne lui avait jamais caché qu'il était d'un naturel anxieux, à cause de son enfance où il avait connu plusieurs foyers d'accueil. Toutefois, quand elle l'avait rencontré, il lui avait paru plus fragile qu'instable. Elle avait cru que sa douceur l'apaiserait, cette douceur qu'il appelait aujourd'hui de la mollesse. «Tout est mou chez toi, ton visage avec tes grosses joues, tes seins, tes fesses, ta personnalité. Molle comme de la guenille.» Or, si elle tentait de montrer quelque résistance, il lui reprochait d'être rigide, de ne pas l'écouter, d'être entêtée. Le seul point sur lequel elle n'avait pas encore cédé jusqu'à maintenant, c'était son boulot. Mais elle n'avait pas su répondre aux arguments de Christian, trois jours plus tôt lorsqu'il lui avait dit qu'elle devrait quitter son emploi quand ils auraient un enfant. Parce qu'il voulait un fils avec elle. Surprise, elle avait écarquillé les yeux, répété: «Un enfant?» Il lui avait caressé les cheveux doucement, comme avant, en lui disant qu'elle ferait une bonne mère. Elle avait pensé qu'il espérait sûrement que l'enfant ait ses traits fins, sa beauté. Il serait déçu s'il ressemblait à sa mère.

— On vous emmène faire les radios, reprit Marc Leduc. Et Nicole vous donne tout de suite un antidouleur.

Il se tourna vers l'infirmière, qui acquiesça; elle se chargerait d'administrer une dose de morphine.

— Je vous revois tout à l'heure, dit-il, en effleurant son épaule valide. Tout ira bien. Et ensuite, vous vous reposerez.

— Qui peut-on prévenir? s'enquit Nicole.

— Ce n'est pas la peine de déranger quelqu'un, murmura Rachel.

— On en reparlera. On peut vous aider, vous savez…

Rachel lut une réelle compassion dans les yeux verts de l'infirmière. Elle avait tout deviné, bien sûr. Devait-elle dire la vérité pour une fois? Mais si elle racontait tout, des policiers prendraient le relais, la questionneraient, rencontreraient Christian. Et ce serait pire à la maison.

:  :

*Le 1er février*

Maud Graham tenait un bout de la table tandis qu'Alain tirait de l'autre côté. Il saisit ensuite le panneau de bois, l'installa sur les tréteaux avant de reprendre sa place pour refermer le meuble.

— On sera plus à l'aise comme ça, dit Alain. On oublie trop souvent d'agrandir la table.

— Je suis contente que Nicole accompagne Rouaix, se réjouit Graham. Elle a raté nos derniers soupers. Je pense que les horaires des infirmières sont encore pires que les nôtres.

Alain sourit, il en doutait. Combien de fois avait-il attendu Maud lorsqu'elle était appelée sur une scène de crime? Combien de repas avaient été écourtés? Combien de plats avait-il réchauffés, car elle remettait d'heure en heure son retour chez eux?

— On se dépêche, fit Graham, ils arrivent dans dix minutes!

— Tout va bien, arrête de paniquer.

— Je ne panique pas. C'est juste que j'aime que tout soit prêt quand les gens arrivent. Je ne comprends toujours pas comment j'ai pu oublier de faire sécher la nappe.

— Elle l'est maintenant. Je dresse la table pendant que tu te changes. Allez, ouste!

— N'oublie pas de mettre deux cuillères à chacun, Grégoire a préparé un sorbet à l'armagnac.

Maud s'éclipsa vers la chambre où elle hésita entre porter sa robe en soie aubergine ou sa jupe noire et son corsage vert amande. Elle les toucha, opta pour le corsage qui serait plus chaud que la robe. Les vêtements enfilés en vitesse, elle saisit le collier qu'Alain avait acheté pour elle chez Mademoiselle B., un bijou magnifique aux pierres émeraude et mauve, puis passa à la salle de bain pour mettre un peu de mascara et une touche de parfum. L'arôme subtil du vétiver la fit sourire; elle aimait ces effluves à la fois mystérieux et toniques.

Elle s'avançait à peine dans le couloir que la sonnette retentit. Il était dix-neuf heures pile.

— Je pense que Joubert est incapable d'arriver ne serait-ce qu'une seule minute plus tard que prévu, fit-elle remarquer en se dirigeant vers la porte d'entrée.

— Pourtant, il n'est pas rigide. Je crois qu'il ne veut surtout pas te déplaire. Tu l'impressionnes encore.

— Pas après tout ce temps, voyons, protesta Maud. Il vit avec Grégoire! Il sait à quel point ça me rassure de les savoir ensemble.

Alain se contenta de sourire avant de suivre Maud qui ouvrit la porte et s'étonna de voir Nicole et André Rouaix qui, habituellement, étaient les derniers arrivés.

Nicole éclata de rire avant de se tourner vers son mari.

— Je t'avais dit que Maud serait surprise.

— On a décidé que, ce soir, on serait les premiers, fit Rouaix.

Il tendit une bouteille de Baillette-Prudhomme à Alain, en lui disant qu'il ne trouverait pas ce champagne au Québec. C'est son filleul qui la lui avait apportée d'Épernay lors de sa dernière visite au Québec.

Ils se débarrassèrent de leurs manteaux, de leurs bottes et suivirent à la cuisine Alain et Maud, qui repartit cinq secondes plus tard pour ouvrir à Michel Joubert et Grégoire. Celui-ci confia une grosse boîte en carton à Maud.

— Comme promis, *ton* moka. C'est bizarre que tu ne boives presque jamais de café et que tu aimes tant ce gâteau.

— Je n'en suis pas à un paradoxe près…

Grégoire enlaça Maud en riant et elle songea qu'il s'était étoffé depuis qu'il vivait avec Joubert. Il n'avait pas grossi, non, mais il n'avait plus la silhouette dégingandée qui le faisait ressembler à un chat de gouttière lorsqu'elle l'avait vu pour la première fois, adolescent perdu dans la drogue et la prostitution. Elle sentait une nouvelle solidité en lui et en fut émue. Et reconnaissante envers Joubert, si patient avec Grégoire, et envers le temps dont elle avait bénéficié pour apprivoiser le chat sauvage. Elle avait eu peur durant des années qu'il se fasse battre à mort par un client, mais il était toujours là. Et apparemment heureux de son sort, même s'il lui tardait d'ouvrir son propre restaurant.

— Il ne manque que Provencher.

— Non, il arrive, je reconnais sa voiture.

Dix minutes plus tard, ils étaient tous assis au salon et dégustaient le champagne qu'avait apporté Rouaix, puis le sancerre qu'avait choisi Joubert. Les madeleines à l'huile de truffe avaient déjà été englouties et Grégoire piochait maintenant dans le saucisson aux noix, tandis que Nicole tartinait une biscotte de mousse au ris de veau, amandes grillées et porto blanc.

— C'est vraiment délicieux, dit-elle à Maud.

— C'est moi qui l'ai faite.

Il y avait une note de fierté dans sa voix que perçut Alain ; Maud s'étonnait encore de réussir une recette après ses débuts un peu ardus. Comment pouvait-elle diriger les opérations sur une scène de crime et manquer autant de confiance en elle en cuisine ?

— Ça me fait vraiment du bien d'être ici ce soir, reprit Nicole.

— Dure journée ?

— Décourageante. On avait une jeune femme à l'urgence. Son chum lui a démis la clavicule en la poussant contre le mur. Points de suture à la tête, clavicule à replacer, contusions multiples au dos. Je pensais qu'elle porterait plainte, mais non, elle s'est rhabillée et est repartie vers son bourreau. L'étoile tatouée à son épaule avait déjà viré au bleu…

— Une étoile? l'interrompit Maud. La fille a la jeune vingtaine, des cheveux bruns, yeux noirs? Pas très grande, des traits
un peu forts, mais qui a tout de même un petit quelque chose
d'Audrey Tautou?

Nicole acquiesça, eut une lueur d'espoir.

— Est-elle allée porter plainte?

— Non. Je l'ai vue à l'Hôtel-Dieu, il y a quelques semaines.

— Est-ce qu'elle attend qu'il la tue? s'écria Rouaix.

— Je ne comprendrai jamais que les femmes restent avec des
hommes violents, dit Pierre-Ange Provencher. Ça me dépasse.

— Ce n'est pas si simple, objectèrent en chœur Nicole et
Maud.

Elles se turent aussitôt, se contentant d'échanger des regards
qui disaient combien elles s'étaient interrogées sur le phéno-
mène de la violence conjugale, beaucoup plus complexe qu'on
ne pouvait le croire. Il était trop difficile d'imaginer qu'un être
humain puisse préférer vivre avec son bourreau parce qu'il le
connaissait, qu'il s'était habitué à leur périlleuse dynamique de
couple et que ce danger pouvait sembler moins menaçant que
l'inconnu, que la solitude.

— La violence ne s'exerce pas tout d'un coup, commença
Maud.

— Il y a d'abord des paroles blessantes, des critiques, continua Nicole.

— Puis la manipulation, le dénigrement des gens qui entourent
la proie.

— Qui doit être isolée pour être mieux contrôlée.

— Puis c'est la première gifle. Le premier coup de poing.

— Et les excuses. Les fleurs, les chocolats et les promesses
que ça ne se reproduira jamais plus.

— Mais ça recommence, soupira Rouaix. Je vais être content
de prendre ma retraite, de ne plus voir ça.

Graham fronça les sourcils, Rouaix évoquait de nouveau son départ.

— Je pensais que tu avais changé d'idée.

— Tu seras bien obligée de t'y faire, la taquina ce dernier. Ça ne nous empêchera pas de nous voir.

— Je sais, marmonna-t-elle. Mais je croyais que tu resterais encore un an.

— Tu n'es pas seule, je suis là, la rassura Joubert.

— Heureusement! fit-elle en se tournant vers lui. Toi, tu ne m'abandonneras pas. Ni McEwen.

— Promis, dit Joubert en levant son verre comme s'il trinquait à ce pacte.

Tous deux savaient pourtant que Graham serait dans la même situation que Rouaix dans quelques années. Que Joubert regretterait son départ.

Alain les tira de ces pensées en leur demandant de passer à table; le potage à la citrouille était chaud, les croûtons au cheddar sortaient du four.

— Où as-tu trouvé la chair de la citrouille? s'enquit Grégoire.

— Cet automne, j'en ai vidé trois. J'ai tout congelé. Je suis fou de la citrouille!

— Qu'est-ce que tu nous sers ensuite? demanda Nicole.

— Parmentier de confit de canard.

— Maxime va regretter de ne pas être resté avec nous, dit Grégoire.

— Pas tant que ça, il est avec sa blonde, répondit Alain.

— J'aime bien Coralie, fit Grégoire. C'était une bonne chose qu'elle soit allée avec lui à Toronto quand il a revu sa mère biologique. Est-ce que cette femme l'a rappelé?

— Tout de suite après son retour, pour lui donner des nouvelles de Camilla.

— Ça, je le savais, mais depuis?

— Non, répondit Maud. À moins que Maxime ne nous l'ait pas dit.

Grégoire jura : cette femme n'avait pas hésité à faire appel à son fils pour qu'il fournisse de la moelle osseuse pour sa petite fille malade, mais elle le reléguait maintenant aux oubliettes.

— La mère est peut-être égoïste, mais Camilla est très chouette, dit Alain. Elle écrit régulièrement à Maxime.

Graham ajouta que la gamine avait posté des dessins à Maxime où elle l'avait représenté avec une cape de superhéros.

— Elle est en admiration devant lui, fit Alain. Je crois qu'elle n'aime pas être enfant unique et que ce grand frère qui lui a sauvé la vie est un vrai cadeau du ciel.

— Oui, approuva Graham. Et ça aide vraiment Maxime à digérer l'attitude de leur mère.

— Il m'a même dit que c'était lui qui avait eu de la chance plutôt que Camilla, car c'est elle qui vit avec une égocentrique, alors qu'il habite ici.

Alain avait déjà rapporté ces propos à Maud, mais l'entendre les répéter à Grégoire lui fit plaisir. Elle avait eu si peur que Maxime s'éloigne d'eux en allant à Toronto. Il n'en était pourtant rien ; Maxime était revenu changé, plus sûr de lui, fier d'avoir aidé sa demi-sœur, mais sans beaucoup d'illusions au sujet de sa mère. Il n'en parlait pas, alors qu'il lui lisait les courriels que lui envoyait Camilla. Elle espérait que la petite fille puisse venir les visiter au printemps. Maxime en serait tellement heureux.

— Assoyez-vous, répéta Alain. On mange pendant que c'est chaud !

Ils s'attablèrent et Graham sourit en constatant que ses amis choisissaient toujours les mêmes places. Le temps qui passait l'inclinait souvent à la nostalgie, mais il apportait aussi aux gens, aux moments, une patine qui les rendait encore plus précieux.

::

*Saint-Augustin, le 8 février*

La jument grise s'ébroua, regarda Diana durant un long moment comme si elle la jaugeait, puis baissa la tête et se dirigea lentement vers l'écurie.

— Moi aussi, j'aurais bien voulu trotter encore un peu, lui dit Diana. Je te promets de revenir. Mais Dominique vient me chercher ici dans vingt minutes…

Elle ouvrit la porte de l'écurie, raccompagna Circé jusqu'à son box, la pansa, la sécha en continuant à lui parler. Les oreilles de la jument qui étaient toujours en mouvement lui indiquaient qu'elle ne perdait rien de ses propos. Diana lissa soigneusement sa crinière avant de quitter le box.

— À la semaine prochaine, ma belle!

L'intensité du soleil surprit Diana au sortir de l'écurie pourtant éclairée. La réverbération sur la neige l'aveuglait et il fallut que Dominique klaxonne deux petits coups pour qu'elle distingue la voiture, à demi dissimulée derrière les bancs de neige.

— C'était bien? s'informa Dominique.

— Mieux que ça. Il faut que tu t'y mettes!

— Au printemps, promis. J'ai réservé au restaurant Chez l'Autre. J'ai demandé un coin tranquille.

— Tu as besoin de calme? dit Diana en observant Dominique qui se tourna vers elle une fraction de seconde.

Qu'est-ce qui n'allait pas? Avait-elle dit ou fait quelque chose qui lui avait déplu?

— Jamais de la vie! J'ai seulement quelques préoccupations. Je m'inquiète pour Rachel, à Physi'Os.

— Rachel? La petite réceptionniste?

— Oui.

Dominique ne dit rien de plus et Diana respecta son silence. En arrivant à son appartement, elle lui offrit de siroter un apéro avant de se rendre au restaurant.

— Je me changerai pendant que tu picoleras, fit-elle d'un ton qu'elle espérait léger.

Avait-elle tort de laisser entrer cet homme chez elle? De prendre sa douche et de s'habiller pendant qu'il serait dans une autre pièce? Elle l'avait spontanément invité, alors qu'il était prévu qu'il la déposerait chez elle et qu'ils se retrouveraient ensuite au restaurant. C'était par hasard, quelques jours plus tôt, qu'elle avait appris qu'il allait voir sa cousine à Saint-Augustin, où elle se rendait pour monter. Il lui avait offert de la ramener à Québec, sachant qu'elle n'avait pas de voiture, qu'elle préférait garder l'argent pour satisfaire sa passion pour les chevaux. Comme il devait partir le vendredi, il n'avait pu l'accompagner à l'aller, mais au moins, au retour, elle éviterait le long trajet en autobus.

Dominique lui sourit pour la première fois depuis qu'elle était montée dans sa voiture. Un apéro? Pourquoi pas?

— Mais il faudra que je me rende aussi chez moi pour me changer avant le souper. Ce ne sera pas long.

Elle espéra qu'il pourrait se contenter du rhum ou du vin blanc qu'elle gardait au réfrigérateur.

Dominique sirotait un verre de viognier quand Diana revint vers lui après avoir passé une robe grenat.

— Tu es belle! s'exclama-t-il.

Elle se sentit rougir et se demanda si elle aimait ou non le trouble qui l'envahissait. S'il allait obscurcir son esprit et lui faire commettre des erreurs de jugement. Est-ce que Dominique la complimentait pour obtenir… Quoi au juste? Coucher avec elle? Il n'avait pas eu l'ombre d'un geste équivoque depuis qu'ils se connaissaient, comme s'il avait compris qu'il devait être très patient. Faire ses preuves. Comment pouvait-il savoir qu'il passait un examen à chacune de leur rencontre, même brève?

Elle se dirigea vers la cuisinette pour prendre la bouteille de blanc et un verre pour elle, s'assit devant Dominique en le resservant. Il l'arrêta rapidement.

— Je conduis. Et comme je prendrai sûrement du vin au restaurant...

— Ça va mieux?

— Moi, oui...

— Mais Rachel, non? Veux-tu en parler maintenant?

Dominique hocha la tête.

— Je veux en parler parce que ça me touche, mais en même temps je n'ai pas envie de gâcher toute notre soirée avec mes problèmes.

— Tes problèmes?

— De conscience. Je pense que Rachel se fait battre par son chum. Et je ne sais pas comment réagir.

Diana retint sa respiration, puis se pencha vers la table en saisissant son verre pour éviter le regard de Dominique. Elle le renversa sur la table, jura, s'empressa d'éponger avec les serviettes en papier qu'elle avait déposées sur la table avec les olives et les bretzels.

— Je suis maladroite.

— Mais non...

Elle se tut, cherchant à dire quelque chose sans rien trouver, se demandant si Dominique la sondait en lui parlant de Rachel. Était-ce vrai qu'elle était maltraitée ou inventait-il ça pour qu'elle parle de sa propre expérience? Avait-il deviné ce qu'elle lui cachait? Non, c'était impossible. C'était sa paranoïa coutumière qui lui faisait imaginer cela.

— Ça ne va pas? s'enquit-il.

— C'est chacun notre tour.

— Qu'est-ce qui se passe? Je parlais de Rachel et... tu sais, c'est seulement une collègue de travail, si c'est ce que tu te demandes...

Il s'interrompit, eut un rire embarrassé.

— M'entends-tu parler? On dirait que je pense que tu pourrais être jalouse. C'est juste que je ne sais pas trop... Je suis ridicule.

Diana le regardait si fixement qu'il se tut de nouveau. Puis il l'entendit dire qu'elle avait connu l'enfer de la violence conjugale. Qu'elle imaginait parfaitement ce que vivait Rachel.

— Ça fait longtemps ? murmura-t-il.

— Oui. Mais ça laisse des marques. Tu dois t'en être aperçu.

— Je ne sais pas… Non, j'ai pensé que tu étais réservée. Prudente. Que tu avais peut-être eu une grosse peine d'amour. Je n'ai jamais été en contact avec la violence. Sauf il y a trois ans, quand j'ai soigné une patiente pour une épaule démise. C'est à cause de cette épaule que je crois avoir compris ce que vit notre petite Rachel.

— Une épaule ?

— Elle souffre de la même chose. Elle nous a dit qu'elle a glissé sur les marches du perron de leur immeuble. Tout à coup, j'ai pensé qu'elle nous avait menti. Que c'était son conjoint qui l'avait battue. Comme c'était arrivé à ma patiente. Mais je peux me tromper. J'ai peut-être tout imaginé. D'un autre côté, si j'ai raison, il faut qu'on l'aide. Toi, qui t'a aidée ?

Diana poussa un long soupir avant d'esquisser un geste résigné. Personne ne l'avait secourue.

— Personne ?

— Je ne pouvais pas demander de l'aide. C'était trop… compliqué.

— Compliqué ? Tu vivais où ?

Diana haussa les épaules.

— Parle-moi plutôt de Rachel.

— Tu ne veux plus parler de toi ? Je te dérange avec mes questions ?

— J'y répondrai plus tard. Je n'ai jamais dit à personne ce que j'ai vécu. Donne-moi du temps.

— OK, s'inclina Dominique. Alors Rachel ? Rachel me fait penser à un chien qu'on avait adopté quand j'étais petit. Il s'enfuyait quand je prenais mon bâton de hockey pour aller jouer dehors, ou ma raquette de tennis, l'été. Il avait peur de nous. Il avait dû être maltraité avant d'arriver dans notre famille. Il est resté craintif toute sa vie. Rachel sursaute souvent, frémit si on élève la voix, a l'air souvent fatiguée, comme si elle ne dormait pas assez. Elle ne parle jamais d'elle… C'est beau d'être discrète, mais quand je repense à sa chute précédente, supposément dans l'escalier de la cave, et que j'additionne tout ce que je viens de te dire, j'arrive à la conclusion qu'elle est victime de violence. Et je ne peux pas laisser faire ça.

— Ce ne sera pas simple d'aider Rachel.

— Non?

— Non. Mais on va en discuter au restaurant.

— Tu n'es pas obligée. Je ne voulais pas te faire revivre ça…

Diana posa sa main sur l'épaule de Dominique en se levant pour aller porter les verres à la cuisine. Il l'interrogea:

— Tu ne m'en veux pas?

— De t'occuper de Rachel? Non, jamais. Mais tu devras être patient.

— Je ne comprends pas pourquoi elle s'est mariée si jeune. Et pourquoi elle reste avec cet homme.

— Ce n'est pas si facile de partir.

— Il existe des centres pour les femmes en détresse. Et pour les hommes violents. Peut-être que son chum pourrait suivre une thérapie? J'ai vu un reportage là-dessus. Je ne prends pas sa défense, mais il doit être mal dans sa peau pour réagir avec fureur. J'ai du mal à imaginer cet état…

— Parce que tu es trop bon. Tu as de la difficulté à percevoir le mal…

Dominique protesta; il ne manquait pas de lucidité.

— Tu aimes les gens, tu ne t'en méfies pas. Tu parles à tout le monde.

— Je donne sa chance au coureur. Moi, j'en ai eu beaucoup, tout au long de ma vie. Je fais le métier que j'aime, avec les gens

que j'aime. Et ce soir, je sors avec une femme formidable. Je voudrais que tous aient la même veine que moi, c'est tout.

Diana lui sourit ; elle le voyait tel qu'il devait être quand il était
enfant. Et l'image lui plaisait.

# 3

*Québec, le 11 février*

Moreau ?

Maud Graham secoua la tête. C'était impossible, il lui avait remis la veille la recette de la tarte au sucre de sa femme.

— Il est mort hier soir après le souper, précisa Rouaix. Sa femme a appelé les ambulanciers, mais il n'y avait plus rien à faire quand les secours sont arrivés.

— On a le même âge ! dit Graham.

— Je sais. Il y a des gens qui font des crises cardiaques à quarante ans… Josiane, l'épouse de Moreau, m'a appris que son beau-père était mort de la même manière.

— Comment va-t-elle ?

— Je l'ai trouvée calme. C'est peut-être le choc, elle ne réalise pas encore que son mari est décédé.

— Ou l'inverse. Elle appréhendait sa mort depuis si longtemps qu'elle n'est pas étonnée.

Rouaix et Joubert haussèrent les épaules, devinant ce que Graham exprimait : les conjoints des policiers vivent dans la crainte qu'un officier se présente à leur domicile pour leur annoncer que leur mari, que leur femme ont été tués dans l'exercice de leurs fonctions. Elle-même s'était souvent demandé comment elle accepterait cette situation si c'était Alain qui avait un tel emploi.

— J'ai dit à Josiane que je la rappellerais plus tard pour avoir des détails au sujet du salon funéraire, de l'enterrement. Je l'ai assurée de notre soutien. Moreau était ici depuis dix-sept ans…

Rouaix soupira avant de désigner Joubert et McEwen : ils reprendraient les dossiers de Moreau dans un premier temps. Heureusement, celui-ci ne travaillait pas sur des cas trop épineux. L'hiver était calme à Québec et Rouaix s'en félicitait. À la veille de la retraite, il souhaitait pouvoir mettre de l'ordre dans les affaires courantes afin de faciliter les choses pour Jean-Jacques Gagné, le patron qu'il remplaçait, à son retour de son long congé de maladie. Il n'était pas certain que ce dernier resterait longtemps à son poste ; il avait vu Gagné plusieurs fois au cours de sa convalescence et, même si celui-ci prétendait avoir hâte de retourner au travail, il n'entendait plus, dans sa voix, cette passion qui l'avait toujours habité. Il s'informait des enquêtes en cours sans montrer sa curiosité habituelle. Rouaix se sentait un peu coupable de prendre sa retraite alors qu'il devinait qu'il y aurait de nombreux changements dans le futur, mais c'était en partie ces changements qui le poussaient vers la sortie. Et Nicole, qui serait elle aussi à la retraite en juillet. Ils se répétaient tous deux qu'ils méritaient ce repos. Mais n'arrivaient pas totalement à s'en convaincre.

— Moreau venait d'une grosse famille, laissa tomber Tiffany McEwen. Je pense qu'il avait cinq frères et deux sœurs.

Graham écouta McEwen en songeant qu'elle en savait plus qu'elle-même sur Moreau, alors qu'elle avait travaillé moins long-temps avec lui. C'était la dernière arrivée dans l'équipe. L'étroitesse d'esprit que Graham avait toujours reproché à Moreau n'avait pas semblé la déranger. Il s'était amélioré cette dernière année, mais Graham n'avait pas cherché à savoir pourquoi. Elle s'était seulement dit qu'il était plus facile à endurer. Maintenant, elle aurait voulu savoir ce qui avait causé ce changement.

Pourquoi son collègue s'était-il montré plus aimable ? Même avec elle ?

Au fond, est-ce qu'on connaît vraiment les gens ?

— Je peux m'occuper des fleurs, s'entendit-elle dire.

Il lui sembla que ses paroles rebondissaient contre les murs de la salle de réunion. Pourquoi tenait-elle à manifester cette sympathie à Moreau alors qu'il était de notoriété publique qu'ils s'entendaient comme chien et chat ?

— Vraiment ? fit Rouaix sans cacher son étonnement, la regardant droit dans les yeux.

— Je vais aller chez Élysée Fleurs, ils font de si jolis bouquets. Tu me diras où on doit faire livrer la gerbe ou la couronne.

Rouaix continuant à la dévisager, elle changea de sujet. Est-ce que Nicole avait du nouveau en ce qui concernait Rachel ?

— Elle n'a finalement pas porté plainte, répondit Rouaix.

Maud Graham donna un coup de poing sur la table de réunion, faisant tressauter les tasses à café de ses collègues avant de prédire le pire pour Rachel.

— Je me sens tellement impuissante.

— On se sent tous impuissants, dit Joubert. Mais qu'est-ce qu'on peut faire ?

— Je lui ai répété qu'on pouvait l'aider ! Pourquoi ne me croit-elle pas ?

Personne n'avait de réponse à cette question.

: :

La neige avait cessé de tomber à l'aube et le bruit des déneigeuses qui sillonnaient la rue réveilla Rachel. Elle s'étira en constatant que son épaule était de moins en moins douloureuse. Le médecin lui avait dit qu'elle avait eu de la chance que la clavicule ne soit pas cassée, qu'elle était jeune et qu'elle n'aurait peut-être pas besoin de faire autant de physiothérapie qu'il l'avait craint au début. Elle ouvrit les yeux, paniqua en réalisant que Christian n'était plus couché à côté d'elle. Elle jeta un coup d'œil au réveille-matin, fut rassurée de voir qu'il n'était que 6 h. Il était trop tôt, le réveil n'avait pas encore sonné ; elle ne s'était pas rendormie après avoir arrêté la sonnerie. Christian devait s'être simplement levé pour aller aux toilettes ou boire un verre d'eau. Elle hésita : devait-elle sortir du lit à son tour ? Lui proposer de préparer le café ? Ils n'auraient que trente minutes devant eux s'ils se recouchaient. Autant se doucher et s'habiller tout de suite, non ?

— Tu es debout, dit-elle en le découvrant assis dans le salon.

— Les camions dans la rue, c'est pénible… Ça ne semble pas te déranger, mais moi, je trouve ça vraiment désagréable.

— J'ai toujours habité en ville. Toi, c'est différent. Veux-tu que je te fasse du café ?

Il hocha la tête avant de lui demander si elle avait envie de déjeuner à l'extérieur.

— Au restaurant ?

— Pourquoi pas ? On a le temps puisqu'on s'est levés une demi-heure plus tôt. Ça ferait changement.

— C'est une bonne idée. Est-ce que je prépare tout de même du café ?

— Oui, ma chérie, il coulera pendant que je me douche et je le boirai tandis que tu t'habilleras et te maquilleras.

— Je ne suis pas obligée de me maquiller, commença-t-elle.

— C'est mieux que tu sois à ton avantage, non ?

Rachel regardait Christian en tentant de deviner ce qu'il souhaitait réellement. Il lui avait reproché deux jours plus tôt d'être trop coquette, de vouloir plaire aux clients du centre. Pourquoi insistait-il maintenant pour qu'elle mette du mascara et de l'ombre à paupières ? Pour la condamner plus tard ? Devait-elle ou non se maquiller ? Elle se dirigea vers la cafetière, vida deux tasses d'eau dans le réservoir en se demandant si Christian regrettait de s'être montré cassant avec elle, de l'avoir accusée à tort de vouloir séduire des inconnus. Depuis qu'il l'avait blessée, il s'était moqué d'elle à deux ou trois reprises, mais n'avait eu aucun geste brutal.

— On pourrait aller au Cochon dingue? suggéra-t-il.

— Comme tu veux! Le café est en route.

Vingt minutes plus tard, ils commandaient des omelettes au cheddar en sirotant un cappuccino.

— C'est vraiment une bonne idée, dit Rachel en souriant à Christian.

Il lui tapota la main en acquiesçant, ils devraient sortir plus souvent.

— On travaille, mais est-ce qu'on prend le temps de vivre? Est-ce que c'est si fou que ça de venir déjeuner ici tranquillement?

— Tu as raison! Et tu ne seras pas en retard au bureau ni moi non plus. On a une heure devant nous!

— J'espère qu'il y aura assez de fromage dans l'omelette…

— Tu as toujours autant aimé le fromage?

— Oui. Probablement parce que je n'y avais pas droit quand j'étais petit. Ça coûte cher, on n'a pas ça dans les familles d'accueil.

Rachel lui jeta un regard attendri, imaginant le garçon qu'il avait été, privé de tous ces plaisirs dont elle avait pu profiter. Elle savoura son café en se disant que, avec de la persévérance, elle parviendrait à l'amener à changer. S'il pouvait être toujours l'homme charmant qu'il était aujourd'hui! Mais comment prévenir ses éclats, deviner ses colères et les apaiser avant qu'elles explosent?

Elle avait eu envie d'en parler avec Dominique, chez Physi'Os, parce qu'il s'était montré gentil avec elle, lui offrant de quitter son poste plus tôt si son épaule la faisait trop souffrir. Lui disant que Frédérique pourrait la masser pour la soulager. Il avait un regard empreint de bonté, de sagesse, de tolérance. Elle aurait aimé avoir un grand frère comme lui, qui aurait su la conseiller.

Parce qu'il était un homme, peut-être qu'il pouvait mieux comprendre Christian?

— Sais-tu que je vais probablement changer d'emploi? dit Christian. La firme Sauriol et Boisclair m'a approché.

— C'est une grosse boîte?

— Oui. On dirait qu'ils ont besoin de mes compétences.

— C'est fantastique! J'ai toujours dit que tu étais le meilleur! Quand vas-tu le savoir?

— D'ici un mois. Tu n'en parles à personne, c'est un secret entre nous. Au bureau, je reste très discret. Je ne veux même pas parler avec l'équipe de Sauriol et Boisclair sur ma ligne téléphonique. J'ai acheté un autre portable pour être en contact avec eux en dehors de mon poste. Ça serait mieux que tu m'appelles, toi aussi, à ce numéro plutôt qu'à celui du bureau.

— Pourquoi?

— Parce que mon collègue Pierre Lahaye s'est fait reprocher d'avoir trop d'appels personnels. Quand je vais quitter la boîte, je veux un CV parfait, un dossier impeccable. Passe-moi un crayon.

Rachel fouilla dans son sac et tendit un stylo à Christian qui nota son nouveau numéro sur un coin de la nappe en papier.

— Je suis certaine que ça va marcher chez Sauriol et Boisclair, dit-elle en rangeant le bout de papier dans son portefeuille. Leurs bureaux sont plus proches ou plus loin de chez nous?

Christian haussa les épaules: quelle importance? Avec son nouveau poste, il aurait sûrement droit à une voiture de fonction. Ils ne seraient plus obligés de se partager la Toyota. Elle n'aurait plus besoin de le conduire au bureau, puisqu'il utiliserait l'autre véhicule.

— On gagnera une bonne demi-heure le matin! s'exclama-t-elle. C'est génial.

:  :

*Le 14 février*

— J'espère qu'il ne neigera pas davantage, dit Diana à Dominique. On aurait dû prendre un taxi.

— Arrête de t'inquiéter pour tout, la taquina-t-il. On verra à la fin de la soirée. Au pire, je laisserai la voiture dans le stationnement et j'irai la chercher plus tard. Ce n'est qu'une auto.

— Tu as raison.

— J'ai toujours raison, il faut t'y habituer. Qu'est-ce qui te ferait plaisir ?

— Tout a l'air bon. Je ne suis jamais venue ici.

— J'adore ce restaurant, fit Dominique. Quand je suis seul, je m'installe au comptoir et je regarde la chef travailler. C'est impressionnant !

— Comme la banquette rouge, ajouta Diana. On dirait un écrin géant pour un bijou. C'est tellement féminin ! Au cœur de toutes ces matières noires. Et j'aime les plafonds si hauts.

— Marie-Chantal Lepage donne aussi des cours de cuisine, ici. On devrait peut-être en suivre ensemble…

— Veux-tu dire que je ne suis pas douée ?

Dominique protesta ; il parlait pour lui qui ne faisait toujours que les trois mêmes recettes.

— Ce serait agréable, oui, répondit-elle avant de consulter le menu.

Après avoir choisi le carpaccio de bœuf, le saumon cuit sous vide, le tataki de bœuf et le canard en croûte, ils dégustèrent leurs manhattans.

— Je n'en avais pas bu depuis que je suis rentrée au Québec, fit remarquer Diana. Avant, j'habitais aux États-Unis.

— Aux États-Unis ?

— Oui. À Saratoga Springs.

— À Saratoga ?

Diana émit un petit rire qui surprit Dominique.

— Tu répètes tout ce que je dis.

— C'est parce que je n'ose pas poser de questions, expliqua-t-il. Je me contente de te suivre, je veux être certain de ne pas te bousculer.

Diana regarda Dominique en songeant qu'elle pourrait tomber amoureuse de lui. Sa gentillesse, sa patience l'émouvaient, lui faisaient oublier son léger embonpoint, leur différence d'âge. Elle aimait ses yeux rieurs et ses mains apaisantes. Pour appuyer ses propos, il avait une manière de les poser sur la table tout doucement, sans jamais marteler ses phrases, sans la faire sursauter. Aucune brusquerie dans ses gestes, que de la fluidité, de la grâce et une certaine force rassurante.

— Je m'occupais des chevaux à Saratoga Springs. Avant, j'étais danseuse. Dans une troupe à Broadway.

— À Broadway !

Il rit à son tour, conscient d'avoir répété les dernières paroles de Diana.

— C'était une exclamation, pas une question, précisa-t-il. Tu dansais… C'est pour cette raison que tu te tiens aussi droite. Ça m'a frappé, la première fois que je t'ai vue à la clinique vétérinaire. Et ensuite ?

Diana soupira, raconta pourquoi elle avait dû ranger ses pointes, ses collants, ses justaucorps.

— Il t'a brisé le pied ! C'est… c'est… si…

— C'est du passé.

L'arrivée de la serveuse apportant leurs entrées parut soulager Diana et Dominique changea de propos, comprenant qu'elle ne dirait rien de plus à son sujet ce soir-là. Il leva son verre pour trinquer à leur santé. Elle lui sourit avant de savourer le bordeaux.

— Tu m'excuses deux minutes ? demanda Dominique. Tu regardes la carte des vins en m'attendant ?

Au moment où il se levait, Diana lui effleura le bras et Dominique se dirigea vers la salle de bain en songeant qu'il appréciait vraiment cette femme. Il était prêt à consacrer tout le temps nécessaire pour l'apprivoiser. Il revenait vers la salle à manger lorsqu'il vit entrer un couple et reconnut Rachel alors qu'elle repoussait le capuchon de son manteau. Tandis qu'elle se débarrassait du vêtement, il observa l'homme qui l'accompagnait. Élégant, grand, mince, un visage aux traits harmonieux, une chevelure qu'il lui envia aussitôt. Domi-nique les salua

Rachel parut surprise de le voir. Plus gênée que contente. Dominique tendit sa main à Christian en se présentant comme un des associés du centre Physi'Os. Il demanda si c'était la pre-mière fois qu'ils soupaient à l'Espace MC Chef, puis il leur sou-haita une bonne soirée et se dirigea vers sa table.

Diana l'interrogea du regard; dans le reflet de la vitre, elle l'avait vu s'arrêter pour parler à quelqu'un.

Dominique sourit à Diana, faillit lui dire qu'il s'agissait de Rachel, mais préféra lui mentir; il avait senti que sa compagne ne souhaitait pas s'exprimer davantage sur son passé doulou-reux. S'il mentionnait Rachel, ils évoqueraient de nouveau la violence conjugale et ce n'était pas le moment ni la soirée pour ça. Ils étaient là pour se détendre.

— Un patient.

Diana détailla le visage de Dominique; avait-elle vraiment perçu une hésitation à lui répondre? Était-ce vraiment un patient qui était assis à côté de la spectaculaire banquette? Pour-quoi doutait-elle toujours de tout, de tous?

Elle but une gorgée, la savoura avant de jeter un coup d'œil au fleuve qu'elle pouvait encore distinguer malgré les flocons qui tourbillonnaient derrière les grandes fenêtres.

— Je suis vraiment heureux d'être ici ce soir, dit Dominique. Tu me fais oublier…

Il ne termina pas sa phrase, but une gorgée de vin, sourit à Diana qui posa sa main sur la sienne.

— Oublier?

— Ce n'est rien de dramatique. Pas comme toi avec ton ex. C'est ma sœur. Je lui ai téléphoné hier. Et j'ai été déçu. C'est toujours la même chose. Et pourtant, c'était différent.

Dominique observa un moment de silence que se garda d'interrompre Diana. Elle se contenta de presser sa main.

— J'ai décidé d'abandonner, de cesser d'essayer de maintenir un lien entre nous. Elle ne pense qu'à l'argent, au pouvoir, à devenir la première présidente du groupe… Elle ne m'a pas posé une seule question sur moi, sur le centre. Je ne l'ai jamais intéressé et je ne l'intéresserai jamais. Et, au fond, elle ne m'intéresse pas non plus.

— C'est cette constatation qui te fait le plus mal?

— Oui. Toi, tu as des frères et des sœurs?

Diana se mordit les lèvres, ses yeux s'embuèrent et c'est Dominique qui serra sa main à son tour.

— Une sœur. Je ne l'ai pas vue depuis des années. Mais nous nous aimons profondément.

— Qu'est-ce qui est le pire? Ne pas voir quelqu'un qu'on aime ou ne pas aimer?

Diana secoua la tête, retira sa main, la passa dans sa chevelure.

— Reparle-moi de ton chouchou à l'écurie, dit Dominique, désireux de poursuivre la soirée sur un ton plus léger.

— Circé? Je l'adore! C'est peut-être la jument la plus intelligente que j'ai connue. Quoique Leon, à Saratoga, devinait tout…

Ils devisèrent longuement, ne s'aperçurent pas du départ de Rachel et Christian, constatèrent tout à coup qu'ils étaient les derniers clients. Dominique s'esclaffa; ça faisait longtemps qu'il avait traîné dans un restaurant.

— On peut quand même boire un digestif, si ça te tente, proposa Diana. J'ai du porto et du scotch chez moi.

— Tout… tout me va.

: :

*Le 14 février*

Maxime sortait de la maison lorsqu'il vit la voiture d'Alain s'engager dans l'allée.

— Tu es en retard. Biscuit paniquait un peu.

— Je l'ai appelée de Drummondville, protesta le pathologiste.

— Tu sais combien les tempêtes l'inquiètent. On ne la changera pas. Elle déteste que tu prennes la route.

— J'ai fait les courses avant d'arriver pour ne pas avoir à ressortir. Tu soupes toujours avec Coralie?

— Oui, je ne vais pas vous déranger pour votre Saint-Valentin. Même si ta blonde déteste cette fête…

— C'est juste un prétexte pour la gâter, plaida Alain en sortant un bouquet de fleurs de la voiture. Tu m'aides?

Maxime sourit en soulevant la valise d'Alain d'une main tandis qu'il se saisissait d'un sac de l'Épicerie Européenne de l'autre.

— Ça va lui faire du bien de décompresser, dit Maxime.

— La mort de Moreau l'a secouée plus qu'elle ne l'imaginait, expliqua Alain.

— Je ne comprends pas pourquoi. Elle ne l'aimait pas. Elle est difficile à suivre… Penses-tu qu'elle peut changer d'idée pour Camilla?

Alain protesta: bien au contraire, Maud était trop curieuse pour ne pas accepter de recevoir la demi-sœur de Maxime.

— Elle sera totalement angoissée et te demandera vingt fois ce qu'aime manger Camilla et à quelle heure se posera son avion à L'Ancienne-Lorette, mais tout se passera pour le mieux. Et je serai là, de toute manière…

Ils pouffèrent de rire en même temps, unis dans cette complicité qui s'était établie entre eux dès leur première rencontre.

— Qu'est-ce que tu fais pour souper?

— Souvenir de Venise. Burrata sur fond d'artichaut et roquette, bar grillé et rapinis au citron. Et des *dolci*. Et j'ai trouvé le jambon cru qu'elle aime tant.

Maxime remonta le col de son Kanuk en disant qu'il mange-
rait aussi de la cuisine italienne avec Coralie : une pizza devant la
télé.

— Bonne soirée ! Tu l'embrasses pour moi. Veux-tu les clés de
l'auto ?

— Tu es sûr ?

— Je ne ressortirai pas ce soir.

En regardant Maxime s'engouffrer dans le véhicule, il sembla à
Alain qu'il avait encore grandi et il se rappela ses treize ans alors
qu'il s'inquiétait d'être le plus petit de sa classe. Aujourd'hui, ils
faisaient la même taille. Et Maxime se plaignait qu'il porte des
chandails trop classiques pour qu'il ait envie de les lui emprunter.

Il rangeait le meursault dans le réfrigérateur quand Maud
gagna la cuisine. Elle portait la robe gris-bleu qui lui rappelait les
teintes de la lagune vénitienne.

— Tu étais coincé sur le pont ?

— Non, j'ai fait les courses. Avec la neige, c'était plus long.
Des voitures garées n'importe où. On se demande ce que fait la
police !

Graham prit la mitaine qui traînait sur le comptoir et fouetta
le bras d'Alain en guise de réponse.

— Alors, ta semaine ?

— Pas mal. Et toi ?

— On va avoir un nouveau, au poste. Il vient de Montréal,
selon Nguyen.

— De quel coin ? s'enquit Alain.

— Je ne sais pas. J'espère qu'il ne passera pas son temps à comparer la métropole à la capitale.

— Tu es incorrigible ! Je ne connais personne d'aussi chauvin
que toi.

— Il me semble que Moreau est bien vite remplacé.

Alain dévisagea Maud ; elle s'était plainte la veille au téléphone
d'avoir trop de travail.

— Ça n'a rien à voir avec Moreau ni ses dossiers. C'est la série de cambriolages à Limoilou qui m'exaspère. Qui m'inquiète.

— Pourquoi?

— C'est tellement désordonné! Deux vols dans la 3$^e$ avenue, puis deux autres sur la 6$^e$ rue, puis trois à côté du cégep en dix-huit jours. Toujours avec effraction, avec du saccage. Ils piquent les bijoux, les ordinateurs, les iPad, cassent tout et repartent.

— Tu crois que c'est une équipe?

— Oui.

— Pourquoi?

— Parce que ces vols sont impudents, comme si leurs auteurs se moquaient de tout et renchérissaient entre eux. Se défiaient. En groupe, on est beaucoup plus audacieux que seul. Ces gars-là brisent pour le plaisir de briser. Il y a de la colère et du mépris dans ces vols.

— Ça ne pourrait pas être des filles?

Graham hocha la tête.

— C'est ce que je crains, au fond. Je dis « ils », mais je pense « elles ».

Alain fronça les sourcils, attendant des précisions.

— À cause des bijoux. On n'en a retrouvé aucun. Pas un *pawnshop* n'en a vu. Pourquoi des garçons conserveraient-ils des bijoux?

— Les filles seraient assez sottes pour les porter?

— Par provocation.

— Ou les gars vendent les bijoux ailleurs, dans une plus grosse ville. Comme Montréal.

Maud Graham soupira. Tout était possible. Elle désigna le sac de l'Épicerie Européenne.

— Qu'est-ce que tu as acheté?

— Des choses que tu aimes. Pour fêter un peu…

— Pas la Saint-Valentin!

— Oublie la Saint-Valentin.

— C'est difficile avec tous ces maudits cœurs en chocolat qu'on voit dans tous les commerces! Je te parie qu'il y a des dizaines de maris violents qui en ont acheté hier à leurs épouses et se sont félicités d'être aussi généreux avec elles. Et qui les battront aujourd'hui ou demain. Et cette fête rappelle leur solitude à ceux qui sont seuls…

— D'accord, on fête le plaisir d'être ensemble, ça te convient? Tu te souviens de notre souper à l'Auberge Chez Truchon?

— À La Malbaie? Tu parles si je me rappelle de l'assiette de produits locaux! Le jambon cru était aussi bon que le serrano qu'on avait mangé à Barcelone!

— J'en ai trouvé! On a une pathologiste qui vient de Charlevoix, je lui ai demandé de m'en acheter quand elle irait faire un tour chez sa mère. Elle me l'a rapporté lundi. Je suis un saint de ne pas y avoir touché cette semaine.

Maud Graham s'approcha d'Alain et l'enlaça pour l'embrasser.

— Tu es surtout un saint parce que tu m'endures…

— Sors les verres à vin au lieu de dire des bêtises.

:  :

*Le 17 février*

Dominique Poitras adressa un clin d'œil à Frédérique et à Rachel en constatant qu'il ne restait que deux chocolats dans la boîte géante qu'il avait achetée la semaine précédente pour l'équipe de Physi'Os.

— Je pensais que ça durerait au moins dix jours!

Rachel, qui avait pris un chocolat à la cerise et se préparait à l'avaler, suspendit son geste comme si elle était fautive. Dominique s'en aperçut, la rassura.

— Je plaisantais, voyons! Mange tous les chocolats qui restent, si tu veux. Tu me rends service… avec les abus que j'ai faits ces derniers jours, il faut que je me surveille. Et que j'évite les tentations. Mais je suis tellement gourmand !

— Je vais à l'Espace MC Chef, en fin de semaine, dit Frédérique. Tu m'as convaincue d'essayer ce resto.

— C'est vraiment excellent. Tu dois avoir aimé ça ? fit-il en s'adressant à Rachel.

— Tu y es allée aussi ? demanda Frédérique. Je suis la seule à ne pas connaître ?

— C'était vraiment bien.

— Ton conjoint a apprécié ?

Rachel eut un geste d'acquiescement.

— Qu'est-ce que vous avez choisi ? demanda Frédérique.

— Le carpaccio de bœuf et le saumon.

— Ah ! Diana a pris aussi le saumon. Il me semble que tu m'as dit que ton chum travaille chez Campbell, c'est ça ?

— Oui, depuis deux ans.

— Ça lui plaît ?

— Oui. Pourquoi me demandes-tu ça ?

— J'ai un ami qui vient de s'installer à Québec, mentit Dominique. Il bosse dans le domaine pharmaceutique... Leurs bureaux sont à Sainte-Foy, non ? Vers le boulevard Pie XII ? Christian doit être dans le trafic tous les matins, je le plains.

— Non, je le reconduis avant d'arriver ici. On part avant les embouteillages. En hiver, c'est un peu plus long, c'est tout.

Rachel se leva, repoussa sa chaise avant de remplir sa tasse de tisane à la menthe en disant qu'elle n'avait pas encore réussi à joindre le client qui avait oublié son iPhone dans la salle d'attente.

— C'est incroyable ! dit Frédérique. Si je perdais le mien, je ferais tout pour le retrouver !

— Moi aussi ! s'exclama Rachel. S'il fallait que ça m'arrive...

Elle ne termina pas sa phrase, fouilla dans son sac pour vérifier si le portable était toujours là. L'idée subite de le perdre, que Christian ne puisse la rejoindre au moment où il le souhaitait l'avait fait paniquer. Elle appuya sur le bouton pour être certaine de ne pas avoir manqué d'appel.

— Ça va? l'interrogea Dominique. On dirait que...

— Tout est beau.

Elle sortit de la pièce avant qu'il puisse lui poser d'autres questions. En se préparant à son tour une tisane, Dominique se demanda comment il pourrait amener Rachel à se confier à lui, alors que les réflexions les plus anodines semblaient l'angoisser. Comment savoir ce qui se passait chez elle? Pouvait-il appeler Germain Francœur qui travaillait chez Campbell et l'interroger sur Christian? Est-ce que Germain était assez discret? Ils avaient étudié ensemble au cégep de Limoilou et se revoyaient une fois par année, à leur anniversaire commun. Le fait de découvrir qu'ils étaient nés le même jour les avait amusés à l'époque et ils avaient conservé ce rituel de retrouvailles. Mais le connaissait-il pour autant?

Et s'il avançait leur rendez-vous annuel? Oui, il irait chez Campbell. Germain serait étonné, mais il était peu curieux de nature et ne s'interrogerait pas longtemps sur le changement de date de leur souper. Tant qu'ils allaient dans un bon resto...

Était-ce un bon plan? Devait-il d'abord en discuter avec Diana ou appeler tout de suite Germain Francœur? Appeler Germain. Ça ne coûtait rien de s'informer sur le conjoint de Rachel. Il en parlerait à Diana quand il aurait vraiment des éléments probants.

:::

*Le 24 février*

Le plus ennuyeux dans l'obligation de respecter la routine du matin n'était pas de se lever tôt, comme Christian Desgagné l'avait d'abord supposé, mais d'être obligé de prendre le bus pour gagner les centres commerciaux ou rentrer chez lui après que Rachel l'eut déposé en face de chez Campbell. Il avait heureusement inventé une fable pour le trajet du retour, affirmant qu'Antoine, un de ses collègues habitait tout près et avait offert de le ramener.

— C'est gentil, avait dit Rachel. Mais quand tu seras chez Sauriol et Boisclair?

— C'est sur le chemin. Antoine aime mieux parler avec quelqu'un. Parfois, on est coincés une bonne demi-heure dans le trafic. Ça passe plus vite quand on jase. Je lui achèterai une belle bouteille pour le remercier.

— J'avoue que je suis contente, avait admis Rachel, je vais arriver plus tôt à la maison.

— Tu auras plus de temps pour préparer notre souper.

Christian Desgagné poussa un soupir d'exaspération en consultant sa montre pour la troisième fois : pourquoi les bus n'étaient-ils pas plus fiables ? Il connaissait les horaires par cœur et le 11 aurait dû être arrivé à cet arrêt depuis cinq minutes. En été, passe encore, mais à -23 °C, en plein hiver, c'était vraiment inadmissible. Il écrirait une lettre à la STQ pour se plaindre. On verrait bien si la compagnie de transport lui répondrait. Il avait déjà écrit au maire pour protester contre la modification de certaines rues à sens unique dans son quartier et avait reçu une réponse. D'un obscur fonctionnaire qui signait à la place du maire, mais au moins il avait la preuve que sa lettre avait été lue. Il en enverrait d'autres. Il s'était découvert une plume alerte pour rédiger ce genre de missive, teintant même ses phrases d'une ironie particulière, bien qu'il soit conscient que tant de subtilités échapperaient probablement au destinataire. Mais il ne pouvait s'en empêcher. Il aimait que ses lettres aient du panache, qu'elles ne ressemblent pas à de banales lettres de réclamations. Il avait toujours eu un certain talent pour l'écriture et l'avait bêtement oublié à son dernier poste. Il ne regrettait pas ce travail trop abrutissant chez Campbell ; si on ne l'avait pas congédié, c'est lui qui serait parti.

Il avait eu le temps de réfléchir, c'était une bonne chose. Il serait bien mieux chez Sauriol et Boisclair. Cependant, renouer avec l'écriture lui donnait envie de trouver un emploi où il pourrait déployer ses compétences en ce sens. Peut-être attaché de cabinet? Il se voyait bien plancher sur les discours d'un ministre. Et ce serait plus agréable d'avoir un bureau au complexe G, dans le Vieux-Québec, qu'à la pointe de Sainte-Foy.

Le bus s'avança enfin au bout de la rue et Christian Desgagné s'assit au fond du véhicule, le plus loin possible du chauffeur qui écoutait les sympathisants du Canadien s'exprimer à la radio. Comment pouvait-on s'intéresser à ces commentaires débiles?

Il avait prévu rentrer à la maison, mais changea d'idée: pourquoi n'irait-il pas tout de suite à l'université pour s'informer des cours aux adultes? Il ne savait pas quelle formation précise était nécessaire pour devenir attaché de cabinet ministériel, mais il supposait qu'on l'orienterait vers un bac en communication. Il poussa un soupir de découragement; il était fou d'imaginer retourner encore sur les bancs d'école. De quoi vivrait-il? Le salaire de Rachel ne serait pas suffisant pour eux deux. Il ragea intérieurement: pourquoi n'avait-il pas le droit de réaliser ses rêves?

Comment pourrait-il gagner de l'argent rapidement?

Il vit son reflet dans la vitre de l'autobus, replaça une mèche sur son front. Il regretta le temps où il était mannequin, s'efforça aussitôt de repousser ces souvenirs qui ne servaient qu'à le torturer. À quoi bon revenir sur le passé? Il avait perdu ses contrats à New York à cause d'un photographe qui avait voulu le poursuivre en justice pour agression. C'était sa parole contre la sienne. C'est la tapette qu'on avait crue. La tapette qui avait laissé tomber la plainte, mais qui l'avait brûlé dans le milieu de la mode de Montréal à Vancouver, et de San Francisco à Manhattan. Sans lui, il serait riche aujourd'hui. Il avait à peine seize ans lors des premières photos. Au lieu de ça, il avait été obligé d'étudier à l'école de commerce et s'était retrouvé dans la grisaille des entreprises pharmaceutiques. Il n'avait pas eu de chance. Jamais.

Christian Desgagné ruminait toujours ses déceptions lorsque le bus passa devant le musée de Québec qui se dressait dans l'immensité glacée des plaines, longea ensuite les demeures ancestrales de la rue Grande Allée. Qui vivait dans ces belles maisons ? Des gens nés avec une cuillère d'argent dans la bouche. Toujours les mêmes qui avaient tout ! Il descendit au coin de la rue D'Auteuil, se résigna à remonter le capuchon de son anorak et se dirigea vers le complexe G, y pénétra et regarda autour de lui comme si, en se familiarisant avec les lieux, il pouvait se les approprier, en faire partie. Lorsqu'un gardien s'approcha de lui, il prétendit qu'il attendait un ami qui lui avait donné rendez-vous devant le complexe G et que, après vingt minutes à poireauter dehors, il voulait seulement se réchauffer.

— C'est sûr qu'on gèle aujourd'hui ! commenta le gardien. Vous pouvez rester là tant que vous voulez.

— Merci, c'est gentil, mais je pense qu'il arrive enfin, mentit Christian en esquissant un geste de salut avant de sortir.

Il traversa la rue Grande Allée, s'arrêta quelques secondes devant le Parlement, emprunta le boulevard René-Lévesque pour gagner le Centre des congrès et obliqua vers le passage intérieur pour éviter les rafales. Il descendit les escaliers roulants et gagna la rue Saint-Jean, marcha jusqu'au Hobbit pour se réchauffer avec un café. En buvant son cappuccino, il songea qu'il serait la personne toute désignée pour rédiger un guide des cafés de Québec : il les connaissait tous maintenant, savait où on servait le meilleur expresso, les croissants les plus croustillants, les chocolatines les plus dodues. Il prit *Le Soleil* qu'un client précédent avait abandonné sur une chaise et consulta les offres d'emploi, referma le journal au bout de quelques secondes : rien d'intéressant. L'ouvrit de nouveau pour connaître l'horaire des films. Il regretta la fermeture des cinémas Odéon ; il aurait bien aimé s'asseoir dans une des salles obscures, oublier ses soucis pour un moment. Il irait plutôt traîner chez Pantoute, rue Saint-Joseph ; il trouverait peut-être un livre qui le distrairait.

Dominique Poitras avait reconnu Christian Desgagné dès qu'il l'avait vu entrer dans le café et, tout en s'étonnant de ce hasard, il s'était aussitôt détourné. Il s'était demandé la seconde suivante pourquoi il voulait éviter que Desgagné le reconnaisse, mais il avait décidé de suivre son intuition. À demi dissimulé derrière les pages du *Devoir,* il avait fait semblant de lire en attendant de voir ce que ferait le conjoint de Rachel.

Après avoir payé son cappuccino, Christian remonta la ferme-ture éclair de son anorak et sortit du café sans remarquer qu'un client l'imitait aussitôt, déposait dix dollars sur le comptoir et quittait l'établissement pour le suivre.

Peu de gens choisissaient l'escalier sis à mi-chemin de la côte d'Abraham, mais Christian Desgagné emprunta pourtant les marches trop glissantes. Dominique le suivit en tentant d'imagi-ner ce qu'il dirait si Christian s'apercevait qu'il était derrière lui, s'il le reconnaissait. Il n'eut pas à mentir : l'homme se dirigea vers le boulevard Charest, puis la rue Saint-Joseph

Pourquoi Christian Desgagné allait-il dans une librairie en matinée, en début de semaine ? Pourquoi n'était-il pas chez Campbell en train de bosser ?

C'était décidé, il téléphonerait à Germain en rentrant au centre.

Deux heures plus tard, il avait joint Germain qui ne lui apprit rien sur Desgagné, car il avait lui-même quitté son poste chez Campbell six mois auparavant.

— Je préférais démissionner plutôt que d'être congédié.

— Donne-moi des précisions.

— Il y a eu une nouvelle directrice, des restructurations étaient prévisibles, expliqua Germain. C'est plus facile de trouver du boulot quand tu en as que si tu es au chômage. J'ai envoyé des CV durant mes dernières semaines chez Campbell et je suis parti. Je ne sais pas ce qu'est devenu Christian Desgagné. Peut-être qu'il est toujours là, peut-être qu'il m'a imité, peut-être qu'on l'a mis à la porte. On ne se parlait pas vraiment, je n'ai pas gardé le contact avec lui. En quoi t'intéresse-t-il?

— Je l'ai croisé un soir au resto. C'est juste de la curiosité, comme je croyais que tu travaillais avec lui... C'est quel genre d'homme?

— Il sait qu'il est beau, un peu macho sur les bords, grand parleur, mais pas désagréable.

— Bon, il faudrait fixer notre souper rituel un peu plus tôt cette année parce qu'il est probable que je parte en voyage, reprit Dominique en songeant que le mari de Rachel n'avait peut-être pas un si mauvais fond.

Ils avaient choisi un soir de la troisième semaine de mars et Dominique avait raccroché, en s'interrogeant: devait-il ou non questionner Rachel sur son époux? La semaine précédente, elle avait dit qu'elle conduisait Christian chez Campbell chaque matin. Il devait avoir conservé son poste. Et avoir congé le lundi? Qui prend congé le lundi à part les travailleurs autonomes?

# 4

*Québec, le 26 février*

Elle n'aurait pas dû l'interroger sur son travail. Elle le savait maintenant. Mais elle l'avait fait naturellement, en épluchant les carottes, comme devaient le faire des tas de femmes quand leurs maris rentraient à la maison. « As-tu eu une bonne journée aujourd'hui, chéri ? » Question banale, anodine, lui semblait-il. Elle aurait dû deviner, au nombre de secondes que Christian mettait à lui répondre, qu'elle devait changer de sujet ou se taire. Au lieu de cela, elle s'était informée de ses démarches chez Sauriol et Boisclair.

— Quand dois-tu quitter Campbell ? avait-elle demandé.

— Pourquoi me parles-tu du boulot ?

— Pour rien…

— Parler pour ne rien dire, c'est vraiment ta spécialité, avait marmonné Christian qui avait craint durant quelques secondes que quelqu'un chez Campbell ait téléphoné à la maison, et que Rachel ait appris qu'il n'y travaillait plus.

— Je m'excuse, je voulais juste savoir…

— Te mêler de tes affaires, est-ce que ça te tenterait parfois ? Je rentre du bureau crevé et tu es là à me harceler… Sais-tu quoi ? Je vais souper ailleurs. Quelque part où on ne me posera pas de questions.

Rachel entendait encore le bruit de la porte qui avait claqué derrière Christian. Qu'avait-elle dit pour lui déplaire ? Elle avait beau se remémorer leur court échange, elle ne voyait pas ce qui avait déclenché sa colère.

Colère qui ne se calmerait peut-être pas.

Dans quel était serait-il lorsqu'il rentrerait ?

Rachel se mit à pleurer, se demandant ce qu'elle devait faire, incapable de réfléchir, tremblant encore d'avoir eu peur qu'il la frappe. Et tremblant à l'idée qu'il la batte dans quelques heures. Devait-elle se réfugier chez sa voisine ?

Elle avait envie d'appeler sa sœur, saisit le téléphone, le reposa, le reprit puis le laissa tomber sur le sol. Que pourrait faire Myriam pour l'aider ? Elle habitait beaucoup trop loin. Pourquoi ne l'avait-elle pas écoutée quand elle lui disait que Christian n'était pas un homme pour elle ? Elle avait cru que son aînée était jalouse, parce qu'elle était toujours célibataire. Et parce que Christian était si beau. Mais Myriam avait vu les failles dans la personnalité de son conjoint bien avant elle.

: :

*Toronto, le 27 février*

La lumière rougeoyante du restaurant chinois donnait une teinte étrange au crâne chauve du détective qui venait de rejoindre Ken Formann. Celui-ci était attablé devant un plat de dim sum et fit signe à Marcus Reiner de s'asseoir devant lui.

— Et alors ?

— Rien. Votre ex n'apparaît nulle part, pas de carte d'assurance maladie, ni de passeport, ni de déclarations de revenus. Mais vous savez déjà tout ça… Je ne vois pas ce que je pourrais faire de plus que les enquêteurs de l'époque. De toute manière,

Nadia Gourdeault a disparu depuis plus de sept ans, elle est donc officiellement considérée comme morte.

— Je veux me remarier, monsieur Reiner. J'ai besoin d'avoir la certitude qu'elle ne réapparaîtra pas le jour de mes noces.

Le détective observait son interlocuteur, songeant qu'il mentait bien, mais pas assez pour le convaincre qu'il redoutait que son ex refasse surface au mauvais moment. S'il voulait tellement apprendre ce qu'était devenue Nadia, c'est parce qu'elle représentait une menace plus inquiétante pour lui. Comment ? Depuis quand cet homme si puissant redoutait-il qu'un fantôme de son passé réapparaisse ? Reiner était assez futé pour n'avoir posé aucune question embarrassante au chef de police Vincent O'Neil quand celui-ci lui avait demandé de rencontrer l'homme d'affaires Ken Formann. Il savait qu'ils se connaissaient depuis longtemps. Que Formann était millionnaire. Et que O'Neil avait toujours besoin de plus d'argent. Son ex-patron l'avait couvert lors d'une bavure. Il s'en était plutôt bien tiré en démissionnant du corps policier pour ouvrir une agence de détectives dans le nord de Toronto, mais il n'avait jamais été dupe : O'Neil lui demanderait inévitablement un retour d'ascenseur. Et voilà qu'il écoutait Formann pour la deuxième fois, qu'il prenait encore des notes, mais il ne voyait vraiment pas ce qu'il aurait pu faire de plus pour retrouver Nadia Gourdeault et qu'il se posait toujours la même question : pourquoi Formann voulait-il à ce point mettre la main sur son ex ?

Elle était très belle, certes, pas le genre de femme qu'on oublie, mais Formann avait les moyens de s'offrir toutes les filles dont il avait envie. Et Emily Rickland, sa future épouse, était mannequin. Pourquoi s'entêtait-il à rechercher Nadia alors qu'il commençait une nouvelle vie ?

— J'ai visité toutes les écoles de danse du Québec, assura Reiner à Formann. Personne n'a vu Nadia Gourdeault. Les cabinets de massothérapie, d'ostéopathie, d'acupuncture… On sait que les danseuses qui arrêtent de travailler se recyclent souvent dans ce genre de discipline, mais elle n'a pas choisi cette voie. Encore moins la médecine. Vous m'avez dit qu'elle s'intéressait à l'architecture quand vous vous êtes connus. J'ai vérifié les registres des universités, elle n'y apparaît pas. Il faut me donner d'autres détails sur elle.

— Elle était paranoïaque, mentit Ken Formann. Elle se sentait menacée par tout le monde.

— Mais vous avez déjà vérifié toutes les cliniques où elle aurait pu être internée et vous n'avez aucune trace à cet effet.

— Je sais, mais peut-être qu'elle a décidé de vivre dans une communauté… Elle a aimé ses années de pensionnat.

— Religieuse ? Vraiment ?

Reiner dévisagea Formann ; se moquait-il de lui ?

Formann haussa les épaules.

— Peut-être qu'elle a eu peur, qu'il lui est arrivé quelque chose pendant sa fugue et qu'elle a trouvé refuge dans une maison pour femmes en détresse ? Il faut faire le tour des maisons d'hébergement.

— Qu'est-ce qui vous fait croire ça ? Des années plus tard, il me…

— On s'est engueulés, Nadia et moi, la nuit de sa disparition. J'ai perdu le contrôle et je l'ai frappée. J'avais trop bu, elle aussi, tout a dégénéré. Quand je me suis réveillé le lendemain, elle n'était plus là. J'ai pensé qu'elle était partie dans sa famille pour bouder, mais elle n'est jamais revenue. Si elle était paranoïaque comme je le suppose, elle a pu se considérer comme une victime et se réfugier dans une de ces maisons…

— Ça n'explique pas pourquoi vous croyez qu'elle peut être toujours là, après tout ce temps.

— Et si elle avait trouvé un emploi dans une de ces maisons ? Il faut vérifier tout ça. O'Neil m'a assuré que vous étiez l'homme dont j'avais besoin.

— Croyez-vous que votre ex pourrait avoir fait des études pour être assistante sociale ? s'enquit Reiner sans relever le compliment si facile de Formann. Ou se serait-elle contentée d'un travail quelconque dans une maison d'hébergement ?

— Je ne sais pas. Il est certain qu'elle était habituée au luxe que je lui offrais. À La Malbaie, vous n'avez vraiment rien appris de nouveau ?

— Ça fait des années que personne n'a plus entendu parler d'elle. Vous le savez, vous êtes restés en contact avec son amie Mathilde. Elle non plus n'a jamais revu Nadia. Elle est peut-être morte.

— Je le sentirais.

Formann se tut, repoussa son assiette avant de dire au détective de continuer à chercher. C'était inutile de confier à cet homme qu'il s'était demandé, à la minute même où il avait découvert la fugue de sa femme, comment mettre le téléphone de ses parents sur écoute. Il avait dû y renoncer. Trop compliqué. Trop de monde à payer. Oui, il flirtait avec l'illégalité dans certaines affaires, mais il lui répugnait d'utiliser ses contacts à une fin aussi personnelle. Personne ne devait savoir à quel point il avait été humilié par Nadia. C'était ironique : à La Malbaie, la moitié des gens devaient penser qu'il avait tué sa femme, et c'était effectivement son désir le plus cher, mais il craignait de ne jamais le réaliser. Même s'il voyait encore Mathilde Saint-Onge. Qui ignorait tout de ses projets de mariage avec Emily.

— Continuez à chercher. Travailleuse sociale, pourquoi pas ?

— Ou autre chose. Elle peut faire n'importe quoi. Vous cherchez une aiguille dans une botte de foin. Nous avons parlé de ce qu'elle pourrait être devenue, mais elle a sûrement changé de nom. Dans ce cas, comment avoir une idée sur cette nouvelle identité ? Elle n'a pas été assez bête pour prendre le nom de sa mère ou de son père...

— Continuez à chercher, répéta Formann. Elle doit être retournée au Québec. Montrez sa photo partout, refaites le tour des écoles de danse, des cabinets de massothérapeutes… Nadia est une beauté, les gens ne peuvent pas ne pas se souvenir d'elle.

Devant le regard dur de son client, Reiner promit qu'il poursuivrait toutes les pistes imaginables. Et en sortant du restaurant, il songea qu'il savait trop peu de choses sur ce client.

:  :

*Québec, le 28 février*

Diana était assise dans la voiture qu'elle avait empruntée à sa propriétaire pour transporter une bibliothèque et se demandait si elle en sortirait pour aller surprendre Dominique au centre. Elle hésitait depuis dix minutes. En allant ainsi le retrouver, elle lui démontrerait un intérêt manifeste. Était-ce une bonne idée ? Cet homme qu'elle estimait pourrait-il être un amoureux ? Aimait-elle les attentions qu'il lui prodiguait parce que sa solitude lui pesait de plus en plus, parce qu'elle était flattée ou parce qu'elle ressentait quelque chose pour lui ? Mais quoi au juste ? Il était physiquement aux antipodes du type d'homme qui lui avait toujours plu. Mais on avait vu à quoi ça l'avait menée d'épouser un type qui ressemblait aux cow-boys des films américains qu'elle regardait avec son père. Était-elle trop futile ? Ou s'inventait-elle des prétextes pour continuer à tergiverser ? Dans ce cas, que faisait-elle là, en plein hiver, à rester immobile dans cette voiture au lieu d'en sortir ? Elle avait pourtant un bon motif pour revoir Dominique : lui remettre l'enveloppe contenant les informations sur le centre d'hébergement.

Elle se décida à ouvrir la portière et heurta une femme qui venait en sens inverse en portant un grand sac.

— Pardon ! Je vous ai fait mal ? dit-elle en notant les cernes qui soulignaient le regard sombre de la jeune femme.

— Non, non, fit Rachel, en grimaçant.

La portière l'avait atteinte au bras droit que Christian avait serré trop fort.

— Vous êtes certaine ?

— Oui. Je dois y aller.

— Vous êtes sûre que ça va ?

— Je... je n'ai pas bien dormi, dit Rachel en évitant le regard de Diana.

Celle-ci posa une main sur son épaule pour la retenir.

— Êtes-vous Rachel ?

— Pourquoi ?

— Je suis une amie de Dominique.

— Vous venez à la fête ?

— La fête ?

— C'est l'anniversaire de Frédérique, expliqua Rachel. Dominique m'a chargée de m'occuper du dessert.

— Non. Oui. Je ne savais pas que c'était l'anniversaire de Frédérique. Je passais dans le coin et... Pourriez-vous remettre cette enveloppe à Dominique ?

Rachel hésita, saisit l'enveloppe, puis hâta le pas pour gagner le centre.

Diana se rassit dans sa voiture. Elle aurait aimé profiter de cette rencontre fortuite pour donner elle-même à Rachel les renseignements sur la maison d'hébergement, mais elle l'aurait sûrement embarrassée. Elle avait cette carte avec elle depuis deux jours. C'était Linda, à la clinique, qui la lui avait remise. Elles avaient parlé ensemble de la violence conjugale après le départ d'une cliente venue récupérer son chien, une cliente qui avait conservé ses lunettes de soleil à l'intérieur de la clinique.

— Ça me lève le cœur ! avait dit Linda. Il faut être lâche pour frapper une femme.

— Tu es certaine que c'est ce qui est arrivé? avait répondu Diana afin que Linda précise sa pensée.

— Je sais ce que c'est. Je suis passée par là. Et, aujourd'hui, je fais du bénévolat dans un centre d'écoute.

Diana dévisagea Linda qui esquissait un sourire triste, racontait qu'elle avait même envisagé le suicide pour échapper à son mari.

— Mais j'avais ma fille. Toi, y as-tu pensé?

— Qu'est-ce que tu veux dire?

— Tu ne parles jamais de ton passé. Comme si tu n'avais pas eu de vie avant d'arriver ici. C'est ce qu'on fait toutes, je suppose, quand on a vécu l'enfer. Je me trompe?

— Non, admit Diana. Mais c'est derrière moi. Comment réagis-tu quand une femme appelle au centre d'écoute?

— J'essaie d'être rassurante et je donne le numéro des maisons d'hébergement. Tu as un drôle d'air…

— Je connais peut-être une fille qui aurait besoin de cette information.

Linda avait noté le numéro sur une carte de la clinique vétérinaire.

— Dis-lui qu'on peut l'aider.

— Je vais essayer…

Diana repensait à Linda en se rendant chez l'opticien. Cette conversation lui avait permis de découvrir une facette de la personnalité de sa collègue, une réelle empathie qu'elle ne soupçonnait pas. On ne connaît jamais vraiment les gens, songea-t-elle pour la millième fois. Mais là, c'était une bonne surprise.

Son examen de la vue se terminait lorsque son portable sonna. Dominique avait appris qu'elle était venue jusqu'au centre, mais était repartie aussitôt.

— Rachel m'a remis l'enveloppe. Pourquoi n'es-tu pas entrée?

— Je ne voulais pas déranger.

— Tu ne me déranges jamais. Où es-tu?

— Chez Les Branchés. J'ai besoin de vraies lunettes.

— De vraies lunettes?

— Je veux dire: plus fortes. Je vieillis comme tout le monde, ma vue baisse.

— Tu ne seras jamais vieille!

— Ça ne me dérange pas…

— Tu es tout près de chez moi, fit remarquer Dominique. As-tu soupé? Veux-tu te rendre à la maison et qu'on s'y retrouve? Je peux être là dans quinze minutes. Et je vais te donner une clé, ce sera plus simple. Je vais passer rue Cartier, acheter tout ce qu'il nous faut pour un pique-nique.

— Un pique-nique? Avec une nappe à carreaux par terre dans ton salon?

— Tout ce que tu veux, promit Dominique en riant.

En raccrochant, Dominique se demanda s'il devait dire ou non à Diana qu'il avait suivi Christian, puis décida d'attendre encore. Il avait peur de se rendre ridicule en jouant ainsi au détective, conscient qu'il voulait aider Rachel *et* impressionner Diana. Il attendrait d'avoir des éléments significatifs pour lui raconter ses filatures.

∷

*Le 7 mars*

«La journée de la femme, qui sera célébrée partout dans le monde demain…» Christian Desgagné repoussa le journal d'un geste brusque. Qui avait été assez con pour inventer une stupidité pareille? Assez conne, plutôt, c'était sûrement l'idée d'une idiote qui voulait attirer l'attention. C'était ce qu'elles voulaient toutes. Il reprit le quotidien avec la même brusquerie pour consulter la section des offres d'emploi. Il n'y avait rien d'intéressant, évidemment. Pas plus qu'hier dans ce cybercafé où il était resté deux heures devant l'écran sans rien dénicher de valable. Il eut envie de déchirer ce journal. De le brûler. Le piétiner, le détruire. Tout détruire. Comment était-il possible qu'il n'y ait aucun poste pour lui dans cette ville de merde? Et que le responsable du personnel de la firme Sauriol et Boisclair n'ait même pas daigné le rencontrer? Il paya son café sans saluer la serveuse, se demandant où aller. Retourner chez lui et s'installer devant la télé? Filer au cinéma? Aucun des films à l'affiche ne l'intéressait. De toute manière, les propriétaires des salles étaient des voleurs: demander sept dollars pour du popcorn était de l'abus. Il ne pouvait pas continuer à passer ses après-midi au cinéma, ses économies fondaient à toute vitesse. Il devrait bientôt piger dans le compte commun, Rachel s'en apercevrait. Elle n'oserait pas le lui reprocher. Le vrai problème, c'était qu'ils ne tiendraient pas longtemps avec son seul salaire de réceptionniste. Elle aurait pu trouver mieux! Mais elle n'avait pas d'ambition. Elle prétendait qu'elle voulait étudier, terminer ses études en ostéopathie. Qu'en était-il de ses beaux projets? Elle était tout juste bonne à répondre au téléphone, et encore.

Il quitta le café et se dirigeait vers le chemin Sainte-Foy pour attendre l'autobus quand une rafale arracha son chapeau à une vieille dame. Il se pencha pour le ramasser et le lui tendit. Elle le regarda d'un air étonné, mais finit par prendre le chapeau et le remettre avant de lui tourner le dos et de s'éloigner. Christian allait lui dire qu'elle aurait pu au moins le remercier quand il vit un homme, vingt mètres plus loin, se retourner en baissant le capuchon de son anorak bleu et entrer dans le café qu'il venait lui-même de quitter. Pourquoi se protéger du vent si c'est pour se mettre à l'abri?

Cet anorak bleu, il l'avait aperçu plus tôt. Avant de monter dans l'autobus à Sainte-Foy pour rejoindre l'avenue Myrand. Près de son ancien bureau. Là où Rachel le déposait tous les matins.

Est-ce que cette sensation bizarre qu'il avait éprouvée la semaine dernière n'était pas aussi folle qu'il l'avait cru ? Cette sensation d'être épié ?

Par qui ? Pourquoi ?

Il faillit se précipiter dans le café, se ravisa ; il valait mieux piéger l'homme qui le suivait lorsqu'il quitterait à son tour l'établissement. Ce serait lui qui le pisterait. Qui le démasquerait. De quel droit le surveillait-on ? Il n'avait rien fait de mal ! Qu'est-ce que ça signifiait ? Christian Desgagné sentait croître en lui une sourde colère qui dépassait les craintes suscitées par cette découverte. Il scruta les alentours, cherchant un endroit où il pourrait guetter la sortie de l'inconnu. Si celui-ci le suivait, il ne resterait pas très longtemps dans le café, il ne voudrait pas le perdre de vue.

Pourquoi ne pas l'appâter ?

Christian traversa la rue, marcha d'un pas nonchalant vers le café, fit semblant d'hésiter à y pénétrer, puis poursuivit son chemin avant de se dissimuler entre deux immeubles. Trois minutes plus tard, il repérait l'image de l'homme à l'anorak bleu dans les grandes vitres du supermarché. Il marcha vers l'embranchement qui menait à la station de télévision, ralentit, puis fit demi-tour brusquement. L'inconnu s'arrêta net, hésita, se mit à courir. Christian Desgagné se lança à sa poursuite, mais l'étranger se retourna subitement et il manqua de le percuter. Ils se dévisagèrent durant quelques secondes et Dominique Poitras vit une stupéfaction rageuse flamber dans le regard de Desgagné.

— On se connaît.

— Oui, admit Dominique. Je suis le patron de votre femme.

— Qu'est-ce que vous me voulez ?

— Vous parler.

— Pourquoi est-ce que je parlerais à quelqu'un qui m'a suivi comme un hypocrite ? Je n'ai rien à vous dire.

— On peut retourner au café ?

— Pourquoi m'espionnez-vous ?

— Je ne sais pas trop…

— Rachel a un problème ?

Dominique secoua la tête avec vigueur : Rachel était une perle. Et elle ignorait tout de ses manœuvres. Elle était au travail et le croyait même chez le médecin.

— Je n'ai pas voulu la mêler à ça avant de savoir si je me trompais ou non à votre égard.

— Lâche tes grands mots et dis-moi ce que tu me veux ! T'as pas le droit de me suivre !

— Pourquoi mentez-vous à Rachel ?

— C'est pas de tes crisses d'affaires. Elle est allée se plaindre de quelque chose ?

— Je vous dis que non.

— Je ne te crois pas. Elle t'a raconté qu'on s'est chicanés pour faire pitié et t'es tombé dans le panneau. Elle est bonne pour ça, faire pitié. Elle m'a eu, moi aussi.

— Qu'est-ce que vous voulez dire ?

Dominique Poitras écarquillait les yeux devant tant de duplicité et espérait qu'il avait su prendre l'air naïf qui s'imposait.

— Elle vous a dit que je suis dur avec elle ? Elle m'a servi le même discours sur son ex quand je l'ai rencontrée. Elle pense que tout le monde lui en veut. On ne peut pas lui faire le moindre commentaire sans qu'elle monte sur ses grands chevaux. Vous devez l'avoir remarqué !

— Elle est sensible, se contenta de répondre Dominique. Depuis quand faites-vous semblant d'aller bosser ?

— Qui vous a dit ça ?

— Personne, je vous ai vu dans un café la semaine dernière. Puis à la librairie Pantoute.

Christian Desgagné baissa la tête, le temps de réfléchir à ce qu'il devait faire. En apprendre plus sur le patron de Rachel ? Lui avait-elle parlé ou non ? Réussirait-il à lui faire comprendre qu'elle était névrosée et se plaignait de tout ? Mais comment empêcher cet homme de parler avec elle ensuite : il voudrait sûrement lui faire part de cette rencontre. Christian ne devait pas non plus trop dénigrer Rachel, il ne fallait pas qu'elle perde son boulot. Trop de questions se bousculaient dans sa tête. Il fixait des blocs de neige durcie en cherchant la bonne réponse à donner à ce crétin qui fouinait dans sa vie. Et s'il se mêlait de ses affaires, lui aussi ? S'il le suivait ?

Mais oui ! C'était ce qu'il devait faire.

Il releva la tête, prit un air piteux pour admettre qu'il ne savait pas comment avouer à Rachel qu'il avait perdu son travail.

— J'attends une réponse d'une entreprise. J'ai eu une entrevue la semaine dernière et on m'a rappelé pour une autre la semaine prochaine. J'ai pensé que ça serait mieux de tout raconter à Rachel à ce moment-là. Je… ne sais pas si j'ai bien fait… Ce n'est pas simple.

— Non, dit Dominique.

— Rappelez-moi votre nom. Frédéric, c'est ça ?

— Non, Dominique. Dominique Poitras. On a effectivement une Frédérique au centre, mais c'est une femme.

— Dominique, je suis désolé d'avoir été un peu brusque, mais je suis stressé. Est-ce que vous pouvez rester discret sur ce qu'on vient de se dire ? Je sais que ça peut sembler bizarre, mais j'ai juste besoin de quelques jours. Tout va rentrer dans l'ordre d'ici peu de temps. Je me sens tellement dépassé par les événements.

— Ça doit être difficile de perdre son emploi, compatit Dominique. Je serais vraiment furieux. On vit dans une société qui se sert d'un homme comme d'un objet de consommation.

S'il témoignait de l'empathie face à Christian, celui-ci s'ouvrirait peut-être à lui. Si c'était la piste à suivre pour aider Rachel ? En amenant Christian à dire sa colère, à s'en libérer. La séparation n'était plus, tout à coup, la seule possibilité à envisager pour la jeune femme. Et si Christian acceptait de se joindre à un de ces groupes de rencontres entre hommes qui admettent avoir un problème de violence ?

— J'ai été jeté comme un vieux kleenex.

— Je commence à avoir froid. Pourquoi n'irait-on pas boire un café et parler de tout ça tranquillement?

Christian Desgagné fit mine d'hésiter alors qu'il sentait la confiance renaître en lui. Son charisme agissait toujours; il réussirait à mettre Dominique Poitras dans sa poche. Pour un petit bout de temps, au moins... L'important était d'en apprendre le plus possible sur lui. Pour trouver la meilleure façon de s'en débarrasser.

Ils discutèrent durant près d'une heure au Café du Temps perdu, une heure durant laquelle Christian dut faire appel à toute son énergie pour se retenir de réagir lorsque Dominique lui suggéra d'entreprendre une thérapie. Une thérapie! Avait-il l'air d'un malade mental? Il se contenta de répéter «une thérapie?» d'un ton hésitant, écoutant les élucubrations de cet homme. Rachel méritait une bonne punition pour avoir déballé leurs petits problèmes à son patron. Car il était sûr et certain qu'elle s'était plainte. Sinon ce crétin ne lui parlerait pas ainsi. Elle avait pourtant juré qu'elle ne racontait rien de ce qui se passait chez eux. Elle lui avait menti. À ce propos. Et sur quoi d'autre?

Et pourquoi Dominique s'intéressait-il autant à Rachel?

Il lui parlait de bénévolat, affirmant qu'être au chômage donne parfois une mauvaise image de soi et que, en s'impliquant pour aider les autres, on retrouve une perception positive de son identité. Câlice! Ce gars-là aurait dû être curé! Combien de temps devrait-il encore l'entendre déblatérer ce genre de conneries? Maintenant qu'il savait où il travaillait, il trouverait où il habitait. Pour l'instant, il n'avait qu'une envie, se tirer de là!

Ils quittèrent le café à midi, au moment où des employés de TVA s'y attablaient pour luncher.

Christian tendit la main à Dominique qui hésita, puis la serra avec fermeté.

— Est-ce que tu me donnes ton numéro de téléphone ? Pour le groupe de rencontres. Je ne sais pas trop où chercher, mais toi…

Dominique fouilla dans son portefeuille, tendit une de ses cartes à Christian en souriant avant de lui offrir de le raccompagner où il le souhaitait.

— Non, je vais marcher. Réfléchir à tout ça. Je pense aussi que c'est bon de prendre de l'air, de bouger dans mon cas.

— *Men sana in corpore sano*, dit Dominique.

— Un esprit sain dans un corps sain, traduisit aussitôt Christian. Si ce type avait voulu l'épater avec son latin, c'était raté.

Ils se séparèrent tout près du chemin Sainte-Foy où Dominique avait garé sa voiture. En ouvrant la portière, celui-ci regarda Christian dans les yeux en lui répétant qu'il se tairait durant quelques jours, mais qu'il ne voulait pas être complice d'un mensonge trop longtemps.

— Je ne veux pas jouer dans le dos de Rachel. Maintenant que je sais que tu n'as plus de…

— Tout sera réglé la semaine prochaine ! Tout va revenir à la normale. Je te le jure ! Et je te donnerai de mes nouvelles.

Pour la première fois depuis qu'il discutait avec Dominique, il ne mentait pas.

::

*Le 8 mars*

— Un voisin a appelé au poste de quartier, dit le patrouilleur Jonathan Simoneau à Michel Joubert et Maud Graham. On nous a relayé l'information et on s'est rendus à l'adresse indiquée.

— Est-ce que ce voisin est entré dans le cottage avant vous ? A-t-il touché au corps ?

— Négatif. Il a téléphoné parce que le chat de Dominique Poitras, la victime, miaulait sur le balcon. Il a trouvé ça étrange, il paraît que le chat sort à peine quelques minutes par jour. Il a téléphoné, puis il est allé frapper chez le voisin. Pas de réponse. Il s'est dit que quelque chose clochait : Poitras est fou de son chat, il ne l'aurait jamais laissé dehors à -13 °C. Alors il a appelé les secours.

— On appelle le coroner, dit Joubert. On sécurise la scène de crime.

— Et je vais parler au voisin, ajouta Graham.

— Jean-Serge Fortier, précisa l'agent Pascal Breton. Retraité. Propriétaire du cottage mitoyen depuis huit ans. Jamais eu de problème avec M. Poitras, un excellent voisin, tranquille, serviable, toujours de bonne humeur.

— Et le chat ?

— Le chat ? Chez Fortier. Je me demande comment il a réussi à penser à s'en charger… Il est sous le choc, même s'il n'a pas vu le corps. C'est mieux ainsi ! Il y a du sang partout ! Il nous a prêté le double de la clé de Poitras, ça nous a évité de défoncer la porte. On a tout de suite vu la victime. J'ai vérifié ses signes vitaux par réflexe, la mort était évidente. Il a été égorgé. Ensuite, on a fait le tour de l'appartement. C'est vraiment dans le salon, enfin entre le salon et l'entrée que tout s'est passé.

— M. Fortier a-t-il vu ou entendu quelque chose ?

— Non, juste le chat qui hurlait dehors alors qu'il revenait chez lui, fit Simoneau. Ça miaule fort, un siamois ! M. Fortier a attendu un petit moment, pensant que son voisin allait faire entrer son chat, puis il s'est inquiété.

— C'est toi qui es allé chercher le siamois sur le balcon ? s'enquit Graham.

— Oui, mais j'ai mis les couvre-chaussures. Dès qu'on a été sûrs qu'il n'y avait personne dans la maison.

— On dirait qu'on a de la chance pour une fois, se réjouit Joubert. Des milliers de curieux n'ont pas envahi les lieux avant nous.

— Nous n'avons laissé personne entrer après avoir refermé derrière nous, affirma Breton. On vous a attendus en parlant le moins possible aux voisins. Mais c'est une rue tranquille, alors notre véhicule a évidemment été repéré.

— Peut-être que ça jouera à votre avantage, dit Simoneau, dans ce genre de quartier, on doit remarquer les trucs inhabituels.

— Oui, convint Graham qui était à la fois heureuse de constater l'enthousiasme des jeunes agents et légèrement ennuyée en mesurant toutes les années qui les séparaient, repensant à ses premières enquêtes. Oui, c'est vrai parfois. Sauf que c'est encore l'hiver. Même s'il fait noir plus tard, les gens tirent les rideaux. Et à -13 °C, les gens ne sortent pas beaucoup. Mais peut-être que l'enquête de proximité nous donnera des résultats.

— On vous a fait passer par l'arrière, précisa Simoneau, parce qu'il n'y avait aucune trace de pas tandis que, à l'avant, il y en a quelques-unes devant le perron. Mais pas sur les marches. La victime entretenait bien son perron, il a sûrement mis du sel plus tôt dans la journée. Pas fameux pour relever des indices… Et avec les voisins qui sont venus pour nous poser des questions… On les a empêchés de s'approcher, mais…

— De toute manière, entre le moment où l'assassin est reparti et l'appel du voisin, un certain nombre de gens sont passés sur ce trottoir. On verra ce que pourront relever les techniciens.

Graham sortit à son tour des couvre-chaussures pour envelopper ses bottes avant de s'avancer vers le corps. Elle ne pouvait voir nettement le visage de la victime qui gisait face contre terre dans une mare de sang, mais sa mince couronne de cheveux gris indiquait qu'on n'autopsierait pas un jeune homme. Elle remarqua sa main gauche, aux ongles ras et parfaitement limés. Un homme méticuleux? Gai? Était-ce un cliché de croire que les gais prenaient davantage soin de leur corps, de leur apparence que les hétéros? Grégoire ne s'était pourtant jamais offert une manucure de sa vie. Et elle pouvait parier que Joubert non plus. Elle nota qu'une bouteille de vin rouge avait roulé vers le mur où le sang qui avait giclé avait dessiné un motif en montagnes russes. Un atroce zigzag dégoulinant. Les taches grenat du vin se mêlaient à celles du sang qui virerait au rouille rapidement. Une des tables du salon était renversée, mais la lutte avait dû être courte, s'il y avait eu lutte, car les autres meubles semblaient à leur place. À côté d'un des pieds de la table, Graham repéra le goulot de la bouteille.

— J'ai l'impression que la victime a été agressée tout de suite après avoir ouvert à son visiteur. Qu'il l'a assommée avec la bouteille. Puis égorgée.

— Ils devaient se connaître, sinon la victime n'aurait pas tourné le dos, dit Simoneau.

— Précise ta pensée, fit Graham.

— Quand ça sonne chez nous et que j'ouvre la porte, c'est soit quelqu'un que j'attends, soit un étranger qui veut me convertir, ou un jeune qui vend du chocolat ou un livreur. Dans ces cas-là, je ne me retourne pas, je garde les gens dans mon champ de vision. Je sors mon portefeuille, je paie ce que j'ai à payer, je prends la barre de chocolat ou la pizza et je referme la porte. Si c'est un ami, je lui fais signe de me suivre à l'intérieur.

— Ça se tient, approuva Joubert. D'autant qu'il n'y a aucune trace d'effraction sur la porte. Poitras a ouvert spontanément à son assassin.

— Il ne nous reste plus qu'à trouver cet homme, conclut Graham d'un ton ironique.

— Tu n'es pas contente de travailler avec moi, la taquina Joubert. Qu'est-ce que tu aurais fait de plus chez toi, un beau samedi soir?

Graham donna une bourrade à Joubert avant de revenir vers l'entrée et de jeter un coup d'œil à la penderie. Que des vêtements d'homme. Les trois paires de chaussures qui étaient soigneusement rangées semblaient de la même pointure. Poitras vivait seul. Est-ce que le meurtrier le savait? Quelle était leur relation? Leur degré d'intimité?

— Quand on apporte une bouteille chez quelqu'un, c'est plutôt un signe amical, dit Graham en se dirigeant vers la cuisine. Qu'est-ce qui s'est passé pour que cette rencontre tourne si vite à la tragédie ? Poitras ne s'est même pas rendu au fond du salon.

— Il n'attendait pas ce visiteur pour souper en tout cas, dit Simoneau. La cuisine est propre, la vaisselle rangée.

— Ou bien, ils avaient décidé de commander de la pizza et de la manger devant la télé, suggéra Breton. Il y avait un match de hockey ce soir.

— Mais la télé n'est pas dans le salon, remarqua Joubert. Inviteriez-vous un ami à regarder la télé dans votre chambre ? Ou alors, c'était son chum.

Le claquement d'une portière résonna dans la nuit et Joubert jeta un coup d'œil dehors. Le coroner venait d'arriver. L'équipe de techniciens en scène de crime ne tarderait plus.

Graham sourit à Joubert ; elle était contente que ce soit Louis Brisebois qui les rejoigne. Elle aimait son efficacité, la clarté de ses explications, son laconisme. Ce coroner ne parlait jamais pour ne rien dire. Elle lui dressa un portrait de la situation tandis qu'il lui confiait son dictaphone avant d'enfiler à son tour les couvre-chaussures et la combinaison protectrice. Il regarda un long moment la victime, puis s'agenouilla lentement vers elle en continuant à dicter ses notes. Des bruits mécaniques, métalliques provenant de l'extérieur signalèrent l'arrivée de l'équipe technique. Maud se crispa en entendant la porte du fourgon grincer. Elle détestait ce son qui ressemblait à un couinement sinistre. Ne pouvait-on pas graisser les charnières ?

Louis Brisebois se releva pour laisser de la place au photographe judiciaire.

— Je suppose que la victime a été frappée à la tête avec la bouteille de vin, qu'elle s'est écroulée et qu'elle a ensuite été égorgée. Il n'est pas mort depuis longtemps. On en saura plus…

— À l'autopsie, fit Graham. Et après avoir examiné la bouteille.

— Il y a des traces de sang sur l'étiquette. On va vérifier s'il y a plus d'un groupe sanguin. Pareil pour le goulot.

Joubert soupira : le meurtrier portait peut-être des gants parce qu'il faisait froid dehors. Ou parce qu'il ne voulait pas qu'on relève ses empreintes.

— Il faut qu'ils se soient querellés vraiment très vite si notre assassin n'a même pas pris le temps d'ôter ses gants.

— Ou s'il n'a jamais eu l'intention d'offrir cette bouteille, si c'était un prétexte pour entrer chez Poïtras, avança Graham. Il aura tenu la bouteille par le goulot pour le frapper.

Graham s'accroupit pour regarder la bouteille de plus près, cherchant à lire sur l'étiquette si c'était un vin de prix ou non, mais elle était imbibée de sang.

— C'est le temps d'aller jaser avec le voisin, dit-elle en se relevant.

Elle se réjouit que ce soit le soir. Le matin, elle manquait de souplesse et n'aurait pas aimé que Joubert note la raideur de ces maudites articulations qui trahissaient son âge. Elle ôta les couvre-chaussures, referma son Kanuk et se félicita d'être chaudement vêtue. Pourquoi faisait-il encore si froid en mars ?

# 5

*Québec, le 8 mars*

Rachel écoutait la respiration de Christian, endormi sur le canapé, en se demandant pourquoi il s'était assoupi si rapidement. Est-ce que les antalgiques qu'il avait avalés l'avaient abruti à ce point? La blessure qu'il s'était faite en allant patiner au carré d'Youville était-elle plus grave qu'il ne le disait? Elle s'était précipitée pour l'aider à ôter son manteau taché à plusieurs endroits. Tout en se répétant qu'elle ne devait pas lui poser de questions, elle était allée chercher une serviette propre. Alors qu'il allongeait son bras sur la serviette, elle avait fait bouillir de l'eau, offert de l'emmener à l'urgence. Il avait protesté : il n'avait pas envie d'attendre des heures à l'hôpital.

— C'est juste une coupure! En enlevant un de mes patins, j'ai marché sur le lacet et j'ai trébuché. Je me suis entaillé la main avec la lame. Je ne sais pas comment j'ai fait mon compte…

— Il faut désinfecter, avait-elle dit en nettoyant doucement la plaie.

— Tu es gentille de t'occuper de moi.

Ce compliment avait laissé Rachel interdite. Elle s'était contentée de sourire à Christian, était allée chercher du Polysporin, des gazes, du sparadrap. Elle avait ensuite proposé à Christian de s'installer dans le canapé, mais il avait préféré se coucher.

— Je me sens un peu étourdi.

— T'es-tu frappé à la tête quand tu as trébuché?

— Non. Mais j'ai peut-être perdu plus de sang que je le pensais. J'ai vidé la boîte de kleenex de l'auto. Je ne voulais pas tacher les bancs.

— Je m'en occuperai, ce n'est pas important. Tu es certain que tu ne veux pas aller à l'hôpital?

— Non, non, tu m'as bien soigné. Je vais être correct demain matin.

— Je vais me coucher avec toi tout de suite. Si tu as besoin de quelque chose, je serai là.

— Non, ma belle infirmière, continue de regarder ton film. Je ne veux pas que tu gâches ta soirée pour moi. Par contre, si tu pouvais nettoyer mon manteau...

— C'est une chance qu'il soit noir, je vais le laver. Repose-toi.

Rachel observait Christian en songeant qu'elle aurait dû insister davantage pour le conduire à l'hôpital. Il détestait ces endroits, mais si sa main n'avait pas désenflé demain, elle tenterait d'être plus convaincante.

: :

Jean-Serge Fortier avait immédiatement ouvert à Maud Graham et Michel Joubert quand ils avaient cogné à sa porte. Ils s'étaient excusés de le déranger à cette heure-là, mais ils n'avaient pas le choix, ils devaient lui poser certaines questions.

— Qu'est-ce qui s'est passé? les coupa Fortier.

— On va tout vous expliquer, mentit Joubert. Mais on doit d'abord écouter ce que vous avez à nous dire.

— Je... je ne sais pas... rien de plus que ce que j'ai dit aux autres.

— On va ôter nos bottes, commença Graham. On ne veut pas vous retenir longtemps, mais vous pouvez sûrement nous aider en nous racontant ce que vous savez de votre voisin.

— Est-ce qu'il est vraiment mort ?

Graham hocha la tête et vit des larmes noyer les yeux de Jean-Serge Fortier.

— Je ne veux pas le croire ! Pas Dominique ! C'est le meilleur voisin que j'ai jamais eu ! Il a à peine cinquante ans. Je sais bien qu'il y a des gars de quarante ans qui font des crises cardiaques, mais...

— Il n'est pas décédé d'une crise cardiaque, commença doucement Graham. On s'assoit dans la cuisine, voulez-vous ?

Alors qu'ils passaient devant le salon, un éclair beige fila devant eux.

— C'est le chat ?

— C'est une femelle. Vous n'avez pas eu le temps de voir ses oreilles et son museau, mais c'est une siamoise, Églantine. Je ne sais pas ce que je vais faire d'elle, je suis allergique. Je ne peux pas la flatter et, d'après Dominique, c'est une chatte hyper affectueuse et je... Ça ne se peut pas qu'il soit mort !

— On l'a assommé, dit Joubert. Il a été tué.

— Non ! protesta Jean-Serge Fortier. Vous vous trompez ! Tout le monde aime Dominique. Vous pouvez demander à n'importe quel de nos voisins, c'est la crème des hommes ! Et le meilleur ostéopathe. Il a sauvé mon dos. Si je marche droit aujourd'hui, c'est grâce à lui.

— Travaillait-il près d'ici ?

— Oui, au centre Physi'Os qui lui appartient en partie. Il n'a même pas voulu que je le paie.

— Vous veniez de rentrer chez vous quand vous avez entendu le chat miauler, c'est bien ça ? dit Maud Graham.

— Oui. Ce n'était pas normal. Pas à dix heures du soir ! Jamais Dominique n'aurait laissé Églantine dehors plus de cinq minutes. Pas une siamoise ! Elle n'a pas la fourrure pour supporter le froid. Elle met son nez dehors et elle rentre aussitôt. Pauvre petite bête...

— Vous étiez sorti depuis longtemps ?

— Non, je suis seulement allé au cinéma et je suis revenu. Si j'étais resté, j'aurais pu voir…

— Ça ne sert à rien de penser à ça, l'arrêta Maud Graham. Ce dont nous avons besoin, c'est de mieux connaître M. Poitras. Était-il très sociable ? Avait-il beaucoup d'amis ? Une blonde, un chum ?

— Non. Oui. En fait, il fréquentait une femme depuis quelques semaines. Je l'ai croisée une fois, une beauté discrète, une élégance naturelle. Dominique la regardait comme si c'était une apparition. Mon Dieu ! Qui va la prévenir ? Je ne sais même pas son nom de famille.

— Il avait été marié auparavant ? Des enfants ?

— Non, une longue relation finie il y a deux ans. Il était très pris par le centre, ce projet le passionnait. Avec son associé, ils ont créé un lieu vraiment reposant. On se sent mieux juste en entrant dans la bâtisse. Des matériaux nobles, du bois partout. Je suis ébéniste, c'était sûr que j'allais apprécier l'endroit. On a beaucoup discuté de bois ensemble. Des mariages que Dominique voulait faire. C'est un homme qui a du goût, il aime les belles choses. Il s'habille avec soin, du coton, de la laine, du lin, de l'alpaga, jamais de synthétique.

— Et son associé, quels sont leurs rapports ?

— Ils se complètent parfaitement. Aymeric s'occupe plus de la gestion, tandis que Dominique se charge du personnel et des relations publiques.

— Il y a beaucoup de gens qui travaillent dans ce centre ?

— Une dizaine… peut-être plus. Ils ont engagé du personnel récemment.

— Ont-ils congédié quelqu'un ? avança Joubert.

Jean-Serge Fortier secoua la tête ; les gens aimaient travailler au centre.

— Et ses amis ? Est-ce qu'il faisait partie d'un club sportif ou…

— Non, avec le centre, il manquait de temps. Mais il m'avait dit qu'il ferait de l'équitation, cet été, parce que Diana adore les chevaux.

— C'était donc assez sérieux entre eux ?

— Dominique était vraiment mordu ! Je ne l'ai jamais entendu parler d'une femme de cette manière-là. À l'écouter, Diana était parfaite ! Qu'est-ce qui s'est passé ici ? Tout avait l'air normal quand je suis parti…

— On l'ignore pour le moment. Avez-vous remarqué quelque chose de différent chez Dominique, ces dernières semaines ?

— Différent ? Il était plus heureux, à cause de Diana.

— Et dans le quartier ? Rien de spécial ? Avez-vous reçu la visite d'un démarcheur, un vendeur de…

— Non, même pas de Témoins de Jéhovah. L'hiver, on a la paix.

— Est-ce que Dominique a de la famille, des gens qu'on pourrait prévenir ?

— Une sœur, Marie-Odile, qui vit à Ottawa. Je ne l'ai jamais vue. Ils se fréquentaient peu. D'après ce que j'ai pu comprendre, Dominique et elle n'avaient pas beaucoup de points communs. Elle est très stricte. Et toujours en voyage parce qu'elle a un poste important dans une grande compagnie minière. Ça ne peut pas plaire à Dominique, évidemment, quand on sait comment les employés de ces compagnies sont traités… on devrait plutôt parler d'esclaves ! Bref, ils n'étaient pas près l'un de l'autre. Et depuis que leur mère est morte en septembre, je pense qu'ils ne se sont pas revus une seule fois. Sa famille, ce sont les gens au centre, ses amis…

Fortier fit une pause pour s'essuyer les yeux avant de s'enquérir de la suite des événements. Qui s'occuperait de l'enterrement ?

— Ce ne sera pas dans l'immédiat, monsieur Fortier, expliqua Graham. Dans les cas de morts violentes, les démarches sont plus longues.

Elle cherchait à éviter de prononcer le mot «autopsie», observant Fortier, le voyant froncer les sourcils en comprenant ce qu'impliquaient ses propos.

— Mais… après… on pourra…

— Je suppose que vous devrez discuter avec sa sœur pour savoir quelles dispositions seront prises. Je suis désolée, vraiment.

— Moi aussi, fit Joubert en se levant. Je vous laisse ma carte si jamais un détail vous revenait à l'esprit.

Jean-Serge Fortier tendit la main pour la prendre, mais éternua à trois reprises.

— Qu'est-ce que je vais faire d'Églantine ? Je ne peux pas l'envoyer à la SPA ! Dominique n'aurait pas voulu ça !

Maud Graham qui avait vu la chatte revenir vers eux pour s'immobiliser à la lisière du tapis du salon s'entendit dire qu'elle pouvait s'en charger. Elle s'avança lentement vers Églantine, lui tendit les mains afin qu'elle la flaire. Les oreilles de la siamoise, d'un gris sombre, bougeaient en tous sens tandis que les moustaches chatouillaient les mains de Graham. Comment pouvait-elle résister à ces grands yeux bleu ciel qui recelaient tant de questions ?

— Es-tu certaine ? s'étonna Joubert.

— Vous aimez les chats ?

— Oui. Elle sera bien chez nous. Mon fils sera ravi. Avant, on avait un chat gris, Léo, mais on l'a perdu l'été dernier. Écoutez, je dois retourner à côté. Si vous le souhaitez, je peux demander à Maxime de venir chercher Églantine. Il prendra ma voiture, elle n'aura pas froid. On va récupérer ses affaires chez elle et les apporter à la maison pour qu'elle conserve des choses qu'elle connaît. On prendra aussi un vêtement appartenant à son maître. Ceci dit, peut-être que son amie voudra se charger d'Églantine, en souvenir de M. Poitras. Dans ce cas, évidemment, elle pourra la récupérer chez nous. Mais en attendant, Églantine sera bien traitée à la maison.

Jean-Serge Fortier remercia Maud Graham en la raccompagnant jusqu'à la sortie. Elle lui remit à son tour sa carte, au cas où quelqu'un réclamerait la chatte.

Dès qu'ils furent sortis du cottage, elle téléphona à Maxime sous l'œil amusé de Michel Joubert.

— Tu t'es fait avoir.

— L'as-tu regardée comme il faut? Elle est tellement mignonne!

— Tu avais dit que tu n'aurais plus de chat, que ce n'est pas pratique quand vous partez en voyage, Alain et toi…

— Mais Maxime pourra la garder.

— Pas s'il étudie à Nicolet.

Graham sourit à l'évocation des prochaines études de Maxime à l'école de police.

— Grégoire a toujours aimé les chats, rappela-t-elle à Joubert. Tu feras un petit effort pour l'accueillir chez vous. Ça n'arrivera pas souvent, de toute façon.

— On verra ça…

Ils allaient entrer chez Poitras lorsque Louis Brisebois sortit de la maison.

— Il n'y avait rien dans les poches de son pantalon, apprit-il à Graham et Joubert. Peut-être qu'on lui a volé son portefeuille, les agents le cherchent dans la maison. On saura à l'autopsie s'il avait soupé ou non.

La lumière des projecteurs installés par le photographe éblouit Maud Graham quand elle pénétra dans le salon.

— On avance bien, fit un des techniciens. Il semble que tout s'est passé ici.

— Pas de traces suspectes à l'étage, dit Simoneau. On a fait le tour des pièces, on a vu une montre et un iPhone dans sa chambre. L'ordinateur est dans son bureau. Mais peut-être que des objets ont disparu, en plus du portefeuille, même si on n'a pas d'indices en ce sens-là. C'est la victime qui pourrait nous le dire. Ou quelqu'un qui connaît bien les lieux.

— Beau travail, approuva Graham.

— McEwen arrive, prévint Joubert. On lui confie l'enquête de proximité ?

Graham hocha la tête ; Tiffany McEwen saurait motiver les agents qui, dans le noir et dans le froid, devaient sonner chez tous les voisins avec l'espoir de récolter des informations. Elle se rappelait ses longues heures de porte-à-porte avec Rouaix, ses déceptions, ses surprises et cette certitude, après avoir pratiqué durant des années cet exercice : même si elle n'obtenait aucune révélation sur une victime, elle apprenait toujours quelque chose sur la nature humaine en pénétrant chez tant d'inconnus. Chaque demeure, chaque appartement avait son secret.

— Pour la pizza qu'on évoquait tantôt, dit Pascal Breton, je ne pense pas que la victime et son agresseur devaient en manger ensemble. J'ai jeté un coup d'œil dans les armoires et les tiroirs de la cuisine : la victime ne devait pas aimer le fast-food. Pas un seul dépliant pour des livraisons sauf pour du japonais. Mais peut-être qu'ils avaient projeté un souper de sushis. Tout est rangé dans la cuisine, rien dans le lave-vaisselle hormis des tasses à café. Il y a des restes dans le frigo, peut-être que la victime comptait les manger pour souper.

— Avec un invité ? rétorqua Joubert. Ils se seraient partagé deux côtelettes d'agneau, un peu de pain de viande, de la soupe, des yogourts ? Pas un festin de roi… surtout pour deux personnes. Il n'y a pas de nappe ou de serviettes sur la table, ni d'assiettes.

— Soit Poitras venait de rentrer et envisageait de souper avec ces restes, déduit Graham, soit il avait déjà mangé à l'extérieur. Bien. Savez-vous où sont les sacs pour la poubelle ? Je dois emballer le bac à litière de la chatte, ses bols, ses croquettes.

— Suivez-moi.

En repassant devant le corps de Poitras, Graham songea à nouveau qu'il était vêtu avec beaucoup de décontraction s'il attendait un visiteur, alors que Fortier leur avait dit qu'il s'habillait avec goût. Un vieux pantalon en velours, un chandail en coton ouaté, pas de souliers ni de pantoufles, mais de grosses chaussettes. Poitras était-il à ce point intime avec le visiteur pour se moquer d'avoir l'air négligé en sa présence?

Ou alors, il ne le connaissait pas. Mais s'il ne le connaissait pas, pourquoi l'agresseur était-il arrivé chez lui avec une bouteille de vin? Parce qu'il savait déjà qu'il ne la boirait pas? Ou Poitras avait-il ouvert la porte en ayant la bouteille à la main. Et le meurtrier l'aurait prise pour le tuer? Poitras l'avait-il déposée sur la petite table dans le coin gauche de l'entrée? Si l'agresseur portait des gants, il n'y aurait aucune empreinte sur le goulot. Ce qui prouverait la préméditation.

Maud Graham vida le bol d'eau, mais conserva la litière telle qu'elle était, comme le bol de croquettes, afin d'éviter de perturber Églantine. Elle venait de tout emballer quand elle sentit vibrer son portable.

— Graham.

— C'est moi, Biscuit, fit Maxime. Je suis en face de la maison.

— J'arrive.

— On va vraiment avoir un autre chat?

— C'est une femelle. Elle a de très grandes oreilles.

— Camilla va tellement être contente. Sa mère ne veut pas qu'elle ait un animal.

En éteignant son portable, Graham se sentait gênée d'être à ce point ravie par le fait que Maxime ait parlé de la mère de Camilla. Et non de *leur* mère. Elle s'était tant inquiétée de la place que cette femme pourrait prendre dans le cœur de Maxime. S'était sentie si égoïste d'avoir ces craintes tout en étant incapable de s'en empêcher. Mais c'était Camilla qui avait séduit Maxime. Et

Graham était toute disposée à accueillir la fillette. Si en plus elle aimait les chats…

: :

*Le 10 mars*

Le sifflement de la bouilloire emplissait la pièce et Frédérique se leva d'un bond pour l'arrêter. Elle renversa de l'eau à côté de la tasse où elle avait déposé un sachet de tisane à la camomille et se mit à pleurer.

— Je ne peux pas le croire! dit-elle à Rachel, Aymeric et Mélodie. Pas Dominique!

Aymeric tapota du bout du doigt *Le Journal de Québec* où on voyait une photo de Dominique Poitras en médaillon à gauche du texte.

— Ils ont reproduit la photo de notre publicité pour le centre, fit remarquer Aymeric.

— Est-ce que j'aurais dû leur donner une photo? s'inquiéta Rachel.

— Non, non, pas question de parler aux journalistes. Qu'ils se débrouillent comme ils peuvent. Il ne faut pas qu'ils reviennent ici pour déranger nos clients. On n'a rien à leur dire, de toute manière. Ça ne s'est pas passé chez Physi'Os…

— Mais un des enquêteurs avait l'air de croire qu'il était possible qu'un client mécontent ait agressé Dominique, avança Mélodie.

— Voyons donc! s'impatienta Aymeric. Personne ne s'est jamais plaint de quoi que ce soit. Au contraire, Dominique refusait des patients.

— Est-ce que sa sœur va diriger le centre avec toi? lui demanda Frédérique.

Aymeric poussa un long soupir avant de dire qu'il ignorait comment se présentait l'avenir, mais qu'il en serait étonné. La veille, il avait parlé au téléphone avec le conjoint de Marie-Odile Poitras; celle-ci espérait quitter les Territoires du Nord-Ouest pour être à Québec jeudi.

— Elle n'est pas pressée, marmonna Mélodie

— Ils n'étaient pas très attachés l'un à l'autre. Je rencontre le comptable cet après-midi. Pour voir si on peut racheter les parts de Dominique. Tout seul, ce ne sera pas possible pour moi. Mais avec vous tous, c'est peut-être envisageable. Si vous voulez y réfléchir...

— Est-ce qu'on est obligé de décider de ce genre d'affaires tout de suite? dit Frédérique. Parler *business* alors que Dominique vient d'être assassiné?

Elle se remit à pleurer et Aymeric se passa la main dans les cheveux. Il préférait réfléchir à un montage financier plutôt qu'imaginer ce qui était arrivé à son ami.

Qui avait pu le tuer? Il n'avait aucun ennemi! Il l'avait dit et répété aux enquêteurs.

— Je ne comprends pas ce qui a pu arriver, dit-il à voix basse. On aime tous Dominique.

— La grande femme... McEwen, c'est bien le nom de cette enquêtrice? dit Mélodie. Elle m'a expliqué que les crimes sont motivés par l'argent, la jalousie et la colère. Ou parce que quelqu'un a vu quelque chose qu'il n'aurait pas dû voir. Je ne suis pas capable d'imaginer Dominique dans aucun de ces cas-là! Il est à l'aise, mais pas assez riche pour qu'on le tue... La colère? Qui aurait-il pu fâcher?

— Il ne se chicanait jamais avec personne, protesta Aymeric.

— La jalousie? reprit Mélodie. Une cliente amoureuse?

— C'est ridicule, s'insurgea Frédérique. Dominique n'aurait jamais eu une attitude équivoque avec une patiente. Il était adorable, c'est sûr, mais il ne suscitait pas la passion, c'est un gros nounours... Une femme l'aurait tué? Pourquoi? Ça ne tient pas debout!

Elle s'épongea les yeux en songeant au sourire si chaleureux de Dominique, à ses yeux rieurs.

— On ne sait rien de cette Diana qu'il venait de rencontrer, nota Aymeric. Je l'ai seulement croisée une fois.

— Moi aussi, dit Rachel. Dehors. Elle... venait voir Dominique le jour de la fête de Frédérique.

— Mais je ne l'ai pas vue! s'étonna celle-ci.

— Elle n'a pas voulu nous déranger.

— Je suppose que les policiers vont l'interroger aussi.

— Si c'était un mari jaloux? suggéra Mélodie. Quelqu'un qui s'est imaginé que sa femme avait une histoire avec Dominique.

— Tu lis trop de romans policiers, ma pauvre Mélodie. Une aventure avec Dominique!

— Il faut bien qu'une personne l'ait détesté, s'il a été tué?

— Laissons les enquêteurs rechercher le meurtrier, dit Aymeric. On aura beau creuser cette question, ça n'a aucun sens que Dominique ait été tué. Je n'arrive même pas à croire que c'est vrai. Le mieux qu'on puisse faire, c'est de continuer à travailler comme Dominique l'aurait souhaité. Je pense que tout le monde est arrivé. Rachel, as-tu pu joindre tous les patients de Dominique?

Elle sursauta en entendant son nom, obsédée par les deux mots qu'avait prononcés Mélodie quelques secondes plus tôt: «Mari jaloux.» Il fallait qu'elle les chasse de son esprit. Là, tout de suite.

— Rachel?

— Oui. Je leur ai dit que vous étiez tous à leur disposition pour assurer les soins dont ils ont besoin. Mme Lévesque pleurait au téléphone...

— Est-ce qu'on sait quand il sera enterré?

— Non. Les policiers m'ont seulement dit qu'ils me rappelleraient. Je suppose que sa sœur me tiendra aussi au courant.

Ils quittèrent la salle de réunion le cœur lourd, se demandant s'ils pourraient vraiment soulager leurs patients aujourd'hui, alors que ce drame les avait vidés de toute leur énergie.

Rachel, à la réception, avait rongé ses ongles jusqu'au sang avant midi. Les enquêteurs Joubert et McEwen avaient dit que Dominique avait été assassiné samedi en fin de journée.

Au moment même où Christian était allé patiner. Non. Elle était folle. Pourquoi aurait-il tué Dominique ? Il ne pouvait être jaloux d'un homme chauve et bedonnant qui aurait pu être son père. Il n'avait pas de raison d'en vouloir à Dominique. Ils ne s'étaient pas dit plus que trois phrases à l'Espace MC Chef. Qu'allait-elle imaginer ? Il fallait qu'elle arrive à mieux dormir. Et sans pilules. Les pilules devaient lui embrouiller les idées. Christian avait raison de répéter qu'elle perdait la tête.

:  :

*Le 12 mars*

Maud Graham suivait la fine ligne de lumière dessinée par le soleil sur la grande table de réunion. Elle semblait séparer ses collègues en deux groupes, celui des jeunes et celui des plus vieux. McEwen, Nguyen, Joubert d'un côté, Gagné, revenu depuis peu, Rouaix et elle de l'autre. L'espace d'un instant, elle vit Moreau assis à sa place habituelle, à côté de Rouaix. Elle pensait à lui beaucoup plus souvent qu'elle ne s'y était attendue. Ils n'avaient jamais été amis et, même si leur relation s'était améliorée durant les derniers mois, elle s'étonnait qu'il lui revienne à l'esprit si fréquemment. Sa mort prématurée l'avait choquée parce qu'ils avaient presque le même âge. Elle aurait peut-être été moins bouleversée s'il avait péri dans un accident de voiture. Elle chassa ses réflexions pour écouter ce que rapportait Nguyen.

— On a interrogé deux fois tous les voisins de Dominique Poitras. Personne n'a rien vu. Maudit hiver! Les gens restent encabanés.

— De votre côté? s'informa Gagné en s'adressant à Graham et Rouaix.

— On a rencontré sa blonde, dit ce dernier. Elle ne nous a rien appris, elle était trop sous le choc. C'est à peine si elle pouvait répondre par oui ou non à nos questions. J'étais content que sa voisine vienne frapper chez elle pendant qu'on était là. On les a laissées ensemble. On n'aurait rien tiré de plus de cette femme dans l'état où elle était.

— Aussi terrorisée que bouleversée, précisa Graham.

— Terrorisée? Elle a peur que le tueur s'en prenne à elle? avança McEwen. Mais, dans ce cas, elle sait quelque chose...

— Quand on lui a demandé si elle connaissait des gens qui pouvaient en vouloir à Dominique Poitras, fit Rouaix, elle nous a dit que c'était impossible de ne pas aimer cet homme-là. Que tout le monde l'adorait. C'est la phrase la plus longue qu'elle ait prononcée.

— C'est la phrase qui revient chaque fois qu'on pose des questions sur Poitras, constata Nguyen. Si tant de gens l'aimaient, pourquoi a-t-il été tué?

— Il a bien fallu qu'il dérange quelqu'un, dit McEwen.

— Qu'il soit témoin d'un truc qu'il n'aurait pas dû voir, compléta Graham. D'un geste qu'a posé l'assassin. Qui s'est aperçu que Poitras en avait été conscient. Et qui connaît Poitras puisqu'il s'est rendu chez lui. Je l'ai dit dès le début, je crois à la préméditation.

— Mais si Poitras a été témoin d'un délit, il ne se serait pas méfié de son agresseur? rétorqua Nguyen. Il lui aurait ouvert gentiment sa porte?

— Oui, si c'est une personne avec qui il est lié, avança Graham. Imaginez que ce soit votre frère, votre meilleur ami ou votre copine qui commet un délit, allez-vous le condamner sans lui parler avant? Sans essayer de comprendre ce qui s'est passé? Nous sommes tous des policiers, mais je dois admettre que, si je savais que Grégoire ou Maxime avaient commis une grosse erreur, j'essaierais d'avoir des explications avant toute chose. Je ne les traînerais pas au poste illico. Supposons que c'est une personne que Poitras connaît depuis longtemps. Elle a fait un truc moche, il l'a vue. Elle sait qu'il le sait. Elle lui téléphone, prétend qu'ils doivent discuter de l'incident, qu'une raison a motivé son geste et elle se présente chez lui.

— Non pour se justifier, mais pour le tuer et l'empêcher de parler, compléta McEwen.

— C'est une bonne hypothèse, admit Gagné. Mais c'est une hypothèse, et non une preuve.

— Le problème, c'est qu'on l'a appelé d'une cabine téléphonique, déclara Nguyen. J'ai les relevés des derniers appels. Il n'en a reçu qu'un seul, samedi. En après-midi. Provenant d'une cabine.

— Et chez lui? s'enquit Rouaix. Pas de nouveaux éléments?

— J'étudie son ordinateur, fit Nguyen, mais il ne s'en servait que très peu. Tout se passait au travail. On épluche son carnet d'adresses, un vieux carnet qu'il conservait dans le tiroir de son secrétaire. Il tombe en lambeaux. C'est surprenant qu'un homme si méticuleux n'ait pas recopié ce carnet. Il y a des numéros quasiment effacés… Ça ne simplifie pas les recherches.

— Et les poubelles? demanda Graham.

— En ordre. Les ordures avec les ordures et le recyclage tel qu'il doit être. On a regardé tous les papiers sans rien voir de particulier. Sa maison est propre, bien rangée. Il n'avait pas de goûts de luxe qui auraient pu entraîner des dépenses extravagantes que son salaire ne pourrait payer.

— Il ne jouait pas en ligne non plus, précisa Nguyen. Et il se versait un salaire une fois par mois. Très raisonnable pour un patron.

— Ses collègues? fit Gagné.

— Bouleversés, unanimes, dit Joubert, personne ne connaissait d'ennemis à la victime. On a vérifié les alibis, c'est bon.

— Et ses clés ? On les a retrouvées ? Son portefeuille ?

— Non, déplora Joubert.

Graham poussa un soupir éloquent avant de se tourner vers ses collègues.

— Vous savez ce qu'il nous reste à faire. Revoir tout le monde. La sœur arrive aujourd'hui ?

— C'est ce qui est prévu, dit Rouaix. Je la cueillerai à l'aéroport.

— Quelle impression t'a-t-elle fait ? s'enquit Joubert.

— Pas trop émue, surtout ennuyée par ce contretemps. Elle m'a bien fait comprendre qu'elle est une femme très occupée, qui n'a pas de temps à perdre.

— Elle devait tout de même être surprise…

— Pas vraiment, fit Rouaix. Elle m'a dit que Dominique avait le don de ramasser les chiens écrasés, qu'il avait dû ouvrir sa porte à n'importe qui…

— Sympathique, marmonna Graham. Bon, de mon côté, je m'occupe de Diana Roberts.

— Elle est anglophone ? s'enquit Tiffany McEwen.

— Parfaitement bilingue, si c'est le cas. Pas le moindre accent. Elle doit venir de Montréal, mais je vais vérifier ce que je peux trouver sur elle.

Graham revoyait le visage décomposé de Diana, l'expression de terreur qui avait suivi la stupéfaction à l'annonce de la mort de Poitras. De quoi avait-elle si peur ?

De qui ?

Pas d'être tenue coupable du meurtre, elle avait un alibi, elle était restée à l'écurie de Saint-Augustin toute la journée.

Est-ce que sa relation avec Dominique dérangeait, ulcérait quelqu'un ? Comment ?

— Bien, fit McEwen en ramassant ses dossiers, on va refaire une tournée des collègues de Poitras.

— Je pars pour l'aéroport, dit Rouaix.

— Et moi, je vais voir Diana, répéta Graham en attrapant son manteau.

Elle enroula soigneusement son foulard autour de son cou. Elle ne voulait surtout pas prendre froid et être mal en point au cours des prochains jours : à cause de l'enquête, mais aussi parce qu'il se pouvait que la petite Camilla vienne visiter Maxime. Et faire la connaissance d'Églantine qui avait séduit toute la famille. Comment résister à ces pattes de velours sombres quand elles se posaient sur votre estomac pour exiger des caresses ? La chatte avait semblé désorientée durant les premiers jours, mais, pour la première fois cette nuit, elle avait rejoint Maxime dans sa chambre pour s'endormir à côté de lui. Même s'il avait à peine sommeillé, de peur de l'écraser, il arborait un sourire béat quand il avait raconté l'événement au petit déjeuner.

Le soleil irisait la neige quand Graham traversa le terrain de stationnement. Elle espéra qu'il gagnerait en force au cours de la journée et que les météorologues se trompaient en annonçant une bordée de neige pour la fin de la semaine. Elle détestait qu'Alain prenne la route pour rentrer à Québec quand il neigeait.

Maud Graham gravit les marches parfaitement déblayées de l'escalier et frappa à la porte de l'appartement de Diana en espérant que celle-ci l'entende malgré les aboiements du chien qui devait vivre au rez-de-chaussée. Quand elle avait appelé à la clinique vétérinaire pour lui parler, on lui avait répondu qu'elle ne travaillait pas aujourd'hui. Graham s'était aussitôt dirigée vers Limoilou tout en se disant qu'elle achèterait du thé chez Camellia Sinensis après avoir interrogé Diana Roberts.

— Entrez, dit celle-ci d'une voix éteinte.

— Je suis gênée de vous déranger, confessa Graham en notant les yeux fiévreux de Diana. On ne progresse pas aussi vite qu'on le souhaiterait.

Diana se mordit la lèvre supérieure en la fixant.

— Vous n'avez aucune idée de ce qui s'est passé ?

— On croit qu'il a peut-être été témoin d'un délit. Et qu'il gênait comme témoin.

— Témoin de quoi ?

Diana avait l'air ahurie.

— Diana Roberts, c'est un nom anglophone. D'où venez-vous ?

— Mon père était originaire de l'Alberta.

— Où avez-vous grandi ?

— J'ai déménagé souvent. Quand Dominique aurait-il vu ce qu'il n'aurait pas dû voir ? Il m'a appelée samedi et il n'a rien mentionné. Qu'est-ce que...

— Vous ne vous êtes pas retrouvés ensuite, d'après ce que j'ai noté hier.

— Non. Dominique se rendait à une amicale.

— Une amicale ? répéta Graham.

Une de ces rencontres entre anciens élèves d'un même collège ? Combien de types devraient-ils interroger de plus ? Cent ? Deux cents ? Trois cents ? Elle s'arrêta, c'était inutile de s'affoler.

— En fait, c'était plutôt la préparation de la soirée de l'amicale qui doit avoir lieu cet été, précisa Diana. Ils fêtent les trois cent cinquante ans de l'établissement. Dominique voulait contribuer à l'organisation des événements. On avait remis notre souper à mardi soir.

— Est-ce qu'un détail vous a paru étrange dans ce qu'il vous a raconté ?

— Non, on a bavardé de choses et d'autres. De sa chatte... Églantine est toujours chez vous ? Elle va bien ?

Graham avoua qu'elle avait charmé tous les membres de la famille, puis s'inquiéta ; est-ce que Diana voulait l'adopter ? En souvenir de Dominique ?

Diana ferma les yeux pour retenir ses larmes avant de secouer la tête ; elle ne pouvait pas garder d'animal chez elle. En soupirant intérieurement de soulagement, Graham mesura à quel point elle s'était déjà attachée au petit félin. Elle était pourtant persuadée, après la mort de Léo, qu'elle ne pourrait plus jamais aimer autant un animal. Églantine semblait qualifiée pour lui prouver le contraire.

— Vous sortiez avec Dominique Poitras depuis longtemps?

— Non. On ne sortait pas… pas officiellement.

— Qu'est-ce que ça veut dire, *officiellement*? Au centre, on nous a dit qu'il parlait beaucoup de vous.

— De moi? Il n'aurait pas dû. Nous sommes allés ensemble au restaurant à quelques reprises et il est vrai que je l'appréciais. De plus en plus…

— Mais, de votre côté, vous n'en avez parlé à personne, vous ne l'avez pas présenté à vos amis?

— Nous n'étions pas rendus là. À notre âge, on ne se précipite pas.

— Vous êtes jeune, s'étonna Graham. Dominique, oui, était plus âgé. Et je peux vous jurer que c'est tout le contraire: on n'a pas envie de perdre du temps quand il nous en reste de moins en moins. Peut-être que c'est justement votre différence d'âge qui vous freinait?

Diana haussa les épaules. Quelle importance aujourd'hui? Et en quoi cela concernait-il l'enquête?

— Tout ce qu'on apprend sur une victime nous est utile, tant qu'on n'a rien sur le meurtrier. Donc Dominique s'intéressait à vous, vous le trouviez sympathique…

— Plus que ça. C'était un homme qui respirait la bonté.

— De quelle manière? Donnez-moi un exemple.

— Il… il se souciait de… ses collègues. De ses patients. Il en parlait avec une réelle empathie. Il irradiait la compassion.

Maud Graham scrutait le visage de Diana qui battait trop souvent des cils; elle aurait pu jurer qu'elle lui cachait quelque chose.

— Est-ce qu'il aurait pu se mettre dans une situation inconfortable pour rendre service à quelqu'un?

Diana fronça les sourcils. Que voulait-elle dire ?

— Si un employé avait des problèmes, disons de consommation d'alcool ou de médicaments, et que cet employé avait pris de l'argent dans la caisse, est-ce que Dominique aurait pu cacher cet écart à son associé ou…

Diana leva les mains en l'air en signe de protestation : il ne lui avait jamais mentionné avoir ce type de soucis au centre.

— Alors comment se manifestait sa compassion ?

— Il savait écouter. Si on voulait lui parler. Il… il y a des jeunes qui devaient voir en Dominique une figure paternelle, rassurante.

— Des jeunes ?

— Rachel, Frédérique, Mélodie, Mathieu, je ne les connais pas tous, mais il me parlait de ce qu'ils vivaient, de leurs problèmes.

— Quels problèmes ?

Diana fixa Maud durant quelques secondes avant de répondre par un cliché : les soucis habituels, des questions concernant leur avenir, des histoires avec un colocataire, des problèmes de couple.

— Est-ce qu'une de ces personnes aurait pu être amoureuse de Dominique ?

— Pardon ?

— Il a ouvert la porte à son agresseur, c'est la seule chose dont on est assurés. Il le connaissait.

— Non, personne n'était amoureux de Dominique au centre. Il me l'aurait dit, il était très franc.

— Il n'avait pas de secrets pour vous ?

— Voilà.

— Et vous ?

Le visage de Diana s'assombrit et elle regarda Maud Graham droit dans les yeux.

— Moi non plus. J'avais vraiment confiance en lui.

— Il a tout de même ouvert sa porte à une de ses connaissances. On a fait le tour des voisins. Aucun vendeur itinérant n'a frappé aux portes. Son voisin est rentré vers ving et une heures et…

Maud Graham se tut, songeant subitement au retour de Dominique Poitras. Et s'il était revenu avec un ancien ami de collège après la préparation de la soirée ?

— Savez-vous où se tenait la réunion pour l'amicale ?

— Non. Je sais seulement qu'ils se retrouvaient chez un certain Dumoulin.

Graham hésitait entre partir pour apporter cet élément nouveau à ses collègues ou rester et tenter de savoir ce qui avait tant effrayé Diana la veille, quand elle lui avait appris la mort de Dominique.

— Dominique n'a jamais évoqué de situation bizarre à laquelle il aurait été confronté ? Ni de patient étrange ?

Diana secoua la tête.

— Des menaces ?

— Des menaces ?

Quand Diana répétait trop vite ses questions, Graham doutait aussitôt de la réponse.

— Non, bien sûr que non.

— Vous avez eu l'air terrifiée hier, insista-t-elle. *Avant* d'être bouleversée.

Diana observa Graham qui ne la quittait pas des yeux ; cette femme était plus perspicace qu'elle ne l'avait imaginé. Elle aurait voulu lui confier qu'elle avait immédiatement pensé à Ken Formann en apprenant la mort de Dominique et que, depuis, elle se demandait s'il l'avait retracée, s'il l'avait vue avec Dominique et avait décidé de le tuer. Mais pourquoi lui plutôt qu'elle ? Il aurait dû l'exécuter aussi. Elle devenait peut-être paranoïaque, mais comment un homme aussi gentil que Dominique avait-il pu s'attirer cette colère meurtrière ? Elle savait que la jalousie de Ken était sans limites. Destructrice. Qu'elle pouvait tout anéantir.

— De quoi avez-vous peur ? insista Graham.

— De l'assassin. Je pensais que Québec était une ville où je serais en sécurité.

— Parce que vous ne l'étiez pas ailleurs ?

Diana évita le regard de Graham qui devinait décidément trop de choses. Elle était incapable de réfléchir depuis la mort de Dominique. Ses pensées rebondissaient comme des boules de billard, frappant douloureusement les parois de son cerveau. Elle aurait voulu parler de Ken à cette enquêtrice, mais comment lui faire confiance ? Elle s'intéresserait à Formann qui finirait par apprendre dans quelle ville elle se terrait. Même si, après toutes ces années, il était peu probable qu'il la cherche encore et, surtout, qu'il soit relié au meurtre de Dominique. Si elle soulevait le voile sur son existence, elle se condamnait à errer de nouveau. Et cette errance ne ramènerait pas Dominique. Par contre, si Ken était mêlé à cet assassinat, ce serait enfin sa chance d'être débarrassée de lui à jamais. Mais quelles preuves avaient récoltées les policiers ? Pas beaucoup, d'après ce qu'elle avait saisi des propos de Graham.

Tout se passait trop vite. Elle ne pouvait pas prendre de décision maintenant.

— Vous savez, s'il y a un problème avec Églantine, venez nous voir à la clinique. Ce sera gratuit pour elle. C'est bien le moins que je puisse faire pour la chatte de…

Elle s'étrangla avant de prononcer le nom de Dominique. Maud lui tendit maladroitement un papier mouchoir en songeant qu'elle aimait probablement cet homme plus qu'elle ne se l'était avoué.

— Vous avez connu Dominique à la clinique vétérinaire, c'est ça ?

— Oui.

— Il était client depuis longtemps ?

— Bien avant que je commence à travailler là.

— Vous êtes arrivée quand ?

— À la fin de l'été.

— Pourquoi avez-vous choisi de vous installer à Québec ?

Diana interrogea Maud Graham : en quoi son déménagement dans la capitale pouvait-il l'intéresser ?

— Tout m'intéresse. Tout ce qui touche à une victime m'intéresse. Tout ce qu'elle était, tout ce qu'elle montrait, tout ce qu'elle dissimulait. Tous ses secrets. Toute sa famille, tous ses proches. Tout ce que vivent ses proches, tout ce que me taisent ses proches. C'est une seconde nature chez moi, je cherche ce qu'on me cache. Vous m'avez dit que vous pensiez que Québec était une ville sécuritaire. Je suppose donc que vous viviez avant dans une ville où vous avez eu peur. Quand on a peur, c'est qu'on se sent en péril. Je me demande si c'est parce que vous êtes impressionnable, parce que vous viviez dans une ville dangereuse ou si vous étiez vraiment menacée. J'ai lu l'angoisse sur votre visage. Je veux savoir pourquoi.

— Je vivais à Montréal. J'ai été agressée en sortant du métro, mentit-elle. En rentrant chez moi.

Graham la regarda longuement avant de refermer son carnet.

— J'en suis désolée. Sincèrement.

— C'est loin, dit Diana en détournant les yeux.

Elle était mal à l'aise de mentir à cette femme qui voulait arrêter l'assassin de Dominique. Mais comment l'empêcher de s'intéresser à elle ? S'il fallait que Graham vérifie son identité… Si elle l'avait déjà fait !

Des serres glacées froissèrent sa poitrine. Elle ferma les yeux pour tenter de se ressaisir.

— Qu'est-ce qui se passe ? fit Graham en voyant Diana blêmir.

— Je ne sais pas… je manque d'air.

— Dites-moi ce qui ne va pas.

— Je suis étourdie, répéta Diana avant de se pencher vers le sol, les bras tendus devant elle.

Tout en l'écoutant s'efforcer de respirer profondément, Graham notait la courbe parfaite que l'échine ployée de Diana dessinait. Cette femme avait la grâce d'une danseuse. Et le maintien, la manière de se tenir les épaules dégagées. Elle aurait bien aimé avoir cette allure. Mais elle aurait encore plus aimé savoir ce qui traumatisait Diana Roberts. Elles se reverraient... Le vol d'un portefeuille lui semblait un bien mince mobile pour égorger Dominique Poitras chez lui. D'autant plus qu'Aymeric Valois avait confirmé qu'il s'occupait de la gestion financière de Physi'Os. Aucune des deux cartes de crédit appartenant à Dominique Poitras n'avait refait surface. Est-ce qu'on tue quelqu'un pour des cartes? Oui. On tue pour n'importe quoi. Mais tout de même... l'assassin n'avait pas touché à l'ordinateur ni au iPhone tout neuf.

# 6

*Québec, le 13 mars*

Michel Joubert et André Rouaix attendaient que Marie-Odile Poitras les retrouve dans la salle à manger de l'Auberge Saint-Antoine où elle avait réservé une chambre pour deux nuits. Elle s'était tournée vers eux, après avoir signé sa fiche d'inscription et récupéré sa carte de crédit, et leur avait dit qu'elle les rejoindrait au restaurant quinze minutes plus tard; elle avait des coups de fil à donner. Pouvaient-ils lui commander un cappuccino?

— Heureusement que c'est nous qui allions la chercher... dit Rouaix à Joubert.

— Graham n'aurait pas trop aimé être traitée comme une employée.

— Tu as entendu? Elle a pris une chambre pour deux jours seulement. Elle est persuadée que tout sera réglé rapidement et qu'elle pourra repartir samedi.

— Et elle ne nous a posé que trois questions au sujet du meurtre de son frère, s'indigna Joubert. J'avais l'impression que c'était plus important pour elle de lire les messages qui entraient dans son iPhone que de nous écouter.

Rouaix hocha la tête; Marie-Odile Poitras ne semblait pas attristée par la mort de son aîné.

— Je me demande comment elle réagira quand elle apprendra que son frère laisse une belle somme à Diana Roberts et qu'il lègue l'argent de la vente de sa maison au centre. Le testament olographe qu'on a trouvé m'a l'air valide. Quand le notaire nous aura tout confirmé…

— Cette information la surprendra sûrement, dit Joubert. Peut-être qu'elle perdra un peu de son super contrôle. Mais, pour être honnête, je serais aussi étonné si on me disait que ma sœur lègue vingt mille dollars à quelqu'un qu'elle ne connaît que depuis trois ou quatre mois. C'est… exagéré, non ?

— D'après ce que nous a rapporté McEwen, Poitras a eu un vrai coup de foudre pour Diana Roberts.

Rouaix se tut, se leva en voyant apparaître Marie-Odile Poitras qui jeta un coup d'œil à la table et constata qu'on n'avait pas encore apporté son café. Elle héla aussitôt un serveur, puis posa son iPhone devant elle avant de questionner Rouaix.

— Quand pourrai-je récupérer la dépouille ?

— Nous l'ignorons. La semaine prochaine, probablement.

— C'est trop long.

— On parle d'une mort violente, madame, rappela Joubert. Il nous faut réunir toutes les informations avant de donner le feu vert pour l'enterrement.

— Mais je serai à Anvers mercredi prochain, protesta-t-elle.

Elle garda le silence quelques secondes et demanda si elle pouvait repartir après s'être entendue avec l'associé de son frère pour régler les funérailles. Après tout, c'était lui qui était allé identifier le corps, ils étaient très près l'un de l'autre.

— Votre présence ne sera pas indispensable à ce stade-là, fit Rouaix.

Le serveur déposa le café devant elle sans qu'elle le remercie. Elle but une gorgée, ferma les yeux comme si elle devait analyser la saveur du cappuccino, releva la tête.

— Quelle est la prochaine étape ?

— Nous avons trouvé des documents chez votre frère. Ça semble être un testament. Un testament récent.

— Récent ?

— Rédigé il y a à peine un mois. Dominique vous en a-t-il parlé ?

— Nous ne nous sommes pas appelés souvent depuis que notre mère est morte.

Rouaix extirpa une photocopie du testament et le tendit à Marie-Odile Poitras qui le lut en sourcillant avant de le laisser tomber sur la table.

— On verra s'il est valable.

— D'après Aymeric Valois, c'est bien l'écriture de Dominique.

— Il doit être heureux que celui-ci lui laisse la maison. Je n'ai jamais entendu mentionner cette Diana Roberts. Je suppose que vous l'avez interrogée.

— En effet. Elle était absente au moment de la mort de votre frère.

— Il ne m'a pas parlé d'elle à l'enterrement de notre mère en septembre.

— Il ne la connaissait pas encore, confirma Michel Joubert.

Marie-Odile but une gorgée de café et déclara qu'elle ferait expertiser le testament par un notaire.

— J'aurai besoin de l'original, mentionna-t-elle. Le plus tôt possible.

— Vous nous avez dit que votre aîné avait tendance à jouer les bons samaritains, commença Joubert.

— Oui. Il aurait dû être prêtre ou psy. Toujours prêt à écouter tout le monde. Déjà, au collège, c'était le confident de toutes les filles. Ce n'est pas la meilleure manière de se faire une blonde. Il est resté seul longtemps, mais il y en a une qui lui a mis le grappin dessus.

— Que voulez-vous dire ?

— Mon frère n'avait rien d'un apollon. Quand Eva s'est intéressée à lui, il l'a épousée aussitôt. Je constate que son divorce ne l'a pas rendu plus sage et n'a pas modéré son enthousiasme, s'il a couché cette Diana sur son testament au bout de quelques semaines. C'est un naïf.

Le ton de Marie-Odile sonnait comme une condamnation.

— J'imagine que je dois signer des papiers, s'enquit-elle.

— On voudrait surtout savoir si vous lui connaissiez des ennemis ?

— Des ennemis ? Dominique ?

L'idée lui semblait totalement incongrue.

— Je ne sais pas grand-chose de sa vie, admit-elle, mais à moins que le monde des médecines douces soit plus dangereux qu'il n'y paraît, je ne vois vraiment pas qui aurait pu en vouloir à mon frère. Il tient davantage de l'agneau que du loup.

Elle marqua une pause avant de tapoter les photocopies du testament.

— Vous vérifiez sûrement si le centre est en mauvaise posture financière ? Si Aymeric Valois est honnête ? C'est Physi'Os qui retire le plus gros bénéfice de la mort de mon frère, qui touche les assurances. S'il y a eu malversations de la part de son associé…

— Nous faisons notre travail, assura Rouaix.

— Dans ce cas, je vais vous laisser continuer, fit Marie-Odile Poitras en reculant sa chaise tout en récupérant les photocopies.

Joubert faillit protester, mais comme Rouaix se levait en tendant la main à cette femme glaciale, il garda le silence et la salua à son tour.

— Aussi sympathique et chaleureuse qu'un ours polaire, commenta Joubert quand elle se fut éloignée.

Rouaix acquiesça ; il s'était demandé si l'absence d'émotion au téléphone était causée par le choc. Maintenant qu'il avait rencontré Marie-Odile Poitras, il ne doutait plus de son indifférence face au sort de son frère. Est-ce que Dominique avait regretté cette attitude ? Avait-il cherché à se rapprocher de sa cadette pour finir par abandonner la partie ? Ou avaient-ils été liés avant qu'un événement creuse un fossé entre eux ?

— C'est tout de même gros que Poitras lègue vingt mille dollars à une femme qu'il a rencontrée il y a quelques mois.

— Un vrai coup de foudre…

— Tu aurais agi comme ça pour Grégoire ?

Joubert dévisagea Rouaix, haussa les épaules.

— Je n'ai pas fait de testament. Je devrais m'en occuper. On ne sait jamais ce qui peut arriver.

: :

*Le 15 mars*

La couleur bleue avait toujours plu à Rachel. Tous les bleus : outremer, indigo, royal, ciel, poudre, saphir, bébé, turquoise, marine. Mais la teinte de la neige absorbant le bleu prusse à la nuit tombée l'angoissait. Elle n'aimait pas l'expression entre chien et loup, cette heure trop floue où tout pouvait déraper. Elle avait cru choisir un chien aimant, mais se réveillait maintenant avec un loup violent et elle regardait la neige s'assombrir en se répétant qu'elle avait toujours eu trop d'imagination. Quand elle était enfant, elle s'inquiétait de la survie des elfes et des lutins durant l'hiver : où pouvaient-ils se cacher pour ne pas mourir de froid ? Et les autres créatures dont elle soupçonnait l'existence sans pouvoir les nommer, où allaient-elles se terrer ? Où faisait-il chaud ? Dans les maisons. Dans sa maison, sa chambre, son garde-robe et sous son lit. Avant de se coucher, elle soulevait le couvre-pied très lentement pour vérifier si un être étrange ne s'y tapissait pas. Elle laissait la porte du garde-robe ouverte pour être certaine que personne ne s'y glissait et elle remontait les couvertures jusqu'à ses yeux. Pour se cacher, tout en guettant un inconnu qui pénétrerait dans sa chambre. Elle gardait les yeux grands ouverts et s'étonnait toujours, au matin, de s'être endormie. Au début, ses parents l'avaient écoutée parler des créatures de la nuit avec un demi-sourire, puis avec un léger agacement l'année suivante. À sept ans, on ne croit plus aux lutins ni au père Noël, voyons! Rachel s'était tue. Elle détestait l'hiver à cause de la nuit qui tombait si tôt, et elle ne l'aimait pas davantage aujourd'hui. Avec la venue du printemps, les jours allongeraient, mais la nuit arriverait encore trop vite. La nuit où elle ne parvenait pas à brider toutes les folies qui lui passaient par la tête. La nuit où, allongée à côté de Christian, elle se demandait s'il avait tué Dominique. Parce que, depuis la mort de Dominique, il ne l'avait pas touchée une seule fois. Elle était aussi paniquée à l'idée qu'il la frappe qu'à celle qu'il ne la frappe plus. Quelque chose de très puissant avait modifié leur quotidien. Elle sentait que Christian avait mis beaucoup d'énergie à assassiner Dominique, mais qu'il refaisait maintenant ses forces et que sa colère s'abattrait bientôt sur elle. Et qu'il l'étranglerait peut-être cette fois-ci. Parce qu'il avait peut-être aimé tuer. Ou alors il l'égorgerait. Comme il l'avait fait avec Dominique.

Il fallait bien qu'il y ait une raison à la gentillesse dont il faisait preuve depuis une semaine. Toute une semaine. Quand ils se rendaient au travail le matin, il ne critiquait plus sa façon de conduire alors qu'il y avait toujours pris plaisir. Tellement qu'il préférait que ce soit elle qui prenne le volant, afin d'avoir un motif pour la discréditer. Il prétendait que c'était plus pratique puisqu'elle gardait la voiture, ce qui l'amenait ensuite à se plaindre de ses heures de travail irrégulières : il lui semblait qu'une réceptionniste devait bosser de 9 h à 17 h, mais Rachel travaillait deux soirs par semaine au centre. Elle avait offert de lui laisser l'auto — elle prendrait l'autobus —, mais il s'y était opposé catégoriquement. Elle avait eu le bon réflexe de ne pas lui demander pourquoi. Elle devinait qu'il craignait qu'elle

rencontre un homme dans l'autobus. Des hommes. Qui flirte-
raient avec elle.

Comment pouvait-il s'imaginer un truc pareil?

Il était installé devant la télévision, apparemment captivé par
les aventures des personnages de *19-2*, mais écoutait-il vraiment
ce qu'ils se disaient ou songeait-il à la meilleure façon d'échapper aux policiers? Il lui avait posé plus tôt des questions sur les
visites des enquêteurs au centre et s'était enquis de la compagne
de la victime : comment surmontait-elle le choc?

— Je ne sais pas, avait répondu Rachel.

— Vous ne vous inquiétez pas pour elle?

— Pour Diana Roberts? On ne la connaît pas vraiment. Elle
est passée une fois ou deux au centre, c'est tout. On sait juste
que Dominique est tombé en amour quand elle s'est occupée de
sa chatte Églantine.

— Elle est vétérinaire?

— Aide-vétérinaire. Il paraît qu'elle a un don avec les animaux. C'est triste que tu sois allergique, j'aurais aimé ça avoir
un chat...

— Oui, moi aussi.

Il s'était tu un instant avant de lui sourire : et s'il essayait d'être
à nouveau en contact avec une bête? Les allergies apparaissent
et disparaissent sans qu'on s'explique pourquoi. Son collègue
Pierre Lahaye, chez Campbell, avait subitement développé une
réaction aux fruits de mer alors qu'il en avait mangé toute sa vie.

— Il faudrait qu'on garde un chat durant quelques jours pour
savoir comment je réagis. On pourrait demander à Diana. Peut-
être qu'à la clinique vétérinaire où elle est employée...

— Diana?

— Pas tout de suite, avait fait Christian. Elle doit avoir pris
congé cette semaine avec ce qui lui est arrivé. Mais tu la trouves
sympathique, non? On pourrait tenter de voir avec elle si... Où
travaille-t-elle?

Rachel avait froncé les sourcils, hésité, avant de secouer la tête. Elle ne s'en souvenait pas. Mais peut-être que Frédérique le savait ; il lui semblait qu'elle devait faire stériliser son chien bientôt.

Christian lui proposait d'adopter un chat ! Pourquoi était-il aussi gentil ?

Qui aurait cru que l'amabilité pouvait être aussi troublante ?

Elle fit éclater du maïs au micro-ondes et posa le plat qui embaumait le beurre fondu devant Christian.

— Tu es un ange. Viens t'asseoir à côté de moi.

— Aimerais-tu mieux un mâle ou une femelle ? demanda Rachel en se blottissant contre lui.

— Un mâle. Il n'y a qu'une seule reine ici !

— On le ferait opérer dès qu'il aurait six mois. Ce qui est bien, c'est que la clinique où travaille Diana est « sans rendez-vous ». Dominique l'a choisie pour cette raison : quand un animal se blesse, on n'a pas envie d'attendre au lendemain pour le faire examiner.

— C'est sûr, dit Christian en prenant une poignée de maïs soufflé.

Avec un peu de chance, la clinique où était employée Diana serait annoncée dans les pages jaunes et vanterait sûrement son service sans rendez-vous. Il ne lui resterait plus qu'à passer quelques coups de fil pour trouver Diana.

Il devait savoir ce que Dominique lui avait dit à son sujet. Ou s'il s'était tu. Il ne devait pas lui avoir confié qu'il l'avait suivi, car elle en aurait sûrement parlé aux enquêteurs. Mais lui avait-il raconté qu'il faisait semblant d'aller travailler ? Ça n'aurait pas dû gêner Christian, car Diana n'avait aucune raison de retourner au centre, de croiser Rachel et de lui parler de tout ça, surtout maintenant que Dominique était mort, mais on n'est jamais trop prudent. Il avait fixé Rachel durant quelques secondes, elle avait esquissé un sourire. Il le lui avait rendu en se demandant à quoi elle pensait.

Elle pensait aux taches sur le manteau. Et à son inhabituelle gentillesse. Elle pensait qu'elle ne devait pas s'endormir parce qu'elle ne se réveillerait peut-être pas. Et elle pensait qu'elle n'arrivait plus à penser.

:  :

*Le 17 mars*

Maud Graham entra la première dans la salle de réunion, marchant lentement pour éviter de renverser la tasse de thé qu'elle avait remplie à ras bord. Elle la déposa avec soulagement, ouvrit son carnet pour relire les notes prises lors de son troisième entretien avec Diana. Celle-ci s'était décomposée sous ses yeux lorsqu'elle lui avait appris que Dominique Poitras lui léguait vingt mille dollars.

— C'est impossible, avait-elle fini par articuler.

— Il ne vous en avait rien dit?

— C'est impossible, avait-elle répété. C'est fou…

— Vous n'imaginiez pas que…

— Je ne peux pas accepter cet argent. Ça doit revenir à sa famille.

— Sa sœur fait expertiser le testament olographe. Elle a des doutes…

— Ce n'est pas nécessaire, je vais refuser cet argent. Si j'acceptais, j'aurais l'impression de profiter de la bonté de Dominique. Ou de… de son déséquilibre. Ce n'est pas normal qu'il ait voulu me donner cet argent. Qu'il ait mis mon nom dans son testament. Comme s'il savait qu'il allait mourir…

— C'est peut-être étonnant, en effet. Est-ce qu'il était bipolaire? S'il était exalté au moment où il a rédigé le testa…

Diana avait fendu l'air d'un geste brusque pour interrompre Maud Graham.

— Il est daté de quand ? De la mi-février ?

Graham avait hoché la tête, attendant des explications. Diana avait soupiré avant de raconter qu'elle avait émis le désir d'avoir un cheval un jour.

— Je suppose qu'il a écrit ce testament après un de nos soupers au restaurant. C'était un soir un peu spécial, il était triste parce qu'il s'était rendu compte qu'il n'arriverait jamais à toucher sa sœur. On a parlé de... toutes sortes de choses, du centre, de sa passion pour la montagne, de la mienne pour les chevaux. Il a dû rédiger ce document sur un coup de tête. Mais vous pourrez dire à sa sœur que je ne veux rien.

— Votre réaction est honorable. Elle part d'un bon sentiment, mais vous devriez prendre cet argent et respecter la mémoire de Dominique, avait dit Graham. Ça ne le ramènera pas que vous refusiez son cadeau. Et ça ne changera rien à l'opinion de Marie-Odile Poitras sur son frère. Quels sujets les divisaient ?

— D'après le peu qu'il m'a raconté, ils ne se sont jamais entendus. Elle est avide, toujours insatisfaite, fascinée par le pouvoir. Il aimait la nature, les gens, le bien qu'il pouvait leur faire. Vous êtes allée chez Physi'Os ?

— Non, mais mon collègue Joubert m'a dit qu'il se ferait soigner là s'il se blessait encore au dos, qu'il avait aimé le calme qui régnait dans cet endroit.

— Le centre ressemble à Dominique.

— C'est bien qu'il ait réalisé son rêve et...

— J'aurais dû être plus proche de lui, avait murmuré Diana. J'aurais dû lui dire de venir chez moi après la rencontre pour l'amicale. Il serait venu ici et il serait toujours vivant.

Graham s'était penchée vers Diana et l'assura qu'elle n'était pas responsable de la mort de Dominique. Il n'y avait qu'un seul coupable, son assassin. Et elle le retrouverait.

— De toute manière, vous n'étiez pas chez vous ce soir-là.

— Non. Vous l'avez sûrement vérifié.

— Oui. Comme tout ce qui vous concerne, avait précisé Graham. On sait que vous avez loué un véhicule le 3 septembre à Montréal. Pour Québec. Je suppose que c'est ce jour que vous avez emménagé ici. Et avant Montréal, vous viviez où ? Vancouver ? Toronto ?

Diana avait eu un mouvement de recul qui n'avait pas échappé à Maud Graham, puis s'était confessée : elle avait vécu aux États-Unis où elle avait travaillé sans la fameuse *green card*. Elle était rentrée au Québec après une peine de cœur.

— Comment gagniez-vous votre vie ?

— Comme tous les sans-papiers, un job mal payé. Du ménage dans un haras.

— Vous l'aimiez vraiment pour rester là-bas.

Diana avait eu un sourire triste en se rappelant qu'elle avait effectivement aimé Ken Formann, cet homme qui l'avait forcée à vivre loin de chez elle durant toutes ces années. Comment avait-elle pu se donner corps et âme à Ken et avoir été si prudente avec Dominique, alors que ça aurait dû être l'inverse ? Elle manquait toujours autant de discernement.

— Pourquoi ne m'avez-vous pas dit que vous aviez vécu aux États-Unis ?

— J'étais illégale.

— C'est pour cette raison que vous vous méfiez des policiers ?

Diana avait hoché trop vite la tête, s'en était aperçue trop tard, avait lu le doute dans l'œil de Graham.

— La plupart des gens se méfient de nous. C'est curieux. On est là pour vous protéger et vous ne croyez pas à notre bienveillance.

— Je ne doute pas de vous, avait protesté Diana. Je suis certaine que vous êtes très compétente.

— Vous avez raison. Je le suis. C'est pourquoi je me demande ce que vous ne me dites pas. Si vous avez commis un délit, je finirai par l'apprendre. Je saurai si Dominique a été mêlé à ça…

— Mais je n'ai rien…

— ... si Dominique Poitras vous a protégée et s'il a payé pour ça.

— Ça n'a aucun bon sens, avait protesté Diana.

— Je considère toujours toutes les hypothèses, l'avait prévenue Graham. Je finis par découvrir laquelle est la bonne.

— Je... il faut que...

— Il faut que quoi?

Diana avait secoué la tête avant de soupirer. Maud Graham était persuadée qu'elle avait, encore une fois, failli se confier. Qu'est-ce qui la retenait ainsi? Elle l'avait quittée en lui rappelant qu'elle pouvait lui téléphoner à toute heure.

Dans la salle de réunion, Maud Graham buvait maintenant son thé en feuilletant son carnet de notes. Pourquoi était-elle convaincue que Diana lui cachait quelque chose? Et en quoi ce secret avait-il un lien avec la victime?

L'arrivée de Joubert la fit sursauter.

— Tu as l'air bien concentrée. Du nouveau?

— Pas vraiment. De votre côté?

— On a interrogé les types qui organisent l'amicale, on a vérifié leurs alibis. Ils se sont réunis chez Marc Dumoulin puis ils sont allés souper au Café de la Paix.

— Pourquoi Poitras ne les a-t-il pas suivis?

— Il ne voulait pas se coucher trop tard, pas trop manger ni boire, parce qu'il avait prévu une journée de ski au Mont-Sainte-Anne le lendemain.

— Je suppose qu'ils vous ont tous dit que c'était un homme formidable?

Joubert opina de la tête.

— Qui est l'exception qui confirme la règle? Qui détestait Dominique Poitras, alors que tous l'adoraient?

— Il a ouvert la porte à son assassin autour de vingt heures. Celui-ci a apporté une bouteille de vin et a gardé ses gants pour assommer Poitras avec la bouteille et l'égorger. S'il a refusé d'aller au resto pour ne pas faire d'abus, pourquoi a-t-il accepté de boire une bouteille avec son agresseur?

— D'après l'autopsie, il avait grignoté des biscottes et bu du jus de pomme. Est-ce qu'on boit du jus de pomme avant de passer au vin rouge?

— On n'a toujours pas retrouvé le portefeuille. Y avait-il dans ce portefeuille un élément qui pouvait incriminer l'assassin? Une photo? Un reçu? Qu'est-ce qu'on range dans nos portefeuilles?

— De l'argent, des relevés bancaires, des cartes professionnelles, de resto, de commerces. Et des photos, des reçus comme tu l'as mentionné.

Maud Graham se frotta les yeux: et si Dominique avait croisé quelqu'un appartenant au passé? Une personne sur laquelle il connaissait des détails compromettants? Pourquoi lui aurait-il ouvert?

— Et si c'était l'inverse, poursuivit Graham, aujourd'hui tout le monde aime Poitras, mais peut-être que c'était différent dans le passé? Peut-être qu'il n'a pas toujours été l'ange de bonté qu'on nous a dépeint? Peut-être a-t-il participé à des trucs moins glorieux? Qu'est-ce qu'on sait de lui? Pas grand-chose…

— Ou alors il a été témoin d'un acte répréhensible. La personne qui l'a commis s'est aperçue de la présence de Poitras et a décidé de l'éliminer.

— Oui, mais on a beau y penser, on ne sait toujours pas ce qu'il aurait bien pu voir.

Maud Graham prit une autre gorgée de thé, il était tiède. Comme cette enquête. Les premiers jours, les jours chauds, où doivent crépiter les indices étaient passés, les pistes se refroidissaient lentement mais sûrement. Que leur resterait-il dans une semaine, un mois, s'ils ne trouvaient aucun fil à remonter? Graham avait déjà enquêté sur la mort d'un homme que tous haïssaient. C'était aussi difficile d'enquêter sur un type que tout le monde adorait.

McEwen et Nguyen, qui s'étaient assis à la table tandis que Graham s'exprimait, lui rappelèrent que la plupart des gens appréciaient aussi Carmichaël. Ses voisins ne se doutaient absolument pas qu'il était pédophile.

— Je ne pense pas que c'est une histoire semblable, dans ce cas précis, dit McEwen.

— Pourquoi?

— On n'a rien trouvé d'équivoque, chez lui. Ce que j'ai vu, c'est la vie d'un homme qui se passionne pour son métier. Il y a des tas de livres, de magazines sur le corps humain. Pas des photos aguichantes, plutôt des planches d'anatomie. Des albums avec des souvenirs de voyage, excursions à la montagne, plongée sous-marine. On est loin du tourisme sexuel.

— Et jusqu'à maintenant, nota Nguyen, dans son ordinateur, il n'y a pas de trace d'activité vers des sites pornographiques. Il s'en servait très peu d'ailleurs. Il ne faisait que des opérations simples.

— Êtes-vous certains qu'il n'y a pas d'histoire sentimentale au centre de tout ça? Supposons que Poitras avait laissé tomber une des employées pour être avec Diana Roberts?

Rouaix qui venait d'entrer les écouta un moment avant de leur rappeler que l'assassin avait égorgé la victime.

— C'est extrêmement violent, il y a un contact intime. Qui vient de la peur ou de la colère.

— Ou de la vengeance? avança Graham. Tout est possible.

Les enquêteurs décidèrent d'échanger leurs dossiers afin d'avoir un regard neuf sur chacune des personnes interrogées, puis ils évoquèrent la visite de la femme de Moreau qui était passée plus tôt au poste pour les remercier de s'être occupés de rapporter les objets personnels du défunt.

— Elle nous a fait un gâteau au fromage, dit Joubert. Il est dans le réfrigérateur. Il a l'air aussi bon que les tartes au sucre qu'apportait Moreau.

— Il faisait exprès pour me tenter, lança Graham. Pour que j'engraisse.

— Il ne voulait pas être le seul, expliqua Rouaix en souriant.

Il était heureux que le ton de Graham soit dorénavant amène tandis qu'elle parlait de leur ancien partenaire. Elle avait cessé de se dire qu'elle aurait pu être plus aimable avec lui lorsqu'il vivait. La culpabilité ne donne jamais rien de bon.

— Qui va le remplacer? s'informa McEwen. Le gars de Montréal qui devait être parachuté ici et qui…?

— Non, la coupa Rouaix. Gagné m'a dit que ce ne sera pas lui.

— J'aimerais bien qu'on récupère Breton, l'agent qui était chez Poitras quand on est arrivés, déclara Joubert. Il est jeune, mais il a une tête sur les épaules.

:  :

La pleine lune, en découpant de lumière les marches de l'escalier de la cour, semblait désireuse de créer une sculpture moderne et Diana s'étonna d'être capable d'apprécier cette beauté incongrue. Comment pouvait-elle être sensible à son environnement alors qu'elle passait d'une pièce à l'autre en emballant ses livres, ses objets préférés pour être prête à quitter les lieux dès que la menace se préciserait? Était-elle paranoïaque?

Elle avait tout de suite pensé à Ken en apprenant la mort de Dominique, mais elle n'avait eu aucun signe lui indiquant qu'elle avait raison d'imaginer qu'il était mêlé à cette histoire. Et puis, c'était à elle qu'il aurait dû s'en prendre s'il l'avait retracée. Mais comment? Quelle erreur avait-elle commise? Quelqu'un l'avait-il reconnue à Québec? Qui? Ken ne connaissait personne dans cette ville. Ils n'y avaient jamais vécu, ni elle ni lui.

Pourquoi Dominique aurait-il ouvert sa porte à Ken Formann? Il ne le connaissait pas!

Le connaissait-il?

Diana sentit le sang affluer puis refluer dans tout son corps : se pouvait-il que Dominique ait rencontré Ken ? Qu'il ait été son instrument ? Après toutes ces années ? Non. Non. Non. C'était tiré par les cheveux. Ou alors, Ken était encore plus fou qu'elle ne l'avait cru. Sa colère au lieu de s'estomper avait grandi. Il s'apprêtait à la détruire. Il avait tué Dominique pour la blesser, pour qu'elle sache qu'elle n'avait droit à aucun homme.

Devait-elle déménager ? Elle poussa un petit cri en entendant japper le chien de sa propriétaire, se précipita vers la fenêtre qui donnait sur la cour, mais ne distingua aucune ombre suspecte.

« Je suis en train de devenir folle, songea Diana. Ken va finir par gagner. »

:  :

Christian Desgagné se frottait les mains en se félicitant de sa chance : il n'avait eu que deux coups de fil à passer pour trouver où travaillait Diana. Comme il l'avait prévu, l'annonce de la clinique vétérinaire dans le bottin téléphonique précisait que les clients pouvaient se présenter sans rendez-vous. Il n'y avait que trois cliniques à offrir ce service. C'était presque trop facile !

Il s'y était présenté pour l'identifier, car il n'avait aperçu que la masse de ses cheveux blonds au restaurant, le soir de la Saint-Valentin. Dominique Poitras ne s'était même pas donné la peine de la leur présenter, à lui et à Rachel, ce qui l'avait vexé à ce moment-là, mais qui l'arrangeait aujourd'hui : Diana ne pourrait le reconnaître. De toute façon, il avait pris soin d'enfoncer sa tuque sur ses oreilles pour cacher cette chevelure dont il était si fier, mais qui attirait trop les regards. Il avait souri en poussant la porte de la clinique et en voyant une brune et une blonde qui discutaient avec un client à qui un technicien venait d'apporter une cage. Christian se dirigea immédiatement vers les rangées de produits alimentaires et les accessoires et prit le jouet le moins cher pour avoir une raison de s'approcher du comptoir. Il échangea quelques phrases avec Diana avant de sortir. Il avait réussi à savoir qu'elle travaillait jusqu'à la fermeture de la clinique en inventant une histoire de chat errant, qu'il espérait appâter avec de la nourriture afin de le capturer et le leur emmener pour le faire stériliser.

— C'est incroyable le nombre de gens qui n'ont pas le sens des responsabilités. Ce pauvre matou va engendrer des dizaines de pauvres chats qui n'auront pas un meilleur sort que le sien. J'espère que je vais réussir à l'attraper. Vous êtes ici encore longtemps?

— Jusqu'à vingt heures.

Christian Desgagné était rentré à l'appartement où il avait regardé la télévision jusqu'à dix-huit heures. Il avait griffonné un message pour Rachel où il prétendait être parti souper avec un ancien collègue qui travaillait maintenant chez Sauriol et Boisclair pour discuter de son prochain entretien à leurs bureaux. Puis il l'avait attendue, faisant semblant d'être heureux qu'elle arrive au moment où il partait.

— Souhaite-moi une bonne soirée, avait-il dit. Et donne-moi les clés de la voiture.

— Tu rentreras tard?

— Je ne sais pas. J'espère que non. Je préférerais rester ici avec toi.

Rachel avait eu un regard reconnaissant qui prouvait qu'elle l'avait cru et il s'était répété qu'elle n'était décidément pas très futée. Christian était monté dans la voiture en songeant qu'il aurait dû porter un foulard plus épais. Il s'était dirigé vers la clinique vétérinaire et avait guetté la sortie de Diana. Il l'avait suivie tandis qu'elle discutait avec la grosse brune qui s'occupait d'un chien quand il était passé à la clinique en matinée. Il les avait vues monter dans une Toyota foncée, Diana à la place du mort, démarrer et emprunter le boulevard Laurentien. Habitaient-elles toutes deux en banlieue? La Toyota se gara dans une rue du Vieux-Charlesbourg, elles sortirent de la voiture, examinèrent curieusement les environs

— que cherchaient-elles à voir ? —, puis la grosse désigna une maison à deux étages semblable à la douzaine qui avait poussé dans
cette rue quelques années plus tôt. Les femmes bifurquèrent vers la
droite, la grosse précédant Diana pour entrer par la porte de côté.
Christian Desgagné sortit à son tour de sa voiture et s'avançait
lentement pour noter l'adresse de la maison quand il entendit une
voiture arriver derrière lui. Il s'empressa de se dissimuler derrière
la haie d'une résidence voisine. Il se félicita que la lune soit voilée
par les nuages et que les lampadaires soient alignés de l'autre côté
de la rue. Il se répéta qu'il portait des vêtements sombres, qu'on ne
pouvait le distinguer. Une voiture grise s'arrêta devant la maison
où était entrée Diana. Christian vit une femme en sortir, faire le
tour du véhicule, jeter elle aussi un coup d'œil aux alentours avant
d'ouvrir la portière arrière, se pencher vers une forme, la soulever et l'appuyer sur son épaule. La passagère quitta à son tour la
voiture, se redressant lentement, comme si elle avait été assise
trop longtemps, ou peut-être était-elle âgée, le manque d'éclairage
empêchant Christian de bien la distinguer. Puis la conductrice la
prit doucement par l'épaule et elles montèrent les marches qui
menaient à la porte principale. Celle-ci s'entrouvrit immédiatement, deux autres femmes s'approchèrent des nouvelles venues, se
chargèrent de l'enfant qui somnolait sur l'épaule de la plus grande
et elles disparurent à l'intérieur de la maison.

Christian Desgagné retourna à sa voiture en se demandant
combien de femmes vivaient à cet endroit. Une gang de filles ! Des
maudites féministes qui avaient décidé de se passer des hommes ?
Mais Diana sortait pourtant avec Dominique... À moins qu'elle
l'ait fait marcher ? Elle se laissait inviter à souper au restaurant, profitait de ses largesses, mais se moquait bien de lui.

Que devait-il faire maintenant ? Il ne pouvait attendre pendant
des heures qu'elle quitte cet endroit pour la suivre à nouveau. Et si
elle restait là pour la nuit ? Elle portait un sac de sport quand elle
était sortie de la clinique. Des vêtements de rechange ?

Quand pourrait-il donc l'aborder? Il ignorait encore ce qu'il lui dirait pour apprendre ce qu'elle savait sur lui, mais il suivait cette intuition qui le poussait à se méfier de Diana. Comme de toutes les femmes.

Il flottait toujours dans cet état d'indécision et s'était penché vers le siège du passager pour récupérer le CD qui venait de glisser sur le sol lorsqu'un véhicule dépassa sa voiture. Il se redressa à demi, se tapit dès qu'il reconnut l'uniforme d'une agente de police. Celle-ci se dirigea vers la porte latérale. Connaissant manifestement les lieux.

Parce qu'elle y était souvent venue...

Putain de merde! Il était garé à vingt mètres d'une maison d'hébergement pour ces maudites bonnes femmes qui n'étaient jamais contentes de rien!

Que faisait Diana à cet endroit?

Merde! Merde! Merde! Rachel! Elle s'était lamentée sur son sort!

Non. Ça ne tenait pas debout. Il n'avait pas touché Rachel depuis des jours. Et elle ne devait pas connaître suffisamment Diana pour se confier à elle.

Mais bien assez pour bavasser à Dominique Poitras! Qui avait tout rapporté à Diana.

Rachel n'avait cependant pas quitté leur appartement. Elle lui avait même demandé à quelle heure il comptait revenir. Elle l'attendait sagement.

Peut-être pas!

Et si elle avait voulu savoir quand il rentrerait pour profiter de son absence pour faire ses valises et quitter leur appartement? En y repensant, un drôle de sourire flottait sur ses lèvres quand il était parti.

Il fit tourner la clé, démarra en trombe, dépassa les limites de vitesse pour rejoindre Sainte-Foy, afin d'arriver à temps pour empêcher Rachel de quitter la maison. La crisse! Elle avait fait semblant d'être contente quand il avait parlé d'adopter un chat, alors qu'elle devait avoir tout arrangé pour l'abandonner. Tout arrangé avec Diana, sa nouvelle copine. Il était maintenant certain que Dominique avait discuté de tout ça avec elles. C'était tellement son genre ! Ami-ami !

Il gara l'automobile sans se soucier des panneaux d'interdiction et monta quatre à quatre l'escalier qui menait à l'appartement. Il tremblait de rage en insérant la clé dans la porte, il trébucha en l'ou-vrant, vit la lumière du téléviseur dans la salle de séjour, s'avança vers Rachel qui s'était endormie en regardant sa série préférée et se redressait sur le canapé. Il parcourut la pièce du regard, ne repéra aucune valise, aucun sac.

— Ça s'est bien passé ? demanda-t-elle en se relevant tout à fait.

— Non.

Elle se figea aussitôt, sachant parfaitement que rien de ce qu'elle pourrait dire pour manifester son appui ne conviendrait. Elle tenta de mesurer l'intensité de sa colère, se demanda si elle devait se diri-ger tout de suite vers la chambre à coucher.

— Qu'est-ce que tu as fait ce soir ?

— Rien. J'ai soupé et je me suis endormie devant la télévision.

— As-tu parlé à Diana Roberts ? fit-il en la fixant intensément.

— Diana Roberts ?

— Arrête de répéter tout ce que je dis. Lui as-tu parlé ?

— Non. Je… je… on avait dit qu'on attendait la semaine pro-chaine pour le chat…

Elle vit ses poings se serrer, se desserrer. Avait-elle donné la bonne réponse ? Christian continua à la fixer durant quelques secondes, puis finit par se diriger vers la cuisine. Elle entendit qu'il prenait une bière dans le réfrigérateur, puis son propre souffle qu'elle relâchait. Elle ne savait toujours pas si elle devait s'éclipser vers la chambre.

Ni pourquoi Christian avait évoqué Diana Roberts.

Et elle ne voulait surtout pas l'apprendre.

# 7

*Québec, le 19 mars*

La pluie qui avait commencé à tomber dès l'aube avait donné une coloration d'étain à Québec. Un étain dépoli pour les trottoirs, les briques des immeubles, les pierres inégales des demeures du Vieux-Québec, l'asphalte des rues, le béton des autoroutes et le rebord de la fenêtre du bureau de Maud Graham qui scrutait le ciel en se disant que toute cette eau allait nettoyer la ville. Que cette pluie valait mieux que la neige. Que le printemps finirait bien par arriver. Qu'il fallait être patiente. Patiente !

Avec agacement, elle froissa une feuille de papier où elle avait griffonné quelques hypothèses, la lança et pesta lorsque la boule de papier tomba à côté de la poubelle. Elle se pencha pour la ramasser, la jeta et sortit de la pièce pour remplir la bouilloire d'eau. Un thé. Elle avait besoin d'un autre thé.

Elle remplit un sachet de Shizuoka, ralentit devant la distributrice, puis hâta le pas pour fuir la tentation et retrouver son bureau. D'avoir résisté à l'envie d'un sac de chips lui remonta un peu le moral et elle saisit son carnet de notes pour le relire une ixième fois. Quel détail lui échappait ? À qui Dominique Poitras avait-il ouvert sa porte ? Pour quelle raison ?

On avait établi les alibis de ses collègues du centre, des types avec qui il avait préparé l'amicale, de sa sœur, de Diana, de ses voisins. Certains de ces alibis n'avaient pu être vérifiés puisque plusieurs personnes étaient restées seules chez elles ce soir-là et ne pouvaient le prouver. Impossible donc de les rayer définitivement d'une liste d'éventuels suspects, mais ni McEwen ni Joubert ne croyaient, après avoir interrogé les proches de Dominique, qu'ils avaient des motifs de l'assassiner.

Qui avait sonné à sa porte un samedi soir? Qui l'avait appelé d'un téléphone public du quartier Saint-Roch en début de soirée?

Maud Graham relut les rapports rédigés par ses collègues sans rien remarquer de nouveau.

Hormis le fait qu'ils ne paraissaient pas douter de ce qu'on leur avait raconté.

Contrairement à elle qui continuait à s'interroger sur Diana Roberts, même si son alibi avait été vérifié. Elle éprouvait une sympathie naturelle envers elle tout en étant persuadée que celle-ci lui cachait certaines choses. Elle ignorait pourquoi elle aimait spontanément cette femme et pourquoi Diana avait freiné son envie de se confier à elle. Car elle en avait eu envie, Graham pouvait le jurer. Diana Roberts prétendait qu'elle avait caché avoir vécu aux États-Unis parce qu'elle y était restée en situation illégale, mais Graham devinait que travailler sans *green card* n'était pas la seule entorse à la loi qu'elle avait commise.

Maud Graham repoussa sa tasse vide avant de relire ses notes sur sa visite à la clinique où travaillait Diana. Les vétérinaires, tout comme les employés, avaient été atterrés d'apprendre le meurtre de leur fidèle client. Au fil des ans, il avait emmené son chien Lupin, son chat Litchi, puis Églantine à la clinique. Et un matou, l'année précédente, qui avait été heurté par une voiture tout près du centre. Il avait déboursé beaucoup d'argent pour qu'on sauve sa patte arrière gauche. Avait été soulagé quand on lui avait trouvé un bon foyer.

— Diana nous a dit que vous avez recueilli Églantine? avait dit Stéphane Desrosiers, un des deux vétérinaires associés.

— Le voisin de M. Poitras est allergique. Il a hébergé la chatte chez lui pour la sauver, mais il ne pouvait la garder. Mon vieux Léo est mort l'an dernier. J'ai succombé au charme d'Églantine.

— Elle a tous ses vaccins.

— Je sais, Diana me l'a précisé. Quel choc pour elle…

— J'ignorais qu'elle voyait M. Poitras en dehors de la clinique. C'est Linda qui nous a prévenus.

— Vous avez été surpris ?

— Oui. Et non. Diana est si discrète. Sa vie privée ne nous regarde pas, bien sûr. Je lui ai offert de prendre une semaine de congé, mais elle a préféré venir travailler. Elle parle encore moins que d'habitude.

— Elle est si silencieuse ?

— J'ai parfois l'impression qu'elle maîtrise mieux le langage des bêtes que celui des humains, avança Desrosiers. Elle sait parler aux animaux. Personne ne réussit à les calmer comme elle. C'est une fée. Je lui ai même dit qu'elle devrait aller à l'université pour étudier la médecine vétérinaire. Elle a un don réel.

— Elle n'est pas tentée ?

— Non. Diana prétend que sa vie lui convient telle qu'elle est. Enfin, telle qu'elle était. Je suppose que rien ne sera plus pareil pour elle, après la mort violente de son ami.

— C'est ici qu'elle a connu la victime ?

— Oui. Même moi, j'ai remarqué que Dominique venait plus souvent ici depuis que j'ai embauché Diana… Lorsque je lui parlais, si Diana était dans la même pièce, il était distrait. Il était clairement amoureux d'elle.

— Et elle ? Elle n'avait personne dans sa vie ?

— Quand je l'ai engagée, elle a déclaré qu'elle pouvait travailler le jour, le soir ou les fins de semaine, qu'elle n'avait aucune obligation familiale. Mon sentiment, c'est qu'elle est très solitaire. Peut-on faire quelque chose pour elle ?

— Vous n'êtes pas étonné qu'elle n'ait pas adopté Églantine ? En souvenir de Dominique ?

— Je crois que c'est interdit d'avoir une bête là où elle habite.

En relisant cette note, Maud Graham fronça les sourcils. Elle avait entendu japper quand elle s'était présentée chez Diana Roberts. Pourquoi notait-elle ce détail qui ne devait avoir aucune importance ? Diana pouvait très bien adorer les chats sans souhaiter en avoir un à elle.

Maud Graham jeta un coup d'œil à l'horloge dans le coin supérieur droit de l'écran. Seize heures trente. Aujourd'hui, il était trop tard, mais demain, à seize heures, elle serait devant la clinique où travaillait Diana Roberts. Elle serait là pour l'attendre. Et l'entendre.

Elle n'avait rien trouvé au nom de Diana Roberts hormis ses numéros de permis de conduire, d'assurance maladie et de passeport. Elle avait traversé la frontière, s'était installée à Montréal, puis à Québec, avait un emploi stable, une vie apparemment tranquille.

McEwen frappa contre sa porte entrouverte. Elle revenait de la cour où elle avait accompagné une femme bosniaque victime de viol qui avait reçu des menaces de mort de son agresseur après avoir porté plainte contre lui. Et qui avait néanmoins décidé de porter l'affaire devant les tribunaux.

— Olga est courageuse ! dit Graham.

— Oui, je l'admire. Elle a raconté son calvaire sans s'interrompre une seule fois. Je n'ai jamais entendu un tel silence à la cour. Elle a dû quitter son pays et elle s'est installée ici en croyant qu'elle était en sécurité. Ça me fâche tellement !

— Elle est ici depuis dix ans, rappela Graham, elle fera la part des choses. Elle sait bien que...

Graham se tut, se remémorant les paroles de Diana au sujet de son agression à Montréal et de sa décision de s'installer ensuite à

Québec où, comme Olga, elle espérait mener une vie à l'abri de la violence.

— Tu vois Émile, demain soir?

— Non, répondit Tiffany McEwen, il est parti à Montréal pour le vernissage d'un ami peintre.

— Veux-tu qu'on soupe ensemble?

McEwen parut surprise, mais accepta aussitôt.

— Où?

— Chez moi? Je pourrais acheter des sushis chez Yuzu. J'ai un riesling. Et un gewurztraminer, si tu aimes le goût de la rose.

— Si j'apportais du saké?

— Bonne idée. Dix-huit heures?

McEwen hocha la tête en souriant, puis, d'un air moins réjoui, elle avoua qu'elle trouverait le temps long d'ici là.

— Dans le dossier Poitras, je n'arrive à rien avec les témoignages des voisins. Les empreintes que les techniciens ont relevées en face de chez lui et dans son entrée nous indiquent qu'un homme portant des bottes de pointure 13 s'est présenté à son domicile. Comment veux-tu qu'on trouve à qui elles appartiennent? J'en suis obsédée: je fixe les pieds de chaque personne que je croise. Nous n'avançons pas du tout et pourtant la scène de crime a été bien préservée. Mais nous n'avons pas d'éléments probants sur les lieux. Qu'on se tourne d'un côté ou de l'autre, on ne trouve personne qui en voulait à la victime.

McEwen soupira avant de confesser qu'elle commençait à détester Poitras et sa vie si lisse.

— Je sais que c'est absurde, mais il m'exaspère avec sa perfection.

— On en discutera demain soir. Et on parlera aussi du bel Émile. Je veux tout savoir!

:::

*Le 20 mars*

Les jours étaient vraiment plus longs, se réjouit Graham tandis qu'elle guettait la sortie de Diana, devant la clinique vétérinaire. Le soleil nimbait la façade d'une teinte mordorée alors que les bancs de neige prenaient des tons bleutés. Graham se rappela un tableau d'Utrillo et s'interrogea pour la millième fois sur la manière dont un peintre arrivait à exprimer la blancheur de la neige alors qu'il peignait sur une surface immaculée. Comment peut-on créer du blanc sur du blanc ? Elle savait bien que c'était une question d'ombres. Mais l'idée de base était surréaliste. Illogique. L'arrivée de Diana, toute de noire vêtue, accentua son souvenir du tableau d'Utrillo où se dressait un arbre sombre devant une de ces maisons montmartroises à plusieurs étages.

— Diana ?

Celle-ci eut un mouvement de recul si net que Maud Graham crut qu'elle allait tomber à la renverse. Comment pouvait-elle à ce point l'effrayer ?

Diana se tenait immobile comme si elle hésitait entre retourner à la clinique et fuir par la rue voisine. Elle fixait Maud Graham qui s'avançait lentement, observant le visage tendu à l'extrême.

— C'est seulement moi.

— Vous avez du nouveau ? souffla Diana, une lueur d'espoir s'allumant au fond de ses yeux de bête traquée.

— Non. Mais il faut que je vous parle. Voulez-vous qu'on prenne un café ?

— Un café ?

— Ou un thé. Ou un verre.

— Un verre ?

Diana plissait les yeux pour mieux distinguer l'expression de Maud Graham qui semblait trouver normal de lui proposer d'aller boire un apéro. Qui était cette femme ? Que lui voulait-elle ? Que savait-elle ?

— Ou on va chez vous, si vous préférez. C'est pareil, pour moi. Je souhaite vous parler, mais ailleurs qu'au poste. C'est un endroit un peu déprimant.

— J'aimerais mieux boire un café, finit par dire Diana.

— Connaissez-vous le Temporel ?

— Non.

— Le premier café qui a servi de vrais expressos à Québec. Vous venez ? Mon auto est garée tout près d'ici.

Diana hocha la tête ; Maud Graham savait évidemment qu'elle n'avait pas de voiture. Que savait-elle d'autre à son sujet ?

L'odeur du café frais moulu réconforta Diana. Elle détacha les boutons de son manteau anthracite qu'elle accrocha à une patère en même temps que Maud suspendait le sien.

Celle-ci opta pour une tisane tandis que Diana choisissait le cappuccino.

— Je pensais que les policiers buvaient des litres de café, dit Diana.

— Moi, c'est le thé, mais j'en ai déjà trop bu aujourd'hui. J'en avais besoin pour me concentrer sur l'affaire Poitras. Je dis l'affaire et ça sonne comme si je parlais d'un dossier désincarné, mais je vous jure que j'ai toujours en tête qu'il y a une victime qui s'appelle Dominique et que tout le monde l'aimait.

— Qu'est-ce que vous me voulez vraiment ?

Le ton de Diana était à la fois résigné et exaspéré.

— Savoir si ce que vous me cachez a un lien avec la mort de Dominique Poitras. Et si ce secret vous met aussi en danger.

En voyant Diana déglutir, Graham songea qu'elle avait raison de s'entêter à lui faire cracher la vérité, mais qu'elle n'y parviendrait pas ce jour-là. La terreur muselait cette femme.

— Ce sont toujours les mêmes raisons qui poussent les gens à tuer : l'argent, le pouvoir, la jalousie, la colère et enfin, la peur de tout perdre. On assassine ainsi les témoins gênants pour préserver ses secrets, pour pouvoir continuer à trafiquer dans l'ombre et projeter une belle image de soi. Je maintiens que Dominique a vu quelque chose qu'il n'aurait pas dû voir. Et peut-être que vous aussi. Et si c'est le cas, vous êtes menacée.

— Qu'est-ce qu'on aurait vu? s'étonna sincèrement Diana, soulagée que Graham suive cette piste qui l'éloignait d'elle.

— Je n'en ai aucune idée.

— Et quand? Nous avons soupé quelques fois au restaurant. Il est venu chez moi, je suis allée chez lui et à son chalet.

— Fouillez dans votre mémoire. Avez-vous croisé quelqu'un?

— Nous sommes en hiver. On prenait toujours sa voiture quand on sortait. Qu'est-ce qu'on aurait pu voir?

— Une personne en agresser une autre?

— Non, Dominique aurait réagi aussitôt!

— Un délit de fuite? Un *hit and run*?

— Où?

Graham haussa les épaules, avant de suggérer:

— Un trafic?

— On ne sort pas dans les bars.

— La cocaïne, l'héroïne et les médicaments se vendent partout.

— Je suis certaine que Dominique n'a jamais touché à ça! protesta Diana. Et moi non...

Elle se tut, revoyant les sacs bien emballés dans le coffre-fort à Toronto. Qu'elle devinait remplis de poudre blanche.

— Quoi?

Diana se massa les tempes pour balayer cette image et tenter de se remémorer les trajets parcourus en compagnie de Dominique. Elle écarquilla subitement les yeux.

— Ses voisins... J'avais oublié cette histoire.

Graham se pencha pour mieux saisir les propos de Diana qui murmurait plus qu'elle ne parlait. Elle songea un bref instant à Vivien Joly qui avait étranglé sa voisine. À ces histoires absurdes où les aboiements d'un chien, de la musique trop forte, une divergence pour une clôture se soldent par une mort violente.

— Les voisins de Dominique se disputaient. Il m'a raconté qu'il a entendu quelque chose qui ressemblait à un coup de feu. Puis le silence. Il ne savait pas quoi faire. Puis une portière d'auto a claqué. Dominique était à côté de sa voiture, le coffre était ouvert, il sortait ses raquettes. L'auto des voisins est passée devant lui. Ils étaient à bord à tous les deux.

— Et ensuite?

— Rien. Dominique est allé jeter un coup d'œil. Toutes les lumières étaient éteintes. Et de toute manière, ils étaient repartis.

— C'est tout? Il n'a pas eu envie de prévenir la police?

— Non. Mais le lendemain, Dominique s'est mis en tête qu'il avait entendu trois personnes se disputer plutôt que deux. Il est allé chez les voisins, a fait le tour du chalet. Au moment où il s'apprêtait à repartir, il a vu arriver leur auto. Quand ils en sont sortis, il a prétendu qu'il voulait leur emprunter des œufs, mais d'après Dominique, ils ne l'ont pas cru. Et si c'était à ce moment qu'il a vu un truc bizarre? Sans s'en apercevoir lui-même?

— Mais menaçant pour ses voisins?

Diana soupira, rappela à Maud Graham que c'était elle qui insistait pour qu'elle se rappelle la moindre chose étrange. Cette dispute lui était revenue en mémoire, mais peut-être qu'elle ne signifiait rien.

— Je suppose que votre équipe a parlé aux voisins de Dominique.

— Oui, et ils ont dit que c'était un homme charmant.

— Ils vous ont menti. Thierry et Simon le détestaient parce qu'il avait refusé de leur vendre une parcelle de son terrain. Dominique m'a avoué que c'était pour cette raison qu'il n'avait pas appelé la Sûreté du Québec, il ne souhaitait pas envoyer des agents chez ses voisins juste parce qu'il avait entendu un bruit suspect. Ils avaient déjà assez de motifs pour le détester. Comme il n'y a pas eu de suite, je n'ai pas repensé à cette histoire…

Maud Graham but une gorgée de sa tisane pour réprimer un demi-sourire de satisfaction : enfin quelqu'un qui n'aimait pas saint Dominique Poitras.

— En faisant mes petites recherches sur l'entourage de Dominique, j'ai vu que vous devrez bientôt renouveler votre passeport, dit Graham en guettant la réaction de Diana qui blêmit aussitôt.

Elle termina sa menthe avant de préciser qu'elle s'était fait envoyer une copie de ce passeport et qu'elle voulait savoir à quelle frontière elle avait présenté cette pièce d'identité quand elle était arrivée au Québec.

— Aviez-vous très peur lorsque vous avez franchi les lignes avec un faux passeport ?

— Qui vous a dit que c'était un faux passeport ? fit Diana d'une voix tremblante.

— Personne, admit Graham après un long moment. Mais vous êtes pâle comme un drap. Éloquente. Si je soumettais votre passeport à un examen attentif, j'en aurais la preuve. Je me demande jusqu'où je dois suivre cette piste... Par exemple, si vous êtes liée à un programme de protection des témoins, il doit y avoir un protocole à respecter et...

— Je n'ai été témoin de rien du tout, la coupa Diana.

— Alors je peux donc supposer que, sous votre vraie identité, vous avez commis un délit et que vous tentez d'échapper aux conséquences. Peut-être que Dominique avait découvert tout ça ? Et qu'il représentait une menace pour vous ?

Un mouvement sec de la main comme si Diana avait voulu écraser un insecte nuisible fit sursauter Graham. Elle réagissait enfin.

— Je n'ai rien fait de mal ! C'est l'inverse !

— L'inverse de quoi ? C'est Dominique qui s'est rendu coupable de...

— Non, c'est tout le contraire! Arrêtez de salir Dominique, vous faites fausse route.

— Si vous chérissez sa mémoire, pourquoi refusez-vous de m'aider?

— Je n'ai rien à vous dire! Je ne sais pas qui a tué Dominique ni pourquoi.

— Je dois pourtant comprendre le lien entre vos mensonges et le meurtre de Dominique Poitras.

— Pourquoi êtes-vous si persuadée que je représente ce lien? s'enquit Diana, reprenant contenance.

— On cherche toujours parmi les proches d'une victime. Vous avez un alibi et je ne crois pas que vous soyez responsable de sa mort, mais je n'aime pas les secrets et vous en avez un qui m'agace. Qui m'inquiète. Et je n'ai pas tellement d'autres pistes. Vous étiez intime avec lui. Il a pu vous raconter des choses qui ne vous ont pas paru importantes, mais qui l'étaient.

Diana haussa les épaules: hormis l'épisode des voisins, au chalet, rien ne lui venait à l'esprit. Elle repoussa la tasse à café, recula sa chaise pour signifier que la discussion était close. Maud Graham lui offrit de la raccompagner.

— Merci, mais je préfère marcher.

— Ça fait une trotte jusque chez vous, dit Graham en faisant glisser la fermeture éclair de son manteau. Je ne vous poserai plus de questions sur votre passeport.

— Vous êtes… surprenante, répliqua Diana.

— On parlera plutôt de danse.

Les yeux de Diana s'écarquillèrent, l'intuition de cette enquêtrice était redoutable.

— Votre démarche, votre façon de vous tenir le dos si droit. Vous avez été ballerine. Ou mannequin. Il paraît que c'est un milieu très dur.

— Mannequin, s'empressa de répondre Diana, souhaitant que Maud Graham l'imagine sur les podiums et oublie la danse.

Elles firent quelques pas en silence avant de rejoindre la voiture de Graham.

::

Christian Desgagné avait poussé un cri d'exaspération quand il avait vu une femme rousse aborder Diana alors qu'elle quittait la clinique. Il était là avant elle! Il devait filer Diana pour savoir où elle habitait! Il s'était décidé à suivre la voiture de la rousse en se disant qu'il n'était que seize heures trente, trop tôt pour souper. En les voyant se garer près du Temporel, il pria pour qu'elles se contentent d'un breuvage chaud, qu'elles ne restent pas là durant des heures! Il ne pouvait pas entrer dans ce café et il était mal garé. S'il fallait qu'un agent l'oblige à circuler et que Diana quitte l'établissement à ce moment-là. Combien de fois devrait-il retourner à la clinique pour réussir enfin à la pister jusque chez elle?

Il les vit ressortir du café, se diriger vers l'auto de la rousse. Il fallait maintenant qu'elles se rendent chez Diana. Et non l'inverse. Si Diana se rendait chez la rousse, tout serait à recommencer. Pourquoi s'entêtait-il à la suivre? Il l'ignorait. Rachel n'avait rien dit qui lui laisse croire que Dominique Poitras avait parlé de lui à Diana, mais elle l'avait fixé bizarrement quand il avait mentionné son nom. Il ne pouvait repousser cette intuition qui clignotait dans son esprit, qui lui disait que cette femme représentait une menace. Qu'avait-elle pu mentionner aux policiers? Il s'efforça de respirer profondément pour se calmer: c'était impossible qu'elle ait raconté aux enquêteurs que Poitras l'avait espionné. Ils l'auraient questionné depuis longtemps. N'empêche, cette femme le gênait. Il devait suivre son intuition. Elle ne s'était pas pointée sans raison à un foyer pour femmes. Quelle idée allait-elle mettre dans la tête de Rachel si elle la revoyait?

::

— Qu'est-ce que ça vous fait d'être belle ? demanda Graham tandis que Diana bouclait sa ceinture de sécurité.

— Vous posez des questions étranges. Je ne suis pas si belle.

— Oui, même si vous faites des efforts pour vous affadir. Alors ?

— C'est complexe. Il faut toujours s'interroger sur les motivations d'un interlocuteur.

— Pour savoir s'il s'intéresse vraiment à vous, à ce que vous pensez, plutôt qu'à votre apparence ?

— Ce n'est pas l'idéal quand on n'aime pas attirer l'attention.

— Pourquoi avez-vous été mannequin ?

Diana mit un moment à se rappeler qu'elle avait prétendu avoir défilé sur les podiums.

— J'étais jeune, expliqua-t-elle. Avez-vous toujours voulu être policière ?

Graham hocha la tête tandis qu'elles se dirigeaient vers la côte d'Abraham, se rappelant comme elle avait trouvé le temps long avant d'entrer à l'école de police.

— Pour quelles raisons avez-vous eu envie d'exercer ce métier ?

— À cause des secrets, reconnut Graham. Ils me fascinent. J'étais de celles, au collège, à qui on se confie. Pas parce que j'étais spécialement sociable ni attachante, mais j'étais disponible, je savais écouter et j'avais l'air intéressée par ce qu'on me racontait. Je pense que je vivais un peu par procuration en attendant d'être adulte. Les secrets sont presque toujours des bombes à retardement, parce qu'ils finissent par être éventés. Ou parce qu'on ne résiste pas à l'envie de les partager avec quelqu'un. Une seule personne suffit pour vous mettre en danger. Je m'inquiète pour vous. Sincèrement.

— C'est vrai… murmura Diana.

— Pour arriver à se taire durant de longues années, rétorqua Graham, il faut accepter de vivre dans la solitude. C'est un prix élevé à payer de ne jamais faire confiance à quiconque.

Sans qu'elle s'y attende, elle entendit un gémissement, puis les sanglots de Diana qui se pencha vers l'avant comme si elle cherchait à étouffer sa peine. Maud Graham ralentit, posa une main compatissante sur l'avant-bras de sa passagère.

— Vous regrettez d'avoir fait confiance à Dominique?

Diana secoua la tête tout en cherchant un papier mouchoir dans son sac à main.

— Qui a trahi votre confiance?

La question demeura sans réponse. Cependant, quand Diana reprit la parole, elle promit à Maud Graham de tout lui expliquer le lendemain.

— Pourquoi pas maintenant?

— J'ai eu une mauvaise journée, mais ça ira mieux après une bonne nuit.

— Je viendrai vous chercher demain matin pour vous emmener à votre travail. Je sais que vous avez un permis de conduire, mais pas de voiture.

En arrivant chez Diana, Graham perçut des jappements, demanda si le chien aboyait souvent.

— Ça ne me gêne pas.

— Je suis davantage « chat », confessa Graham. Peut-être parce que je ne connais pas bien les chiens.

— Il est à ma propriétaire.

— Vous pourriez donc avoir un animal.

— Oui, mais Églantine est sûrement mieux chez vous.

— Toute la famille se pâme devant sa grâce. Vous lui ressemblez un peu, d'ailleurs.

Pour la première fois depuis qu'elle l'avait abordée en face de la clinique, Diana esquissa un vrai sourire. Puis elle ouvrit la portière tandis que Graham lui rappelait qu'elle frapperait tôt à sa porte le lendemain.

— Venez à huit heures.

— Mais si on parlait maintenant, vous n'auriez pas à…

— C'est une longue histoire et je vais souper chez ma voisine, je ne veux pas être en retard.

Maud Graham lui répéta qu'elle ne tenait pas à fouiller dans sa vie privée, mais qu'un secret additionné à une mort violente, ça ne signifiait jamais rien de bon. Elle démarra et, dans le rétroviseur, elle vit Diana Roberts regarder autour d'elle avant de pénétrer dans son appartement. Comme si elle craignait d'être suivie ? Graham jeta à son tour un coup d'œil aux alentours sans voir personne. Elle repartit avec un sentiment de malaise. Elle aurait dû forcer Diana à parler.

:::

Christian Desgagné se réjouit que la circulation, à cette heure, soit au ralenti. Il put quitter le Vieux-Québec sans perdre de vue l'auto de la rousse, la suivre jusqu'à Limoilou. Il retint son souffle quand la voiture s'arrêta. Et sourit quand il vit Diana se diriger seule vers un immeuble, ouvrir son sac à main pour y prendre ses clés. Il lui déplut d'entendre un chien japper — à qui appartenait-il ? — et encore plus de voir Diana regarder autour d'elle comme si elle savait qu'il la surveillait. Après un temps qui lui parut infini, elle finit tout de même par rentrer chez elle.

Qu'allait-il faire maintenant ?

Tandis que Christian Desgagné regardait les fenêtres de l'appartement de Diana s'éclairer, Maud Graham se disait qu'elle aurait dû appeler au Yuzu pour donner sa commande de sushis avant de s'y rendre. Elle s'engagea vers la rue de la Couronne, tourna sur la rue de la Reine pour revenir sur le boulevard Charest et s'arrêter à cinq mètres de la rue du Parvis. Elle était contente d'avoir invité Tiffany à souper. Elle n'avait pas envie de passer la soirée seule à réfléchir à l'affaire Poitras. Ou à la visite de Camilla qui approchait. Elle était incapable de prévoir comment elle réagirait face à elle. Puisque Maxime l'adorait, elle voulait vraiment l'aimer, mais elle savait qu'elle chercherait les traits de sa mère en elle. Ou qu'elle serait jalouse de l'affection que Maxime lui témoignerait. Et elle se détestait d'avoir des pensées qui manquaient autant de générosité et de noblesse. Elle n'était pas une sainte comme Dominique Poitras.

:  :

Christian Desgagné s'apprêtait à sortir de sa voiture quand il vit la porte gauche de l'immeuble s'ouvrir, Diana sortir en tenant un grand plat qu'elle déposa par terre avant de sonner chez sa voisine. Des aboiements percèrent la rumeur feutrée de la rue tandis qu'une porte s'ouvrait et que Diana disparaissait chez Suzanne Fournier. Desgagné jura, tapa sur le volant des deux mains, puis démarra en trombe. Ralentit au coin de la rue, ce n'était pas le moment de se faire arrêter pour excès de vitesse, de tendre ses papiers à un policier. Surtout pas si près de chez Diana. Il parvint à se calmer en se répétant qu'il savait maintenant où elle habitait. Que c'était le principal. Et que le chien était celui du voisin, pas le sien.

:  :

Ken Formann détaillait le corps parfait d'Emily, lové sur le canapé écru du salon, en repensant aux regards que lui avaient jetés tous les hommes lorsqu'ils s'étaient dirigés vers la table qu'il avait réservée au Bernardin. Il avait lu la fascination sur leurs visages et leur envie : ces New-Yorkais voulaient tous être à sa place, être celui qui pouvait posséder cette créature de rêve. Cette femme somptueuse. Plus belle encore que Nadia.

Mais pourquoi pensait-il à son ex dans chaque ville où il séjournait ?

Marcus Reiner lui avait téléphoné de Montréal où il n'avait pas plus de pistes pour retrouver Nadia que le détective qu'il avait engagé précédemment. Reiner lui avait rappelé qu'il cherchait une aiguille dans une botte de foin. Qu'il perdait son argent. Et il avait raison. Il était idiot de s'entêter à découvrir où se cachait Nadia. Et le fait même d'être obsédé par l'idée de la trouver le rendait fou ! Il la détestait encore davantage, si c'était possible, de le déranger à ce point. D'être toujours là quelque part dans un coin de son cerveau. De continuer à s'imposer à lui. De le forcer à poursuivre ses recherches. À revoir Mathilde qui venait de plus en plus souvent à Toronto sous des prétextes tellement insignifiants. Lors de leur dernier souper, elle avait suggéré qu'il pouvait penser plus librement à son avenir, maintenant que Nadia était disparue depuis plus de sept ans. Qu'il l'avait attendue le temps qu'il fallait, tout comme elle, que cette disparition qui les avait réunis ne devait pas être vaine. Qu'ils pouvaient songer à être heureux. Tous les deux. Il s'était contenté de sourire quand elle avait ajouté « ensemble », mais il avait la très désagréable impression que Nadia le narguait. Elle devait bien rire, là où elle était, à l'idée d'avoir réussi à fuir et à le berner durant toutes ces années. Elle s'était peut-être remariée. Oui. Sûrement. Elle avait pris le nom de cet époux. Elle s'était refait une belle petite vie, l'avait oublié, balayé, éliminé. Alors qu'elle lui avait fait des promesses d'amour éternel.

Emily lui ferait-elle le même coup ? Il eut subitement envie de serrer ses mains autour de son cou afin qu'elle ne puisse jamais le quitter. Qu'elle soit à lui à tout jamais.

: :

— Je n'en reviens pas comme Maxime a changé ! s'exclama Tiffany McEwen après qu'il fut parti rejoindre Coralie.

— Ce n'est plus un adolescent…

— On dirait que tu le regrettes.

Graham protesta mollement ; elle se réjouissait qu'il ait acquis une certaine maturité.

— Mais…

— Mais je trouve que le temps passe trop vite. Il va aller étudier à Nicolet.

— Tu es pourtant contente qu'il suive tes traces, qu'il ait choisi notre métier.

— Oui, c'est sûr. Sauf que j'aurais aimé ça que les cours se donnent à Québec. Je m'imagine mal rentrer à la maison pour la trouver déserte. C'est idiot, parce que j'ai vécu longtemps seule, mais je n'aime pas cette idée-là.

— Tu ne seras pas totalement seule, fit Tiffany en soulevant Églantine qui poussa un miaulement qui la surprit.

— C'est son cri habituel. Elle veut du saumon.

— C'est incroyable, une telle puissance sonore dans un aussi petit corps ! s'étonna Tiffany en déchirant un morceau de poisson pour le déposer devant la siamoise qui le flaira avec enthousiasme.

Maud Graham versa du saké dans leurs verres avant de saisir un rouleau au crabe et pomme verte.

— Je trouve que Diana Roberts ressemble à Sophie Prégent.

— La comédienne ?

— Oui, elles ont toutes deux la grâce ineffable des siamois.

— C'est vrai que Diana est très belle ? Selon le voisin de Poitras, c'est une déesse. C'est ce que Rouaix m'a raconté.

— Oui. Mais elle fait tout pour atténuer son éclat. Frange trop longue qui cache ses yeux derrière des lunettes très ordinaires, pas de maquillage, des vêtements ternes, amples.

— On peut se demander pourquoi elle n'a pas envie de jouir du pouvoir que donne la beauté, non ?

— Effectivement, dit Graham en constatant que sa collègue la devançait dans son raisonnement.

— Parce qu'elle ne veut pas attirer l'attention? Elle est très timide?

— Plutôt secrète.

— Intéressant. Quand on connaît ton opinion sur les secrets... Mais on a vérifié son alibi: elle était à Saint-Augustin au moment du meurtre. Elle hérite de vingt mille dollars, c'est vrai, mais tu nous as dit qu'elle veut rendre l'argent à Marie-Odile Poitras. Il faudrait qu'elle ait commandité le meurtre de son amant. Pour quelle raison?

Graham but une gorgée de saké en s'enivrant de l'odeur de chèvrefeuille, tandis que Tiffany McEwen énumérait les motifs qui poussent au crime.

— Commanditer un meurtre n'est pas une chose facile, dit celle-ci. La préméditation, l'exécution, c'est compliqué. Et où cette aide-vétérinaire aurait-elle trouvé un complice? Comment l'aurait-elle payé? Elle ne gagne pas une fortune. Et en plus, elle veut remettre l'argent. Ça n'a aucun sens.

— Je n'ai jamais dit qu'elle a fait assassiner Dominique Poitras. Mais elle me cache quelque chose. Je pense qu'elle a un faux passeport.

— Tu attendais jusqu'au dessert pour me le dire? Un faux passeport?

Maud expliqua que Diana Roberts n'avait pas contesté cette hypothèse quand elle l'avait soulevée.

Tiffany McEwen scruta le visage de Maud Graham sans parvenir à comprendre quelles étaient maintenant ses intentions.

— Je veux que Balthazar fasse une recherche plus poussée sur elle. Et j'ai rendez-vous avec elle demain matin. Elle a promis de me révéler ce qui l'effraie.

— Mais de quoi peut-elle avoir peur? De nous? De la justice?

— Je ne sais pas. Tout ce qui me vient à l'esprit, c'est qu'elle a appris quelque chose sur Dominique qui l'angoisse.

— Mais pourquoi se taire?

— C'est toute la question. Par fidélité à sa mémoire? Elle m'a dit qu'ils ne sortaient pas «officiellement» ensemble. Mais il lui a légué vingt mille dollars. Juste avant de mourir.

— Et s'il n'était pas aussi formidable que tout le monde le dit? avança Tiffany. S'il avait détourné de l'argent? Je n'y crois pas trop, mais si Physi'Os servait de couverture à un autre trafic? Ils vendent des produits naturels, mais on ne les a pas regardés de près…

— Diana s'en serait aperçue et aurait choisi de se taire? Elle m'a pourtant assuré qu'il n'a rien fait de mal. Que c'est l'inverse.

Maud repoussa Églantine qui s'approchait lentement mais sûrement du plateau de sushis.

— Tu en as eu assez, lui dit-elle en l'attrapant pour la déposer au sol.

La chatte ronronna, frotta son museau foncé contre la main de Maud et sauta de nouveau sur la table.

— Les siamois sont très têtus, dit Tiffany. Mes parents en avaient un, aussi adorable que buté. L'inverse de quoi?

Graham s'étira pour saisir son calepin et relire à haute voix les notes qu'elle avait prises lors de sa discussion avec Diana.

— J'ai soumis l'hypothèse que Dominique représentait une menace pour elle. Diana m'a répondu: «C'est tout le contraire.» Dans ce cas, c'est elle qui a représenté un danger pour lui? Elle jure qu'elle n'a rien fait de mal.

— Personne n'a commis de délit, mais Diana a peur et Poitras s'est fait tuer. Il faut bien qu'il y ait une raison. Il a reçu un coup de fil, il a ouvert sa porte au meurtrier, c'était prémédité, nous le savons tous. Mais qui a-t-il reçu? Pourquoi?

Graham souleva Églantine qui tentait d'attraper un morceau de thon.

— D'après Jean-Serge Fortier, le voisin de Poitras, rappela-t-elle, il était très amoureux de Diana. Et si quelqu'un voulait faire chanter Diana avec cette histoire de faux passeport et que Poitras l'ait su? Qu'il ait proposé au maître chanteur de régler ça?

— Il aurait voulu jouer au preux chevalier? Pas bête, ça ressemble plus à ce que Joubert nous a raconté sur lui... Son associé a déclaré qu'il s'occupait de la partie *business* du centre parce que Dominique Poitras n'était pas aussi terre à terre que lui, qu'il appréciait son esprit visionnaire, artiste, mais qu'il était naïf, qu'il avait tendance à vouloir secourir la veuve et l'orphelin. La belle Diana débarque dans sa vie, il veut la sauver...

Maud Graham but une gorgée de saké tiède tandis que Tiffany hésitait à prendre le dernier morceau de sushi.

— Vas-y, l'encouragea Graham. Je n'ai plus faim. J'aurais dû traîner Diana Roberts au poste. Je pense que sa fragilité, sa beauté m'ont freinée.

— Dans quel sens?

— Je suis un peu jalouse d'elle, même si je l'aime bien. Je suppose que j'ai fait preuve de laxisme pour ne pas avoir à me reprocher d'être bêtement envieuse de sa beauté. C'est stupide, à mon âge.

Tiffany McEwen la fixa un moment avant de rétorquer qu'elle espérait bien lui ressembler quand elle aurait cinquante ans. Qu'elle souhaitait qu'Émile la regarde comme Alain le faisait avec elle.

— C'est sérieux entre vous...

— Je pense qu'il m'aime vraiment.

— Vas-y. Ne m'imite pas. J'ai perdu trop de temps avec Alain à hésiter à le laisser entrer dans ma vie. Je fais du thé?

# 8

*Québec, le 21 mars*

Christian Desgagné regardait Rachel qui montait dans la voiture pour se rendre chez Physi'Os. Il avait prétendu couver une grippe et avait fait semblant de téléphoner à son travail devant elle pour prévenir de son absence. Pas question que Rachel le dépose chez Campbell et qu'il perde un temps précieux en revenant vers la clinique vétérinaire. Il s'y présenterait en révélant à Diana Roberts qu'il était le mari de Rachel. Il dirait que c'était elle qui l'envoyait pour s'informer de la possibilité de recueillir un chaton. À sa réaction, il verrait bien, si elle avait appris quelque chose à son sujet. Que ce soit par Dominique ou par Rachel. Il saurait alors s'il devait régler ce problème d'une manière ou d'une autre.

Durant dix minutes qui lui parurent interminables, il dut attendre le bus et bien évidemment, à cette heure de pointe, il n'y avait pas un siège libre. Il descendit en maugréant contre le système de transport qui obligeait les usagers à se tasser comme des sardines quand il aurait été si simple d'ajouter des autobus. Parce qu'il avait eu chaud, il sentait maintenant la sueur geler dans son cou.

Il marcha jusqu'à la clinique, jeta un coup d'œil sans voir Diana, se décida à pousser la porte.

— Bonjour, dit Linda. Qu'est-ce qu'on peut faire pour vous?

— Diana n'est pas ici ?

— Diana ?

— Ma femme Rachel lui a dit qu'on cherchait un chaton.

— Elle a laissé un message pour nous prévenir qu'elle ne rentrait pas aujourd'hui. Je suppose qu'elle doit vous avoir parlé des chatons qui sont nés la semaine…

— Je reviendrai, dit Christian en reculant vers la porte d'entrée.

Diana Roberts était absente ! Comme si elle avait deviné qu'il viendrait la voir ! C'était impossible, cette femme le contrariait sans cesse ! Chaque fois qu'il s'approchait d'elle, elle se dérobait. Elle devait être habituée à ce petit jeu avec les hommes, c'était une manipulatrice. Une sorcière. Comme toutes les autres. Comme son ex-patronne. Il inspira profondément et décida de se rendre chez Diana Roberts sans savoir comment il pourrait l'aborder. Il verrait sur place. Il n'avait rien à perdre. Et rien à faire chez lui de toute façon.

Quand il arriva à Limoilou, il reconnut la voiture de la femme qui avait raccompagné Diana la veille, vit ensuite la rousse devant la porte de l'appartement de Diana. Que faisait-elle là ? Une autre femme, plus grande, plus jeune était avec elle. Il se dissimula derrière un arbre pour les observer. La rousse sonna, tout en discutant avec sa compagne, mais personne ne vint leur ouvrir. La plus jeune frappa de son poing fermé sans obtenir plus de succès. Elles restèrent encore quelques minutes devant la porte puis regagnèrent l'auto. Qui étaient-elles ?

Et où était Diana ?

Il vit la rousse donner un coup de pied dans un bloc de neige et de sel durci, l'entendit jurer avant d'ouvrir la portière. La grande en fit autant et s'assit dans la voiture.

Christian attendait qu'elles s'éloignent, mais l'auto n'avait pas démarré après plus de cinq minutes. Combien de temps resteraient-elles plantées devant l'appartement ? Devait-il aller se réchauffer dans un café et revenir plus tard ou attendre encore un peu ? Qui étaient ces deux femmes ? D'autres maudites féministes qui fréquentaient le centre d'hébergement ?

:  :

Rachel Côté sursauta lorsque Frédérique lui rapporta le dossier d'un patient.

— Excuse-moi, je ne voulais pas te faire peur.

— Non, c'est juste que je n'ai pas bien dormi.

— Moi non plus. Depuis la mort de Dominique, plus rien n'est pareil. Aymeric dit que sa sœur Marie-Odile ne se mêlera pas de l'organisation de Physi'Os, qu'il n'y aura pas de changements ici, mais je vois Dominique partout, j'ai toujours l'impression qu'il va revenir. Je m'ennuie tellement de son rire...

Rachel acquiesça en soupirant et rangea le dossier dans le classeur. Elle se frotta les yeux, s'étira pour tenter de s'éveiller, se décida à aller faire chauffer de l'eau pour un thé. Elle était épuisée, n'arrivant pas à dormir plus de quatre ou cinq heures par nuit. Soit elle ne parvenait pas à trouver le sommeil, soit elle se réveillait et ne réussissait plus à chasser les pensées qui l'assaillaient, qui la tourmentaient depuis que Dominique avait été assassiné. Et depuis deux jours, elle se demandait ce que Christian cherchait quand il avait fouillé dans son sac à main alors qu'il la croyait endormie. Heureusement qu'elle s'était débarrassée de la carte de la maison d'hébergement que lui avait donnée Dominique quelques jours avant de mourir.

— Je ne veux pas me mêler de tes affaires, avait dit ce dernier en lui tendant la carte. Mais je suis là si tu as besoin d'aide. Et mon amie Diana aussi peut t'aider. Elle a vécu des choses difficiles, elle peut te comprendre.

— Diana ?

— Elle travaille à la clinique vétérinaire.

— Là où tu fais soigner Églantine ?

— Oui, tu peux lui faire confiance. C'est elle qui m'a remis ces coordonnées.

Rachel avait fourré la carte dans la poche de son pantalon. Elle portait toujours des pantalons au travail, sachant que si elle mettait une robe ou une jupe, Christian l'accuserait de vouloir être séduisante pour les clients de Physi'Os ou ses collègues masculins.

Pourquoi Christian l'avait-il interrogée sur Diana? Cette question, ajoutée à toutes celles qui la tourmentaient depuis le meurtre de Dominique, l'empêchait de s'abandonner au sommeil. Combien de temps peut-on vivre sans dormir? Elle nageait en plein brouillard en attendant…

En attendant quoi?

Depuis, elle avait jeté la carte après avoir appris par cœur le numéro de téléphone de la Maison verte, car si Christian la trouvait, s'il devinait que…

Que quoi?

Qu'elle voulait fuir la maison?

: :

— Je n'aime pas ça, laissa tomber Maud Graham. Diana n'est ni chez elle ni à la clinique…

— Elle peut être tout simplement chez le dentiste, dit Tiffany McEwen sans conviction.

— Si elle avait eu un rendez-vous, elle n'aurait pas prévenu son employeur à la dernière minute. Je n'aurais pas dû lui faire confiance.

— On a vérifié et revérifié son alibi: elle était bien à Saint-Augustin au moment de la mort de Dominique Poitras. Elle a refusé l'argent qu'il lui a légué. Comment pourrait-elle être mêlée à cet assassinat? Et pourquoi? On en a parlé hier sans arriver à une conclusion.

— Elle a peur, souffla Graham en martelant le volant. C'est la seule chose dont je suis certaine!

— Elle ne doit pas être loin, elle n'a pas de voiture.

— La gare d'autobus est à dix minutes en taxi. Il faut qu'on sache si elle est vraiment partie, si elle a fui…

— Qu'est-ce que tu proposes? Veux-tu aller voir un juge pour obtenir un mandat et fouiller chez elle? Parce qu'elle a un faux passeport? Il te demandera pourquoi tu ne l'as pas interrogée au poste.

Graham soupira sans répondre et McEwen répéta qu'il lui semblait prématuré de conclure à une fugue.

— On va sonner chez sa voisine. Peut-être qu'elle sait quelque chose.

— On n'a rien à perdre, admit Graham.

Elles retournèrent vers l'appartement, frappèrent chez la voisine, déclenchant les aboiements d'un chien. Une femme aux cheveux blancs leur ouvrit quelques secondes plus tard. Graham montra sa plaque d'officier en s'excusant de se présenter chez elle, demanda si elles pouvaient entrer pour lui poser deux ou trois questions tandis qu'un labrador blond venait la flairer. Tiffany McEwen se baissa aussitôt pour le flatter.

— Des questions? À quel propos? C'est mon chien? Un voisin s'est plaint?

— Non, pas du tout. Il est vraiment magnifique! J'ai toujours rêvé d'en avoir un! Il paraît que ce sont des chiens plutôt calmes.

— Oui, confirma Suzanne Fournier en souriant. Ça m'aurait étonnée qu'on se plaigne de Drakkar. Il jappe trois ou quatre fois quand on sonne à la porte, mais il s'arrête tout de suite. Qu'est-ce qui se passe?

— On veut seulement savoir où se trouve Diana Roberts, dit Tiffany McEwen.

— Diana? Elle… elle doit être au travail.

— Non. Nous sommes passées à la clinique avant de venir ici. Vous n'avez pas une petite idée d'où elle...

— Je ne vois pas, fit Suzanne Fournier en fronçant les sourcils. Nous avons soupé ensemble hier, elle est partie vers vingt et une heures en disant qu'elle devait se lever tôt, qu'elle aime arriver à l'avance à la clinique. Que se passe-t-il?

— Elle vit ici depuis longtemps? s'enquit McEwen.

— Depuis septembre. C'est une locataire idéale! Je dis locataire, mais elle est devenue une amie. Je vis seule, comme elle. Nous nous invitons à souper à tour de rôle. Dites-moi ce qui lui est arrivé!

— On l'ignore, mais on s'inquiète pour elle, reprit Tiffany McEwen.

— Mais pourquoi? Qu'est-ce...

— On ne voudrait pas abuser de votre temps, la coupa McEwen, mais comme vous êtes la propriétaire, vous avez les clés de chez elle. Est-ce qu'on pourrait vous les emprunter pour jeter un petit coup d'œil, être sûres que tout est correct? Ça ne nous prendra que deux ou trois minutes...

— Mais qu'est-ce qui se passe?

— Je devais la rencontrer ici ce matin, expliqua Graham. Elle est un témoin dans une affaire criminelle, mais elle n'est pas au rendez-vous. Nous devons savoir où elle se trouve présentement.

— Elle a des ennuis?

— C'est ce que nous cherchons à savoir.

— Ça ne se peut pas! Vous vous trompez... Je ne connais personne d'aussi tranquille que Diana. Elle rentre du boulot, reste à l'appartement, sauf les fins de semaine où elle va faire de l'équitation.

— Des amis?

— Je n'ai jamais vu quelqu'un chez elle. C'est vrai que je ne suis pas chez moi en permanence et qu'on ne se surveille pas l'une et l'autre. Mais je vous jure que je n'ai jamais eu une locataire aussi calme. Comment puis-je l'aider?

— En nous prêtant sa clé.

Les mains de Suzanne Fournier tremblaient un peu, mais au moment où Graham allait la rassurer, l'ancienne journaliste recula à l'intérieur de son appartement pour saisir les clés suspendues à côté de la porte du garde-robe.

— On va aller voir ce qui se passe chez Diana! déclara-t-elle. Mais il me semble que j'aurais entendu du bruit si elle était tombée.

— Nous allons justement nous en assurer. Ce serait peut-être mieux que vous restiez ici…

Mais Suzanne Fournier devança Graham, bouscula légèrement McEwen en se dirigeant vers la porte de l'appartement voisin. Celle-ci s'élança derrière elle pour tenter de l'empêcher d'entrer, mais Suzanne Fournier tenait fermement les clés, les insérait déjà dans la serrure. Graham les rejoignit et poussa lentement la porte, appela Diana à haute voix sans obtenir de réponse.

— Diana, répéta Suzanne Fournier. Diana?

Derrière elles, Tiffany enlevait déjà ses bottes avant de marcher dans la pièce. Graham l'imita. La première chose qu'elles aperçurent, c'est une dizaine de boîtes alignées contre le mur. Graham se pencha vers elles, lut «livres» et «cuisine» écrits au feutre noir sur les cartons.

— On dirait qu'elle songe à déménager.

Dans la cuisinette, Graham vit une tasse dans l'évier, la cafetière rincée et mise à sécher sur un linge à vaisselle. Elle ouvrit le réfrigérateur, examina le contenu : des pots de yogourt, du lait, du fromage, un pain aux sept grains tranché, du jus de pomme, une bouteille de bourgogne aligoté, des oranges, des pommes et du raisin dans le bac à fruits, des carottes, du céleri, des poivrons dans le bac à légumes. Aucune charcuterie, aucune viande dans le congélateur; Diana était-elle végétarienne?

Il n'y avait rien sur le réfrigérateur, comme elle le voyait si souvent chez les gens. Elle-même y collait la liste d'épicerie, des photos ou des numéros importants à l'aide d'aimants. Ici, tout était lisse: ni bloc-note, ni stylo sur le comptoir, ni bibelots, rien de personnel. Graham avait l'impression d'être dans une chambre d'hôtel. Elle ouvrit les tiroirs un à un: ils avaient tous été vidés sauf le premier où il ne restait que cinq cuillères, trois fourchettes et trois couteaux. Elle fureta dans les armoires, vides elles aussi, puis revint vers le salon où était restée McEwen. Celle-ci avait fouillé le secrétaire et refermait le grand tiroir en lui adressant un signe de tête négatif, s'approcha d'elle pour murmurer qu'il n'y avait ni passeport ni cartes dans le meuble.

— On va voir la chambre, fit Graham en se reprochant encore plus d'avoir laissé filer Diana Roberts.

— Vous lui expliquerez tout, promis? demanda Suzanne Fournier. Je ne veux pas qu'elle m'en veuille qu'on soit entrées ainsi chez elle.

— C'est pour la protéger. On jette un petit coup d'œil à la chambre, promit Graham.

Les vêtements dans le garde-robe, la valise tout au fond, les souliers soigneusement rangés étaient toujours là. Seuls deux cintres n'étaient pas utilisés.

— Soit elle est partie en vitesse et n'a rien apporté. Soit elle compte revenir et bouger plus tard.

Sous le regard contrarié de la propriétaire, elles passèrent ensuite à la salle de bains, ouvrirent l'armoire: aucun médicament, que des cotons-tiges et un coupe-ongles. Dans les tiroirs, un séchoir à cheveux, des tubes de teinture, du peroxyde, des pansements adhésifs, un déodorant non entamé, des savons.

Maud Graham se tourna vers Suzanne Fournier: Diana avait-elle prévu déménager?

— Déménager?

— Vous avez vu les boîtes. Ses vêtements sont toujours là, mais il n'y a pas grand-chose dans les armoires de la cuisine.

— Elle ne cuisine pas beaucoup. Quand je soupe chez elle, elle achète des trucs chez le traiteur. Seule, elle est plutôt du style spartiate. Parfois, j'ai l'impression qu'elle fait attention à sa ligne, alors qu'elle n'en a pas du tout besoin. Elle prend soin de son corps, elle court beaucoup.

— J'aurais parié qu'elle dansait, dit Graham.

Suzanne Fournier secoua la tête.

— Sûrement pas. Elle déteste ça. Un soir, j'avais loué le film *Le cygne noir* avec Natalie Portman. Elle m'a demandé de l'arrêter, disant qu'elle ne supportait pas ce genre de film. Sa réaction m'a un peu surprise, je l'avoue. D'autant plus que j'étais certaine qu'elle avait déjà fait de la danse. Elle me rappelle un peu Margie Gillis, mais avec une frange.

— Vous l'avez déjà rencontrée ? s'informa Tiffany McEwen avec une nuance d'envie dans la voix.

— J'étais journaliste au *Soleil*. Arts et spectacles. J'ai suivi bien des carrières. Même noué certaines amitiés avec des chorégraphes ou des artistes qui se sont reconvertis. Le parcours d'un danseur peut être ingrat. Une blessure et tout est fini. Ou l'âge. Changer de métier n'est pas simple. Tous ne réussissent pas comme Mathilde Saint-Onge qui a créé une ligne de vêtements. C'est bizarre que Diana n'aime pas les films de danse, car elle m'a posé des tas de questions sur ces artistes que j'ai rencontrés.

— Comment était Diana hier soir ?

Suzanne Fournier haussa les épaules avant de dire qu'elle était plutôt silencieuse.

— Mais elle n'a jamais été bavarde. J'ai pensé qu'elle était fatiguée. Je l'ai trouvée cernée. Comme je vous l'ai dit, elle n'est pas restée tard. Les boîtes ? Ça peut être des boîtes de toutes sortes de choses… Elle lit beaucoup et donne ensuite les livres à un centre d'hébergement pour les femmes en détresse. Récemment, elle

m'a emprunté ma voiture pour transporter cette étagère. Probablement pour ranger certains des livres qui sont dans les boîtes.

La voix de la propriétaire était mal assurée, la situation lui
échappait, comment ces policières pouvaient-elles affirmer que
Diana se préparait à déménager? Elle aurait été la première
informée.

— Elle n'a rien dit qui vous aurait paru étrange? s'enquit
McEwen. De quoi avez-vous discuté?

— De tout et de rien, de son travail. Elle a signé un bail jusqu'en
juin. Elle a repeint tout l'appartement. On ne repeint pas si on
pense déménager six mois plus tard, voyons.

— Il doit y avoir une explication, fit Graham.

Elle s'efforçait d'être compatissante, alors qu'elle redoutait
d'être responsable de l'absence de Diana. En l'interrogeant, elle
l'avait peut-être poussée à fuir. Fuir? Ne tirait-elle pas trop vite
des conclusions? Elle n'était pas au rendez-vous. Ni à la clinique.
Mais il pouvait y avoir d'autres explications.

Et son faux passeport? Elle aurait dû insister la veille pour
obtenir une confession.

— Il est possible qu'on revienne vous déranger, dit McEwen
à Suzanne Fournier. Mais si Diana revient, pouvez-vous nous
prévenir?

Elle lui tendit sa carte en souriant, puis elle remit ses bottes et
sortit en silence. Graham jeta un coup d'œil aux alentours avant
de monter dans la voiture, comme si Diana pouvait miraculeusement apparaître et répondre à toutes leurs questions. Mais
il n'y avait qu'une mère qui poussait un énorme landau et un
homme en manteau noir. Graham le fixa quelques secondes, dit à
McEwen qu'il lui semblait l'avoir aperçu plus tôt.

— Sûrement un voisin. Bon, on retourne à la clinique avant
d'aller au poste. Il faut qu'on nous parle de Diana.

McEwen s'installa au volant sans contredire Graham. La
veille, elle avait failli lui conseiller de se précipiter chez Diana

pour l'interroger, mais elle s'était tue, avait préféré boire du vin en mangeant des sushis, évoquer son histoire avec Émile. Elle savait alors, tout aussi bien que Maud, que c'était une erreur de laisser trop de liberté à une femme qui mentait sur son identité. Pourquoi n'avait-elle pas raisonné sa supérieure ? Parce qu'elle ne comprenait pas son attitude ? Parce que les intuitions de Graham se révélaient presque toujours justes ? Parce qu'elle avait pensé comme elle qu'une dizaine d'heures ne feraient pas de différence ? Elle se sentait aussi coupable qu'elle d'avoir si mal évalué la situation.

— On va tout de même vérifier si elle a réservé une camionnette pour déménager, dit-elle à Maud Graham. La voisine peut avoir raison. Les livres sont peut-être destinés à un organisme de bienfaisance.

— Il n'y a aucun médicament dans la salle de bains. Pas de passeport. Pas de photos. Rien de personnel.

— Mais ses vêtements sont là.

— Pas ceux qu'elle porte. Si elle est partie très vite…

— On n'a aucune preuve qu'elle nous fuit. Elle n'est ni chez elle ni au travail, mais elle a pu avoir une urgence. Nous n'avons pas téléphoné dans les hôpitaux.

Au lieu de répondre à la question, Graham répéta que Diana avait peur et que c'était cette peur qui l'avait forcée à quitter son appartement.

— Je sais qu'elle a été agressée à Montréal. Est-ce qu'elle aurait revu le type qui lui a fait ça ?

— Dans ce cas, cela signifie qu'elle le connaît.

— Elle n'est pas allée à l'hôpital quand c'est arrivé. En tout cas, c'est ce que je devine…

— Mais quel serait le lien avec Dominique Poitras ?

— Supposons qu'il connaissait son agresseur. Qu'il l'avait comme patient.

— Et que Diana l'ait revu en allant retrouver Dominique chez Physi'Os ? continua McEwen.

— Non, rejeta Graham. On délire. C'est tiré par les cheveux. C'est autre chose.

— Mais pourquoi refuse-t-elle notre aide ?

— Tourne à gauche sur de Charest, soupira Graham. C'est plus court pour aller à la clinique.

:  :

Alors que la voiture des policières s'éloignait, Christian Desgagné s'interrogeait. Avait-il vraiment vu la rousse montrer quelque chose à la voisine de Diana avant d'entrer chez elle ? Est-ce que c'était une plaque d'identification comme en ont les policiers ou la carte d'une quelconque association ? Il aurait voulu interroger la voisine de Diana, lui faire dire tout ce qu'elle savait à son sujet, lui demander pourquoi ces femmes étaient entrées chez Diana. Que cherchaient-elles ? Qu'avaient-elles trouvé ?

Qu'est-ce que tout ça signifiait ?

Il ne comprenait qu'une chose : rien ne se passait comme il l'avait souhaité. Il ignorait où était Diana, ce qu'elle savait, à qui elle avait pu tout raconter sur lui. Mais la visite de ces deux bonnes femmes à cet appartement ne lui disait rien qui vaille. Elles avaient une autorité naturelle qui lui déplaisait infiniment. Tout comme celle de la collègue de Diana qui l'avait fixé d'un œil trop curieux quand il s'était présenté à la clinique. Il n'aurait pas dû repartir aussi vite ; la fille était moche, il aurait pu user de son charme pour en apprendre plus sur Diana. Mais il n'avait pas aimé la manière dont elle le dévisageait et n'avait pas pris le temps de réfléchir. Parce qu'il manquait de concentration. Parce qu'il dormait mal. Alors qu'il aurait dû se réjouir de n'avoir eu la visite d'aucun policier. Pourquoi s'en faisait-il autant avec cette Diana ?

Parce qu'il savait que Rachel ne dormait pas très bien non plus. Qu'elle se recroquevillait de son côté du lit en s'efforçant de respirer naturellement. Mais elle ne le leurrait pas. Il savait qu'elle lui cachait quelque chose !

Il faudrait bien qu'elle lui dise si elle avait parlé à Diana ! Et tout ce qu'elle lui avait raconté !

Ces femmes qu'il avait vues chez Diana étaient sûrement des policières. Qui les avait envoyées chez elle ? Pourquoi ?

Christian regarda sa montre. Était-il trop tôt pour boire un verre ? Qui pourrait le lui reprocher ?

: :

Alors que Tiffany McEwen pestait contre un automobiliste qui s'était si mal garé qu'il occupait deux espaces de stationnement à proximité de la clinique vétérinaire, Graham se rappela soudainement le détail qui lui avait échappé plus tôt : Suzanne Fournier avait parlé d'un centre d'hébergement pour femmes.

— Si elle avait été battue ?

— Tu m'as dit qu'elle avait été agressée.

— Diana ne m'a jamais dit textuellement qu'elle avait été violée. Elle a dit « agressée ». C'est moi qui ai conclu à un crime sexuel. Qui l'ai crue lorsqu'elle a prétendu avoir déménagé à Québec pour vivre dans une ville plus sécuritaire. Mais pourquoi donnerait-elle ses livres à une maison d'hébergement ?

— Pourquoi pas ?

— Pourquoi n'y a-t-il rien de personnel chez elle ? On dirait qu'elle cherche à effacer sa propre présence ? Parce qu'elle ne veut pas qu'on la retrace... que son ex la retrouve...

— Quel rapport avec Dominique Poitras ? exposa McEwen.

— Si cet ex était revenu ? S'il avait découvert où habitait Diana et qu'il l'avait vue avec Dominique ? Si c'est un jaloux maladif ? Il a pu le suivre et le tuer.

McEwen secoua la tête : Dominique Poitras n'aurait pas ouvert sa porte à cet homme.

— Il aura trouvé un prétexte.

— Il faut que les collègues de Diana nous en disent plus sur elle.

— Et si elle n'est mêlée en rien à cet assassinat ? De quel droit interrogera-t-on sérieusement les gens avec qui elle travaille ?

— C'est pour sa protection, rétorqua Graham. Nous ne l'accusons de rien, nous cherchons à savoir ce qui lui arrive. C'est ce que j'aurais dû faire hier…

— Arrête de te culpabiliser, c'est improductif.

Le ton décidé de Tiffany McEwen surprit Graham. Sa collègue avait acquis, sans qu'elle s'en aperçoive, une assurance qui la réjouit. Dorénavant, elle la verrait moins comme une jeune femme à qui il fallait tout apprendre que comme une partenaire de plus en plus mature.

McEwen la devança et tint la porte ouverte pour laisser passer un homme âgé qui portait une cage d'où retentissaient des miaulements de fureur.

— Il n'aime pas être enfermé, s'excusa le vieillard.

— La mienne non plus, lui dit Maud Graham. Mais c'est pour leur bien…

Elle s'étonnait d'avoir prononcé « la mienne » en pensant à Églantine alors que c'était pourtant l'évidence : la siamoise lui appartenait. Et elle-même appartenait à cette chatte qu'un crime avait poussée vers elle. Comme pour Maxime. Si son père n'avait pas été agressé, il y a plusieurs années, elle n'aurait jamais connu cet enfant. Ne l'aurait jamais adopté. Ne le verrait pas aujourd'hui se diriger vers l'école de police avec une fierté doublée d'inquiétude. Le hasard avait souvent modifié sa vie.

Mais ce n'était pas le hasard qui avait forcé Diana à quitter Montréal pour Québec. Et à fuir Québec pour une destination inconnue.

Elle rappela son nom aux employés présents à la clinique, exposa ses craintes vis-à-vis de Diana.

— Elle n'est pas chez elle. Et nous avons peut-être un élément qui nous incite à croire qu'elle a pu être témoin d'un crime, d'un délit de fuite, inventa Graham. Nous ne pouvons vous en dire plus.

— Mais nous faisons appel à votre mémoire, compléta McEwen. Si vous pensez qu'elle a pu aller chez un ami, ou si elle a parlé d'un endroit qu'elle affectionne particulièrement, nous ferons des recherches en ce sens. Nous souhaitons vous rencontrer individuellement, pour que vos témoignages soient plus clairs.

C'était davantage pour recueillir des confidences que Tiffany et Maud voulaient interroger en privé les employés. Le vétérinaire responsable ce matin-là le comprit très bien et proposa aux policières de s'installer dans deux petites salles d'examen, au fond de la clinique.

— Ce sera parfait, merci, dit Graham. Nous ne vous dérangerons pas longtemps. Qui souhaite me parler en premier?

Un homme aux longs cheveux bruns attachés avec un catogan s'avança vers elle, la précéda dans le couloir qui menait aux deux salles.

— Je ne sais pas trop ce que vous attendez de moi, commença-t-il. Je ne connais pas beaucoup Diana. Ce n'est pas faute d'avoir essayé…

— Vraiment?

— Je ne ferai pas semblant qu'elle ne m'intéresse pas. Elle s'arrange mal, mais elle est vraiment belle! Je pense que j'ai regardé cent fois la photo que j'ai prise d'elle, mais j'ai démissionné quand Dominique est arrivé dans le décor. Je ne sais pas ce qu'elle lui trouvait. Franchement, il était bien plus vieux qu'elle! Et gros.

— Comment était votre relation?

Tristan eut un sourire résigné, expliqua qu'il n'y avait justement pas de relation, que Diana ne s'était jamais aperçue qu'il
s'intéressait à elle. Ou avait fait semblant de ne pas s'en rendre
compte.

— J'ai parlé d'aller au cinéma, au restaurant, fit Tristan. J'ai
tenté de savoir ce qu'elle aimait, mais à part les chevaux, je n'ai
rien appris. Et elle a toujours refusé de sortir boire un verre, à
moins qu'on soit tous ensemble. Avec Linda, Denis, Loulou. Elle
ne raconte jamais rien sur elle. Ça m'a vraiment surprise d'apprendre qu'elle était proche de Dominique Poitras. J'ai toujours
eu l'impression qu'elle n'avait pas d'amis. Qu'elle n'en voulait
pas. Je ne peux donc pas vraiment vous parler d'une copine ou
d'un fait qu'elle m'aurait confié. Est-ce qu'elle est vraiment menacée ? Est-ce qu'on peut l'aider ?

Maud Graham tenta de le rassurer : McEwen et elle se ques-
tionnaient au sujet de Diana, car des faits nouveaux avaient été
portés à leur attention. Elles agissaient par prudence, préféraient
tout envisager pour réagir adéquatement.

Elle remercia Tristan et prit quelques notes en attendant Linda
qui lui demanda aussitôt ce qui était réellement arrivé à Diana.

— Nous l'ignorons. Je devais la voir aujourd'hui, elle s'est
volatilisée. Mais vous, vous savez quelque chose.

— Moi ?

— Vous avez blêmi quand j'ai prononcé le nom de Diana.

Linda Beaudoin dévisagea Maud Graham, puis relata la visite
éclair d'un homme, le matin même, qui voulait voir Diana.

— Il s'est présenté juste avant vous. Un bel homme, grand, qui
paraît bien. Je venais juste d'ouvrir la clinique, j'étais seule à la
réception. Il est reparti dès que je lui ai appris que Diana était
absente. Vous êtes arrivées une vingtaine de minutes après lui.

— Qu'est-ce qu'il voulait ?

— Il a vaguement parlé de chaton à adopter, mais j'en doute.
C'est Diana qui l'intéresse. Est-ce que vous travaillez toujours

pour le programme de formation des policiers pour les femmes victimes de violence ?

— Qui vous a dit cela ?

Maud Graham scruta le visage de Linda qui la regarda droit dans les yeux :

— Je vous ai vue au centre d'hébergement la Maison verte. Il y a des années. Quand j'y étais avec ma petite. Vous ne pouvez pas vous souvenir de moi. Je suis devenue bénévole quand ma vie s'est améliorée. Dites-moi ce qui est arrivé à Diana !

Graham secoua la tête ; elle l'ignorait vraiment.

— Je devais la voir aujourd'hui. Elle avait promis de se confier à moi…

Un miaulement interminable provenant d'une pièce voisine l'interrompit.

— C'est César. Son maître doit le reprendre aujourd'hui. Heureusement que Diana était là, hier. C'est une fée avec les animaux. Ils le lui rendent bien.

— Mieux que les humains ? Elle a été victime de violence conjugale ?

Linda acquiesça silencieusement.

— Elle a fui Montréal pour cette raison ?

— Montréal ? Je ne sais pas. Elle a vécu à Toronto et dans l'état de New York. Elle m'a dit qu'elle avait besoin des coordonnées de la Maison verte pour une jeune femme.

— Peut-être qu'elle parlait d'elle ?

— Non, non, elle connaît la Maison verte, elle m'y a déjà accompagnée. Elle voulait vraiment aider quelqu'un.

— Vous parlait-elle souvent de Dominique Poitras ?

Linda secoua la tête, rapporta que Diana y avait fait allusion, mais sans entrer dans les détails. Elle était timide. Et toujours craintive.

— Je pense qu'elle apprenait à lui accorder sa confiance. Elle a vraiment été choquée par sa mort. On l'a tous été. Mais quand on a été victime de mauvais traitements, être de nouveau en contact de façon intime avec la violence est terriblement angoissant. J'ai essayé d'en discuter avec elle, mais elle m'a fait comprendre qu'elle n'était pas prête à en parler.

— Pensez-vous qu'un homme, un de vos clients peut-être, a pu menacer Diana? Elle attire les regards…

— Bien malgré elle. C'est la seule qui garde son bonnet toute la journée, qui se fout d'avoir les cheveux aplatis quand elle l'enlève. Mais elle est tellement gracieuse. C'est normal pour une ancienne ballerine, me direz-vous…

— Elle dansait?

— C'est évident, non?

— Vous en avez parlé ensemble?

— Non. Avec Diana, je prenais ce qu'elle voulait bien me confier. C'est la seule manière d'agir pour ne pas l'effrayer. Prendre le temps. On l'a fait pour moi. J'ai tenté de le faire pour elle.

— Vous semblez croire qu'elle avait toujours peur d'accorder sa confiance. Même à vous?

— À tout le monde, dit Linda.

— Et aux policiers, murmura Graham.

— Dans son cas, c'est certain qu'ils ne l'ont pas aidée…

— Qu'est-ce qui vous pousse à dire cela?

— On a eu la visite d'un patrouilleur, il y a deux ou trois mois. Elle a blêmi et s'est éclipsée dans une des salles d'examen.

— Elle avait peut-être quelque chose à se reprocher.

Le regard de Linda se durcit; elle repoussait cette idée.

— Ça se serait su si elle avait tué son mari, non? Quand on est passées par où nous sommes passées, tout ce qu'on veut c'est la paix. Ne pas attirer l'attention. Et même si, dans mon cas, les policiers ont été corrects, je n'ai pas envie d'en revoir. Vous êtes trop reliés à la violence. C'est comme une odeur qui s'imprègne. Et qu'on évite.

— Elle cache son identité, déclara Graham.

— Peut-être. C'est compliqué de changer de nom, convint Linda, mais ça vaut la peine. Moi, j'ai eu plus de chance que Diana, pour l'hébergement, parce que j'avais un enfant.

— Est-ce qu'elle pourrait s'être présentée à la Maison verte?

Linda saisit son téléphone avant même que Graham ne termine sa phrase. Elle échangea quelques mots avec son interlocutrice puis secoua la tête.

— Personne ne l'a vue.

— Elle vous a parlé de ses relations?

— Non. À part sa vieille voisine avec qui elle soupait parfois. Pour dire vrai, ses meilleurs amis sont les animaux. Si nous n'avions pas eu cette cliente avec un œil au beurre noir, jamais nous n'aurions parlé de la Maison verte, jamais je ne lui aurais dit que j'avais vécu des années de galère, jamais je n'aurais su qu'elle avait traversé tout ça elle aussi.

— Sauf que tout n'est peut-être pas derrière elle. J'ai peur que son ex l'ait retracée.

— Tout ce que je peux vous dire, c'est qu'il était anglophone. Trouvez Diana!

Maud Graham hocha la tête et s'informa de la fille de Linda Beaudoin; comment allait-elle maintenant?

— Beaucoup mieux, dit Linda en souriant. J'aurais dû quitter mon mari bien avant, mais au moins ma petite n'a pas connu ce climat trop longtemps.

McEwen et Graham sortirent des salles d'examen en même temps. Graham allait quitter la clinique lorsqu'elle revint sur ses pas pour acheter un sac de nourriture pour Églantine. Elle demanda si c'était vrai qu'il ne fallait pas donner trop de thon aux chats. À cause des calculs rénaux.

— Pas quotidiennement, mais de temps en temps, ce n'est pas un problème.

L'éclat du soleil sur la brique pâle de l'immeuble voisin força Graham et McEwen à cligner des yeux et cette chaleur nouvelle, bien que timide, les réconforta légèrement.

— Je n'ai pas appris grand-chose, confessa Tiffany McEwen. Toi?

— Que Diana a été victime de violence conjugale. Si son ex l'a retrouvée…

— Arrête d'imaginer le pire!

— J'ai raison de penser qu'il a pu la tuer! Ça arrive tous les jours au Canada. Et toi? Qu'est-ce qu'on t'a raconté?

— Que Diana adorait les animaux. Qu'elle avait un don.

— On sait déjà tout ça. Les chats, les chiens, les chevaux…

Graham se tourna vers McEwen: et si Diana s'était réfugiée à l'écurie?

— À Saint-Augustin?

— Pourquoi pas? Si c'est avec les animaux qu'elle se sent en sécurité?

— On n'a toujours pas de lien avec Dominique Poitras, marmonna McEwen. Je me demande où on s'en va. Gagné va nous questionner là-dessus.

Graham haussa les épaules avant de démarrer: il n'y avait aucune autre piste de toute manière.

— On devrait retourner chez Diana, fit Tiffany, au cas où… si sa voisine ne nous appelait pas pour nous prévenir.

# 9

*Québec, le 21 mars*

La serveuse du Krieghoff avait souri plusieurs fois à Christian Desgagné qui lui avait rendu la pareille, heureux de constater que son charme opérait toujours. Durant quelques secondes, il fut tenté de la draguer, de lui demander à quelle heure elle quittait le café, l'inviter à prendre un verre avec lui. Il repoussa cette idée : il n'avait pas envie de boire en écoutant une fille parler, en étant obligé de répondre à toutes les questions qu'elle ne manquerait pas de lui poser. Les femmes étaient toujours trop curieuses, elles voulaient tout savoir pour tout contrôler. Et les hommes, trop idiots, tombaient dans le panneau. Dominique Poitras avait entendu Rachel se plaindre, avait voulu se donner le beau rôle en se mêlant de leurs affaires. Avait-il dit à Diana qu'ils s'étaient rencontrés un matin, rue Myrand ? Cette question revenait sans cesse à son esprit et, sans cesse, il y répondait par la négative : si Diana avait su qu'ils avaient été en contact, elle l'aurait dit aux enquêteurs. Mais pourquoi s'inquiétait-il encore ? Des jours et des jours après la mort de Poitras ? Parce qu'il n'avait pas aimé la lueur méprisante qu'il avait lue dans les yeux de Diana la première fois qu'il s'était présenté à la clinique vétérinaire ? La même lueur qu'il avait détectée chez son ancienne patronne ? Un mélange de dégoût et de pitié ? Comme si elle savait qui il était ? Parce que

Poitras, qui avait fait semblant de le comprendre, qui avait juré qu'il pouvait compter sur lui, l'avait dénigré auprès d'elle? Lui avait-il parlé de lui? Maudite question! Elle allait et venait dans son cerveau comme une mouche affolée sans qu'il réussisse à l'attraper, à l'écraser, à l'anéantir.

Où était Diana?

Il ne pouvait pas se planter en face de chez elle et l'attendre. On finirait par le remarquer. Et il faisait trop froid, malgré le soleil. Alors quoi?

Il devait oublier toute cette histoire, se raisonner, rentrer chez lui. Les policiers l'auraient interrogé depuis longtemps si Diana leur avait parlé de lui. Tout se déroulait comme prévu, pourquoi s'imaginait-il que Diana le dénoncerait? Pourquoi aurait-elle attendu durant des jours avant d'agir? Il paya son café et se dirigea vers les Halles du Quartier pour s'acheter un sandwich. Il aurait préféré s'attabler au restaurant, mais c'était trop cher pour lui. Il serra les poings en voyant deux hommes dans la vingtaine pousser la porte du Metropolitain, de l'autre côté de la rue Cartier. Ils avaient dix ans de moins que lui et pouvaient se permettre de manger autant de sushis qu'il leur plairait! Alors que lui devrait se contenter d'un panini. Tout ça, par la faute de Simone Nadeau qui avait préféré garder chez Campbell une fille qui n'avait été engagée qu'un mois avant lui. Toutes les bonnes femmes se soutenaient entre elles! Les gens croient qu'elles sont en compétition et c'est vrai à un détail près: elles ne sont pas en rivalité entre elles, mais contre les hommes. Et c'était lui qui avait été sacrifié! Lui qui devait lire chaque jour ces offres d'emploi plus pourries les unes que les autres, lui qui ne pouvait se payer autre chose que des sandwichs, qui devait traîner dans les centres commerciaux toute la journée, avant de rentrer à la maison en faisant croire à Rachel qu'il revenait du boulot. Pourquoi lui cachait-il la vérité? Parce qu'il se sentait humilié d'avoir été viré. Mais c'était lui, la victime! Il avait été injustement congédié! Simone Nadeau devrait avoir honte de ne pas avoir reconnu ses qualités. L'avait-elle mis à la porte parce qu'il ne l'avait pas draguée ? Avait-elle gardé Stéphanie Dumoulin parce qu'elle était lesbienne ? Habituellement, il devinait à qui il avait affaire, mais la Nadeau était difficile à cerner. Le temps qu'il comprenne que c'était une salope, il était trop tard. Il savait qu'il devait se méfier des femmes. Rachel avait eu l'air surprise quand il lui avait reparlé de Diana Roberts, mais elle devait lui avoir joué la comédie. Faisait-elle semblant de jouir quand ils baisaient ? Ça l'enrageait de penser que les femmes pouvaient mimer l'orgasme, alors que les hommes étaient obligés de bander pour prouver leur désir. C'était injuste, là aussi, c'étaient à eux de tout faire. Et ensuite, on les critiquait. Il attaqua rageusement son sandwich, se mordit la langue, pesta et sortit des Halles, cligna des yeux à cause du soleil. Il jeta un coup d'œil à droite, vers le boulevard René-Lévesque, à gauche vers les Plaines. Marcher vers le musée ou rentrer à l'appartement ?

Il obliqua vers la droite et se dirigea vers l'arrêt du bus qui, miraculeusement, arriva quelques secondes plus tard. Est-ce que la chance tournait enfin ? Les portes venaient de se refermer derrière lui quand il les entendit s'ouvrir, puis une voix féminine qui remerciait le chauffeur de l'avoir attendue. Il s'avança dans l'allée, sentant la femme derrière lui, se retourna et fut surpris de reconnaître la serveuse du café.

— C'est drôle, dit-elle.

Il se força à sourire en se demandant si elle l'avait suivi. Que ce soit le cas ou non, la façon dont elle le regardait maintenant ne lui laissait plus de doutes ; il lui plaisait. Peut-être qu'il pouvait revenir sur ses positions et saisir cette occasion ? Au fond, qu'est-ce qui l'obligeait à rentrer chez lui ? Rien. Il n'avait rien à faire. Juste s'ennuyer. Repousser la maudite question. Attendre que Rachel rentre pour préparer le souper. Il se dirigea vers le fond du véhicule. Si la fille s'assoyait à côté de lui, il entrerait dans son jeu. Sinon, il descendrait à l'arrêt habituel. Elle s'assit sur le banc voisin du sien et

sortit un livre de son sac à main. Ah bon ? Elle voulait faire l'indé-
pendante ? C'était tellement puéril ! Il détourna les yeux pour regarder les rues défiler, mais un nid-de-poule occasionna une secousse
et la fille échappa son livre. Christian n'hésita qu'une seconde avant
de le ramasser pour le lui rendre. C'était cousu de fil blanc… Il jeta
un coup d'œil au titre du bouquin, une pièce de théâtre.

— Tu es comédienne ?

— J'étudie au Conservatoire. En deuxième année.

— C'est une pièce que tu répètes ?

— J'essaie, mais c'est difficile. Ionesco…

— L'absurde est moins prévisible, donc sûrement plus compliqué à retenir.

Le visage de Tania Cassidy s'éclaira : c'était exactement cela !

— J'ai déjà fait un peu de théâtre, quand je vivais à New York.

— À New York ? Chanceux !

— Au début, j'aimais ça, mais le bruit, la pollution, on finit par
en avoir assez. Et je me suis lancé dans les affaires, puis j'ai…

Il s'interrompit dans ses mensonges, lui sourit : qui était-il pour
penser l'intéresser avec l'histoire de sa vie ?

— Mais si ! J'ai plus envie de me distraire que de répéter mon
texte, confessa Tania avant de se présenter.

— Moi, c'est Christian. Tu es sûre que tu ne veux pas travailler
la pièce ? Je pourrais te donner la réplique si tu ne descends pas au
prochain arrêt…

— Je me rends quasiment au bout de la ligne.

— C'est parfait. Passe-moi le texte que je vérifie ce que tu as
retenu.

En prenant le livre, il effleura la main de la jeune femme durant
quelques secondes et elle le dévisagea en rougissant.

Il apprécia. Au moins, elle n'était pas trop blasée.

Peut-être que l'après-midi passerait plus vite que prévu.

: :

*Le 21 mars, après 22 h*

Rachel n'avait jamais remarqué la fissure qui courait le long du mur nord du salon, mais recroquevillée sur le sol, elle la distinguait maintenant parfaitement. Elle aurait voulu se fondre dans cette fissure, se glisser dans le mur, disparaître.

Mais pourquoi? Pourquoi avait-elle interrogé Christian quand il était rentré à la maison? «Où étais-tu?» avait-elle demandé. Parce qu'elle s'était inquiétée de ne pas le trouver à l'appartement quand elle avait ouvert la porte. Pendant qu'elle faisait cuire les pâtes pour faire une lasagne.

La sauce avait laissé des traces sanglantes sur le sol quand Christian avait jeté son assiette par terre. Elle voyait les débris pointus, les bouts de pâte, le fromage figé. Depuis combien de temps était-elle couchée là?

Elle tenta de tourner la tête pour lire l'heure à l'horloge murale, mais ce geste lui arracha un cri de douleur. Elle s'immobilisa, s'efforça de respirer malgré la sensation d'oppression qu'elle ressentait. Il n'y avait pourtant rien sur elle. Que ses vêtements. Mais elle avait l'impression qu'ils la serraient, qu'ils l'étouffaient. Elle se souleva en s'appuyant sur son avant-bras droit, mais retomba aussitôt, trop étourdie. Elle resta un moment sans bouger, puis tâta son visage de sa main droite, perçut une texture humide sur son front, dans ses cheveux. Son sang. Elle regarda sa main tachée, tourna la tête, vit encore du sang au sol. Et sa main gauche bizarrement tordue. Elle se demanda si elle allait mourir au bout de son sang. Ou si Christian allait revenir pour l'achever. Elle sentait confusément qu'il n'était plus dans l'appartement. À cause du silence, probablement. S'il avait été là, il aurait regardé la télévision. La télévision était toujours allumée quand Christian était à l'appartement. Elle s'était souvent dit qu'il la préférait aux conversations qu'ils auraient pu avoir. Qu'il ne la trouvait pas intéressante.

Est-ce que ce serait mieux si elle mourait maintenant?

Mais elle respirait. Elle entendait sa respiration. Elle devait bouger. Ramper jusqu'au téléphone. Elle cria quand elle posa un genou sur le plancher, mais se força à poser l'autre, malgré la souffrance que chaque mouvement lui infligeait. Il fallait qu'elle atteigne le téléphone. Qu'elle compose le numéro de la Maison verte. Peut-être que quelqu'un, là-bas, saurait ce qu'elle devait faire. Elle ferma les yeux une fraction de seconde, vit le bon sourire de Dominique alors qu'il lui remettait la carte de la maison d'hébergement et elle avança encore un peu. S'arrêta. Souffla lentement. Si elle pouvait se traîner jusqu'au téléphone, c'est que ses jambes n'étaient pas cassées. Ni sa colonne. Mais elle ne pouvait s'appuyer sur son bras gauche. Ni sur son bras droit. Parce qu'il soutenait le poignet gauche. Et à chaque infime secousse générée par le plus infime mouvement, elle criait de douleur et pensait qu'elle allait s'évanouir. Qu'elle fermerait les yeux et échapperait à cette sensation d'avoir été broyée. Pourquoi avait-elle l'impression d'être brûlée tout en ayant si froid?

Le téléphone accentua cette sensation de froid. Il lui parut glacé et elle se demanda un instant s'il fonctionnerait. Elle composa le numéro et dit qu'elle était en train de mourir. Parvint à donner son adresse. Elle entendit une voix qui répétait qu'on allait la secourir très vite. Puis le bruit du téléphone qui glissait au sol. Elle s'étira pour le retenir, oubliant qu'il ne fallait pas agiter son bras gauche, cria, s'effondra près du téléphone. La voix répétait qu'on l'aiderait, qu'elle devait rester consciente, qu'on serait là pour elle. Rachel répondit qu'il allait revenir la tuer.

Puis la nuit l'enveloppa.

:  :

*Le 22 mars*

Alain Gagnon tâta le lit dans un demi-sommeil, constata que Maud n'y était plus, se releva à demi pour consulter le réveil qui indiquait six heures cinq. Il tendit l'oreille en entendant siffler la bouilloire, soupira en disant adieu à une grasse matinée au lit avec son amoureuse. Il n'était qu'à demi surpris, après les propos qu'elle avait tenus la veille en rentrant de Saint-Augustin : elle était responsable de la fuite de Diana et ne pourrait penser à rien d'autre tant qu'elle ne l'aurait pas retrouvée.

— C'est elle qui est responsable : elle n'avait qu'à être franche avec toi, avait tenté de faire valoir Alain.

— Et si elle ne peut pas être franche avec moi ?

— Mais pourquoi ? Tu veux l'aider ! Tu le lui as répété !

— Parce qu'on ne sait pas ce qu'elle fuit. Qui elle fuit. Si… si son ex était un policier ?

En proférant ces cinq mots, Graham avait écarquillé les yeux : comment n'y avait-elle pas pensé avant ? C'était une excellente raison d'être aussi méfiante envers elle !

— Ce sont des suppositions.

— Il y a des hommes agressifs dans la police, à la Sûreté, à la GRC. Il y en a partout, dans tous les milieux. Des gars violents qui n'ont pas choisi notre métier pour les bonnes raisons, qui aiment les bagarres, qui croient qu'ils ont tous les droits parce qu'ils portent un insigne. Et qui pètent les plombs à la maison. Est-ce que l'épouse d'un policier irait se plaindre à ses collègues ?

— Tu le ferais, avait affirmé Alain.

— Je n'en suis pas certaine, avait-elle avoué en lui tendant son verre vide.

Il saisit la bouteille de Saint-Joseph, remplit le verre de Maud qui but une longue gorgée avant de pester de nouveau contre la circulation démente du vendredi qui les avait empêchées, elle et McEwen, d'arriver à temps pour retrouver Diana à Saint-Augustin. Elles l'avaient ratée d'une demi-heure, avait dit le propriétaire des écuries. Il ignorait bien sûr où elle allait après avoir quitté les lieux.

— Une demi-heure !

— Mange donc un peu au lieu de ressasser ça. Tu n'y peux rien ce soir.

Maud Graham avait découpé une bouchée de canard, l'avait roulée dans la sauce aux framboises avant de dire qu'elle n'avait aucune idée de l'endroit où elle devait chercher Diana Roberts.

Alain avait alors parlé de la visite imminente de Camilla ; que devaient-ils prévoir ?

— Je ne sais pas. Je ne sais plus rien, ni pour la petite, ni pour Diana, ni pour l'enquête. Je devrais prendre ma retraite, je ne suis plus bonne à…

— Arrête de t'apitoyer ! avait dit Alain.

Elle l'avait fixé un moment ; il avait été tenté de s'excuser, mais elle l'avait devancé.

— Tu as raison. Je mêle tout. J'ignore ce que désire Maxime, ce qu'il attend de nous pendant la visite de Camilla.

— Demande-le-lui.

— Il n'est pas clair. Heureusement qu'on a Églantine ! Je sais au moins que la petite adore les chats.

En entendant son nom, la siamoise qui sommeillait sur le canapé avait dressé les oreilles, s'était étirée, avant de sauter en bas du canapé pour les rejoindre. Elle s'était assise devant Maud, avait poussé un de ses discordants miaulements en la regardant de ses yeux d'azur. Graham l'avait aussitôt soulevée et calée contre son épaule.

— Églantine te mène par le bout du nez, avait noté Alain. Elle est encore plus douée que notre vieux Léo…

Maud n'avait pas répondu, occupée à déchirer la peau du canard pour en offrir à la jeune chatte.

Églantine apparaissait maintenant dans le rayon de soleil matinal qui dessinait un corridor sur le parquet de bois. Elle se dirigeait vers le lit, vers Alain qui hésitait à se lever pour rejoindre Maud à la cuisine. Il n'avait pas envie de reparler de Diana Roberts tout de suite. Il enfonça sa tête dans les oreillers et sentit quelques secondes plus tard de légers mouvements dans son dos. Églantine s'avança vers son cou, tendit une patte vers sa joue, la tapota légèrement pour lui faire comprendre qu'elle savait parfaitement qu'il était réveillé et qu'elle attendait qu'il la caresse. Avant même qu'il commence à lui gratter le cou, elle ronronnait et chassait sa mauvaise humeur. Il flatta la siamoise un long moment, puis repoussa les couvertures et enfila sa robe de chambre en ratine de velours.

— Que fais-tu debout ? Je t'ai réveillé ?

— Non. Églantine est venue me masser le dos. Avec ses griffes. Graham lui sourit : il mentait mal.

— C'est rassurant.

— Rassurant ?

— Je ne pense pas que tu pourrais avoir une maîtresse et réussir à me tromper sans que je m'en aperçoive. Désolée de t'avoir tiré du lit...

— Il est tôt pour dire autant d'idioties, fit Alain en versant de l'eau dans la machine à expresso. À quelle heure est rentré Maxime ?

— Je ne sais pas. Mais ses bottes sont sur le paillasson.

Alors qu'elle buvait une deuxième tasse de Kamaïricha, elle crut percevoir le tintement de son téléphone cellulaire. Elle saisit l'appareil resté sur la table de la cuisine la veille, constata qu'on lui avait envoyé un texto. « Je ne veux pas te réveiller. Appelle-moi quand tu peux. Rachel est ici. »

— C'est Nicole. Elle m'écrit de l'hôpital. La jeune femme dont on a parlé au dernier souper est là-bas. Je l'avais prédit...

Elle fit défiler la liste des contacts dans son cellulaire, nota le numéro de téléphone du CHUL, le composa, ajouta ensuite celui du poste de Nicole Rouaix.

— Dans quel état est-elle ?

— Inquiétant. Un bras et deux côtes cassés, elle a des bleus à la gorge, il l'a frappée à la tête. Elle a réussi à téléphoner avant de perdre connaissance. Elle s'est réveillée en arrivant ici, puis elle s'est évanouie.

— Commotion cérébrale ? Est-ce qu'elle vous a parlé depuis ?

— Elle est confuse. Mais, d'après la personne qui a pris son appel de détresse, elle a dit que son mari voulait la tuer. Peut-être qu'elle acceptera enfin de porter plainte…

— Compte sur moi. Je serai là dans vingt minutes.

Alain la fixa durant quelques secondes, ne parvenant pas à évaluer le degré d'angoisse de Maud.

— La mauvaise nouvelle, marmonna-t-elle, c'est qu'il a failli l'assassiner. La bonne, c'est qu'elle l'a peut-être enfin compris.

Maud se tut un moment, soupira, elle s'était mal exprimée ; Rachel était sûrement consciente du danger qui la menaçait en permanence, mais elle n'avait pas assez de ressources pour y faire face.

— Ça me décourage ! Selon les statistiques, au moins le quart des agressions n'est pas déclaré… par honte, par peur, par méfiance du système, par manque de moyens. Bon, je dois y aller. Je t'appellerai avant midi, d'accord ?

— Ne t'inquiète pas pour moi, j'ai la conférence à préparer. Des heures de plaisir en perspectives.

Comme Maud fronçait les sourcils, il lui rappela qu'il y avait un congrès à Boston la semaine suivante. Et qu'il était un des orateurs.

— Je vais travailler tout l'après-midi. Notre souper au Café du Monde sera mérité !

La circulation était fluide à cette heure hâtive et Maud Graham se présenta à l'urgence du CHUL dix minutes après avoir quitté la maison. Elle aperçut Nicole qui s'entretenait avec un résident au bout d'un long corridor.

— Où est-elle ?

Nicole désigna le couloir de droite et Graham lui emboîta le pas.

— J'ai réussi à lui trouver une chambre seule.

— Tu fais des miracles ! Qui l'a emmenée ici ?

— Les ambulanciers. C'est une bénévole de la Maison verte qui les a prévenus. Elle a aussi appelé les policiers. Hier, on ne pouvait rien obtenir de Rachel. On ne savait pas quand elle reprendrait connaissance. Mais tantôt, quand elle m'a parlé, j'ai eu le réflexe de t'avertir au lieu de parler aux agents qui l'ont découverte inanimée. Je sais que ce n'est pas ton district, mais…

— Je vais m'arranger avec eux.

— J'ai dit qu'on les préviendrait quand Rachel pourrait raconter ce qui est arrivé.

— Je les appellerai après l'avoir vue.

— Oui, vous ne pouvez pas être nombreux auprès d'elle, ce sera trop angoissant. Prépare-toi… Sans son tatouage, je ne l'aurais pas reconnue.

Sonia Mercier, une bénévole de la Maison verte, était assise près du lit. Elle se leva en reconnaissant Nicole, se pencha vers Rachel en répétant doucement son prénom pour l'éveiller sans la faire sursauter. Alors que la jeune femme s'agitait en gémissant, Sonia tendit la main à Maud Graham qui la serra avant de lui faire signe de la suivre à l'écart tandis que Nicole s'occupait de la blessée.

— Que pouvez-vous me dire ?

— On a reçu l'appel à vingt-deux heures cinquante. J'ai eu peur de la perdre, c'est à peine si je l'entendais parler. Elle a été capable de me donner son adresse, puis elle a dit qu'il allait revenir la tuer. Ensuite, elle s'est évanouie. J'ai entendu le choc du téléphone par terre. J'ai envoyé des secours et je me suis précipitée ici.

— Vous l'aviez déjà vue avant ?

— Non.

— Est-ce que ce sont exactement les mots qu'elle a prononcés, « qu'il » voudrait la tuer ? Elle n'a pas donné de nom ? Parlé de son chum ? De son mari ?

Sonia repoussa ses cheveux derrière ses oreilles en tentant de se remémorer l'appel de Rachel. Elle secoua la tête.

— Il faudra que vous écoutiez l'enregistrement, je ne suis plus certaine. En même temps, je suis sûre qu'il s'agit de son mari. Elle a fait des cauchemars et crié « Christian » plusieurs fois...

— Bon, on va essayer d'en savoir plus.

Sonia revint vers Rachel, la prévint qu'elle était accompagnée d'une policière.

— Je suis avec quelqu'un qui veut vous aider, Rachel.

Pendant que Sonia parlait à la jeune femme, Maud Graham découvrait avec consternation pourquoi Nicole n'avait pu identifier instantanément la blessée. Sa paupière gauche avait triplé de volume, ses lèvres étaient déchirées, ses joues avaient tourné au bleu. Un bandage blanc couvrant son nez indiquait qu'il avait été fracturé et des hématomes au cou trahissaient la tentative d'étranglement.

Nicole prit le verre d'eau à côté du lit, approcha la paille de la bouche martyrisée de Rachel qui but lentement.

— Pouvez-vous parler, demanda Graham, ou préférez-vous que je revienne? Voulez-vous seulement répondre par oui ou non?

Rachel tourna la tête vers Graham, la paupière de son œil valide battit à trois reprises tandis qu'elle répondait oui dans une sorte de râle. Est-ce que ses cordes vocales retrouveraient un jour leur souplesse et leur registre?

— Est-ce que vous pouvez nous raconter ce qui s'est passé?

— Je... je ne m'en souviens plus.

Maud Graham échangea un regard avec Nicole Rouaix: est-ce que la commotion cérébrale avait pu effacer l'agression de la mémoire de Rachel ou celle-ci lui mentait-elle? Nicole haussa les épaules, comprenant la question muette de Maud, mais ne pouvant y répondre.

— De quoi vous souvenez-vous? Qu'avez-vous fait hier?

— Chez Physi'Os. Je travaillais…

— Au centre ?

Graham fit défiler mentalement la liste des employés de Physi'Os, se remémora le nom de Rachel Côté. Comme ce n'était pas elle qui avait interrogé les collègues de Dominique Poitras, elle n'avait pas porté une attention particulière aux prénoms et noms de chacun d'entre eux, car aucun des témoignages ne semblait receler d'informations pertinentes. Joubert et McEwen avaient dit tous deux n'avoir rien noté de spécial dans leurs échanges. Mais était-il possible qu'il y ait un lien entre Rachel, Diana et la mort de Dominique ?

— Vous connaissiez Dominique Poitras.

Rachel pinça les lèvres avant de dire que c'était lui qui lui avait parlé de la Maison verte.

— L'ambiance doit être triste depuis son départ, fit Graham. Il semblait très apprécié par tout le monde… Est-ce que vous avez rencontré son amie Diana ?

— Une… une fois…

— Donc vous avez travaillé chez Physi'Os hier. Et ensuite ?

— À la maison…

Graham mesurait l'effort énorme que ces réponses exigeaient de Rachel qui lui semblait pâlir à chacun des mots qu'elle prononçait, comme si chaque syllabe lui volait toute son énergie et elle s'en voulait de continuer à l'interroger.

— Directement ?

Oui, elle devait préparer le souper.

— Pour vous ?

— Christian…

— Christian, c'est votre conjoint ?

Rachel parut se recroqueviller dans le lit.

— Oui.

— Il vous a rejoint pour souper ?

— Je…

— Quelle heure était-il ?

— Je ne sais pas. Je l'ai attendu... devant la télé...

— Puis Christian est rentré ?

— Je pense que oui.

Graham se retint de lever les yeux au ciel : la victime « pensait » que son conjoint était rentré à la maison, mais elle n'en était pas certaine ?

— De quoi avez-vous parlé ?

— Je... je ne sais pas...

— Je comprends, c'est difficile, compatit Graham en tentant d'être plus chaleureuse. Vous avez déjà vécu des épisodes violents auparavant. Nous nous sommes déjà vues ici. Et avant, à l'Hôtel-Dieu. Parce que vous aviez été battue. C'est ce qui est encore arrivé, hier soir. On a failli vous tuer. Vous ne vous souvenez vraiment de rien ?

Rachel gémit sans répondre.

— Est-ce que votre conjoint vous maltraite ?

— Je... je ne veux pas qu'il...

— Nous l'empêcherons de vous approcher, promit Maud Graham. Nous l'arrêterons si c'est lui qui vous a fait ça.

Les yeux de Rachel s'emplirent de larmes et elle tourna imperceptiblement la tête vers Sonia Mercier qui posa une main compatissante sur l'épaule de Rachel, espérant la rassurer.

— Rachel est épuisée, finit-elle par dire On la laisse se reposer.

Rachel battit des paupières, faillit parler, mais se tut. Sa peau était aussi pâle que la taie d'oreiller. Maud Graham et Nicole Rouaix quittèrent la chambre en silence, mais dès qu'elles s'avancèrent vers le poste de garde, Nicole interrogea Graham : même si Rachel n'avait pas porté plainte officiellement, elle pouvait arrêter son mari, non ?

— Elle a dit au téléphone qu'il allait revenir la tuer ! Sonia a enregistré l'appel. C'est bien assez pour moi.

— Mais si vous l'arrêtez, dit Nicole, pouvez-vous garantir qu'il ne restera pas en liberté en attendant son procès ? Qu'il n'ira pas la tuer ? André m'a raconté des histoires qui se sont bien mal terminées… Des types qu'on relâche et qui retournent directement chez eux pour achever la job…

— Là, on parle d'une tentative de meurtre.

— Il y a un policier qui a pris des photos de Rachel hier, se rappela Nicole. Et de son appartement.

— Il faut que je lui parle.

— L'agent doit être encore ici.

Alors qu'elles gagnaient l'ascenseur, les portes de celui-ci s'ouvrirent et Maud Graham reconnut Pascal Bouthillier qu'elle avait rencontré lors de l'agression d'une jeune chanteuse à Sillery.

— Graham ? Qu'est-ce que vous faites là ?

— Vous vous connaissez ? s'enquit Nicole. Dans ce cas, je vous laisse. Tenez-moi au courant…

— C'est toi qui as accompagné Rachel Côté ?

— Pauvre fille ! J'en ai déjà vu, des femmes battues, mais là… Vous êtes ici parce que…

— Je connais l'infirmière en chef, Nicole, c'est la femme de mon collègue Rouaix. Et j'ai vu aussi Rachel à l'Hôtel-Dieu. Et elle était ici il n'y a pas si longtemps. J'avais parié qu'elle reviendrait, mais je ne pensais pas que ce serait aussi vite. Est-ce qu'elle t'a parlé ?

Bouthillier secoua la tête avant de relater la soirée, la nuit auprès de la victime.

— On a reçu l'appel de la Maison verte à vingt-deux heures cinquante et un. Je suis parti avec mon collègue deux minutes plus tard. On était chez la victime à vingt-deux heures cinquante-neuf. On n'a pas eu à défoncer la porte, elle n'était pas verrouillée. Les ambulanciers étaient déjà sur les lieux. J'ai pris des photos pendant qu'ils s'occupaient d'elle. Et de l'appartement, évidemment. Il y avait des traces de lutte, du sang par terre, sur les murs.

— Mais personne.

— Non. Francœur, mon partenaire, est resté sur place. Au cas où ça virerait en scène de crime. On ne donnait pas cher de sa peau quand on l'a trouvée… Je suis content qu'ils aient réussi à la sauver. Est-ce qu'elle va déposer une plainte ? On pourrait…

— Elle n'en est pas encore là, déplora Graham.

— Calvaire ! Il l'a quasiment tuée, s'écria Bouthillier d'une voix vibrante d'angoisse.

Maud Graham l'observa un moment, tandis qu'il martelait de son poing gauche fermé sa paume droite. Il avait les traits tirés par le manque de sommeil et par une colère désespérée. Nicole avait souligné sa compassion pour la victime, mais Graham croyait deviner une empathie plus profonde, née d'un partage de la même expérience. Est-ce que Bouthillier avait vu son père battre sa mère ou s'imaginait-elle cela parce qu'elle avait été confrontée, ces dernières semaines, à une recrudescence de cas de violence conjugale ? Parce qu'elle pensait à Diana en regardant Rachel souffrir sur son lit d'hôpital ? Dominique Poitras, qui semblait être le lien entre les deux femmes, l'avait-il été par pure coïncidence ? Était-il le patron d'une employée maltraitée *et* l'ami d'une ex-femme battue par le simple effet du hasard ?

Linda avait dit que Diana l'avait accompagnée récemment à la Maison verte. Rachel avait appelé à la Maison verte. Pourquoi cet établissement plutôt qu'un autre ? Pourquoi pas un simple appel au 911 ? Comment connaissait-elle le numéro ?

— As-tu vu une carte ou un papier près du téléphone quand vous avez trouvé la victime ?

— Non. Le téléphone était par terre. Dans le sang. Je l'ai aussi photographié.

— Où Rachel a-t-elle trouvé les coordonnées de la Maison verte ? Qu'est-ce qu'elle portait ?

— Un pantalon noir, un chandail gris à col rond. Dans les poches de son pantalon ? Ça voudrait dire qu'elle avait toujours sur elle le numéro de la Maison verte ? Parce qu'elle s'attendait à devoir les appeler !

— Il faut vérifier auprès des infirmières. Voir ce qu'elles ont fait de ses vêtements. Elles ont dû les découper pour soigner Rachel.

— Ils étaient à jeter de toute manière, tellement tachés.

Il ébaucha un sourire triste avant de faire remarquer que les blessures à la tête saignaient beaucoup.

— C'est ce que vous m'aviez dit quand on avait découvert Rébecca, la chanteuse, se rappela Bouthillier.

— Oui, et ensuite, je t'ai demandé de me tutoyer. Ça s'est arrangé pour notre chanteuse. Peut-être que ce sera la même chose pour Rachel.

— Ma mère a mis douze ans à se séparer de mon père. Je sais que c'est injuste, mais parfois je lui en veux autant à elle qu'à lui. Avec ma tête, je raisonne, je comprends que c'est un processus très complexe qui s'installe insidieusement. Mais avec mon cœur, je me dis que je n'aurais jamais dû assister à ça.

— Jamais dû te sentir aussi impuissant ? C'est vrai que c'est injuste de vivre ça. D'un autre côté, tu es peut-être devenu policier parce que tu voulais changer ce genre de choses. C'est la société qui y gagne.

Bouthillier esquissa un sourire gêné. Mais plus heureux. Graham lui sourit à son tour avant de lui confier qu'un élément dans l'entretien qu'elle avait eu avec Rachel avait retenu son attention : la jeune femme connaissait Dominique Poitras.

— Le type qui a été assassiné chez lui au début du mois ?

— Elle était réceptionniste à son centre de soins. Et il se trouve que la compagne de Poitras a disparu depuis hier.

— Moi, les coïncidences, je n'y crois pas trop, laissa tomber Bouthillier.

— Moi non plus. Pas dans notre métier.

: :

Tiffany McEwen venait tout juste de rentrer du Mont-Sainte-Anne où elle avait skié avec son amoureux, lorsque Maud Graham lui téléphona pour lui relater l'agression de Rachel et son lien avec Diana.

— Dominique Poitras a voulu aider Rachel. Il en a parlé à Diana qui lui a donné les coordonnées de la maison d'héberge-ment. Et lui, il les a remises à Rachel. Et alors ?

— On n'a pas fouillé l'appartement de Rachel de fond en comble, mais Bouthillier n'a pas trouvé la carte de la Maison verte.

— Où veux-tu en venir ?

— Je ne sais pas, avoua Graham. Mais le conjoint de Rachel est vraiment violent. Supposons que Christian Desgagné a su que Diana et Dominique ont voulu aider sa femme et qu'il a pété un câble. S'il a trouvé la carte, il a pu faire avouer à Rachel qui la lui avait donnée. Il est sûrement décidé à ce que personne ne se mêle de leur vie. Diana a disparu…

— Peut-être qu'elle est retournée à Saint-Augustin ? On l'a ratée de peu…

— Non, personne ne l'a revue à l'écurie, j'ai téléphoné. Ni à la clinique vétérinaire. J'ai appelé sa voisine, elle ne l'a pas vue non plus.

— Tu crois que Desgagné a pu tuer Dominique Poitras ? Et ensuite Diana Roberts ?

— Je me pose la question.

— Où es-tu ?

— Au poste. Je relis les témoignages.

— Je te rejoins.

— Tu es en congé, protesta mollement Graham.

— Toi aussi.

Trente minutes plus tard, Tiffany McEwen se brûlait les lèvres en prenant une gorgée de thé en face de Maud Graham.

— Il faut qu'on effectue une vraie fouille chez Rachel Côté.

— J'ai parlé à un juge, c'est réglé pour le mandat, dit Graham. Bouthillier est en train de prélever chez Rachel des traces de son ADN et de celui de son conjoint. Francœur, de la police de Sainte-Foy, est aussi sur place. Je les connais assez pour leur faire confiance. Ils vont partager les informations. Il faut que le laboratoire fasse vite pour qu'on puisse comparer cet ADN avec celui des cheveux prélevés chez Poitras.

— Nous n'aurons pas de résultats immédiats...

— Je sais, soupira Graham. Je pense que je devrais imiter Rouaix et prendre ma retraite. J'ai merdé avec Diana et avec Rachel Côté. J'aurais dû réagir en lisant son nom sur la liste des témoins interrogés chez Physi'Os.

— Pourquoi? Elle n'a pas un nom aussi rare que le mien, protesta McEwen. Moi, les gens s'en souviennent, mais des Côté, au Québec, c'est banal. Et ni moi ni Joubert n'avions relevé quoi que ce soit d'intéressant dans son témoignage. Elle pleurait pendant qu'on lui posait des questions. Comme la plupart de ses collègues. Elle semblait horrifiée. Là encore, comme tous ceux que nous avons interrogés.

— Mais elle était peut-être paniquée parce qu'elle soupçonnait son mari d'avoir tué Dominique?

— Dans ce cas-là, conclut McEwen, ce n'est pas toi qui as commis l'erreur, mais moi.

Elles se dévisagèrent un moment, puis Tiffany précisa qu'elle avait eu un bon contact avec Rachel Côté, qu'elle l'avait consolée, réconfortée tandis qu'elle pleurait le décès de Dominique Poitras.

— Je vais aller la voir à l'hôpital. Il faut qu'elle nous dise où peut se trouver son conjoint. J'ai parlé à Bouthillier et Francœur. Desgagné n'est pas revenu à l'appartement.

— Ce qu'il aurait fait s'il n'avait rien à se reprocher. Je crains que Rachel ait trop peur pour coopérer avec nous.

— Comme Diana... Où peut-elle bien être? On doit retourner chez elle, tâcher d'en savoir plus.

# 10

*Le 22 mars, fin d'après-midi*

Christian Desgagné avait traîné toute la journée dans les centres commerciaux, passant de la Place de la Cité à la Place Laurier, regardant les vitrines des boutiques qui annonçaient des articles de printemps, des maillots de bain, des sandales, des chaises de jardin en se disant qu'il aurait dû pouvoir entrer dans un de ces grands magasins pour comparer les différents spas ou les modèles de barbecue. Il aurait dû pouvoir déménager, acheter une maison à Charlesbourg, avoir un terrain à aménager. S'il était resté chez Campbell, si Simone Nadeau ne l'avait pas viré, il serait en train de discuter avec un agent immobilier, il visiterait des maisons avec Rachel.

Rachel.

Ne pas penser à Rachel. C'était de sa faute s'il ne pouvait pas rentrer chez lui, alors qu'il avait tellement envie de se coucher. Après leur dispute, il avait fait le tour du quartier deux fois avant de revenir à l'appartement. Quand il s'était pointé au coin de la rue, il avait vu la lumière rouge que projetaient sur les terrains encore enneigés les gyrophares d'une voiture de police et d'une ambulance. Il avait aussitôt remonté le capuchon de son manteau en s'immobilisant. D'où il était, il pouvait voir un ambulancier penché au-dessus de la forme étendue sur la civière.

Elle n'était donc pas morte.

Qu'est-ce qu'elle raconterait aux médecins ? Aux policiers ?

Qui étaient entrés chez eux ! Qui fouinaient dans l'appartement !

Comment savoir si Rachel avait parlé ou non aux policiers ? Il aurait pu faire semblant de croire qu'elle avait été agressée par un inconnu… Non, il devait renoncer à retourner chez eux pour le moment.

Un moment qui durerait combien de temps ?

Où irait-il en attendant ? Où dormirait-il ?

Et l'autre tarée ? Est-ce qu'elle avait aussi envie de se plaindre de lui ? Alors qu'elle l'avait séduit ? Qu'elle lui avait offert un verre ? Elle l'avait bien entraîné jusque chez elle et là, quand il avait posé une main sur ses seins, elle s'était plainte qu'il allait trop vite, avait dit qu'il devait prendre son temps. Comme s'il avait la vie devant lui ! Comme si on n'arriverait pas à la même conclusion de toute façon. Elle continuait à pérorer qu'il ne fallait pas faire ceci ou cela et sa voix l'avait subitement exaspéré. Il l'avait poussée sur le canapé. Elle avait eu l'air stupéfaite, lui avait crié qu'il n'était qu'un minable. Il avait tenté de la faire taire tout en serrant ses poignets, mais elle s'était débattue, lui avait échappé et avait couru vers la porte de son appartement. Il l'avait jetée par terre, mais quelqu'un avait cogné à sa porte, quelqu'un avait appelé la fille et il avait dû fuir par l'arrière.

Qu'est-ce qu'elles avaient toutes à le pousser à bout ?

Il avait regardé l'ambulance s'éloigner en direction est, songé qu'on devait emmener Rachel au CHUL, s'était avancé un peu, avait reconnu des voisins. Il avait battu en retraite en voyant un policier sortir de l'immeuble et s'approcher du groupe de curieux. Sûr et certain que le vieux fou qui restait à côté de chez eux parlerait contre lui. Tout ça parce qu'il avait pris sa place de stationnement à l'occasion. Le vieux en profiterait pour se venger.

Et s'il allait à l'appartement ? S'il faisait semblant de découvrir ce qui était arrivé à Rachel à ce moment-là ? Il n'avait pas envie d'errer dehors durant des heures encore! On n'était pas au beau milieu de l'été! Il ne pouvait pas dormir dans sa voiture, c'était trop risqué. Il avait sacré en pensant qu'il devrait prendre une chambre dans un motel minable, alors que l'appartement était à vingt mètres de lui. Sinon où aller? Il avait été tenté d'appeler Pierre, son ancien collègue, mais ce dernier verrait le sang de Rachel sur sa chemise et il lui poserait des questions. Il pourrait toujours prétendre qu'il s'était battu parce qu'un type l'avait traité de minable chômeur. Pierre comprendrait probablement sa situation puisqu'il avait été sacrifié par la même salope que lui. Peut-être qu'il éprouvait des difficultés semblables aux siennes…

Christian Desgagné avait regardé ses voisins regroupés, le va-et-vient des policiers, en avait repéré un qui se dirigeait vers la voiture de patrouille, qui montait à bord. Il avait croisé instinctivement les doigts, priant pour que son collègue l'imite, mais celui-ci était resté sur place.

Pouvait-il revenir plus tard pour prendre ses affaires? Le policier finirait bien par partir lui aussi.

Mais en attendant…

Tout ça, c'était la faute de Rachel et de ses commérages auprès de Dominique Poitras. Sans Rachel, Poitras ne se serait pas mêlé de leurs affaires. Il n'aurait pas été obligé de s'occuper de lui. Il n'aurait pas été obligé de louer une chambre dans un motel, où il avait mal dormi. Il n'avait pas quitté sa chambre avant midi, ne sachant pas quoi faire de sa journée. Et maintenant, tandis que les centres commerciaux se vidaient de leur clientèle, que les gens pensaient à préparer le souper, qu'ils allaient discuter des meubles d'été qu'ils avaient vus plus tôt, lui se demandait encore s'il devait tenter de rentrer à l'appartement.

Peut-être qu'il devait prendre des nouvelles de Rachel? Peut-être qu'on l'avait retournée à la maison? Il ne l'avait pas battue si fort. Elle avait peut-être même fait semblant de s'évanouir. Les autres fois, elle rentrait de l'hôpital au plus tard le lendemain.

Oui, elle reviendrait demain. Pourquoi s'imaginait-il qu'il y aurait encore des policiers chez eux? Ils avaient autre chose à faire que de s'occuper d'une chicane de couple. Surtout un samedi soir où il y avait un gros spectacle au Colisée.

Il regagna sa voiture, emprunta le boulevard Laurier jusqu'à la route de l'Église, tourna à droite, pesta contre la lenteur de la circulation jusqu'à ce qu'il soit rendu à l'appartement.

Où il y avait de la lumière. Il ralentit, s'arrêta, baissa la vitre de la portière, se pencha et crut distinguer deux silhouettes derrière le rideau en voile du salon sans pouvoir dire s'il s'agissait d'hommes ou de femmes. Il jeta un coup d'œil aux véhicules garés aux alentours; comment savoir s'il y avait parmi eux une voiture de police banalisée? Que faisaient ces gens dans son appartement? Raccompagnaient-ils Rachel après sa sortie de l'hôpital? Qui avait-elle prévenu? Annie, la troisième voisine? Mais non, elle était en vacances au Mexique. Il avait envie de hurler, de mordre, de frapper! Quand pourrait-il rentrer chez lui et changer de vêtements? Il avait l'impression d'être un clochard, lui, Christian Desgagné qui avait été mannequin! Et si c'était une de ces mal baisées de la maison d'hébergement qui avait décidé de s'occuper de Rachel? Était-ce possible?

Il avait bien vu Diana avec une grosse femme entrer dans cette maison à Charlesbourg. Diana et Rachel. Unies contre lui. Les vaches! Il sursauta lorsqu'on klaxonna devant lui; il se déporta juste à temps sur la droite pour éviter un face-à-face et s'immobilisa. Un type sortit de sa voiture et vint vers lui, l'air furieux.

— T'as pas vu l'arrêt? Des enfants jouent dehors dans notre rue!

— Pas à cette heure-ci.

Christian redémarra aussitôt, manquant renverser l'homme, se dirigea vers le chemin Sainte-Foy, dépassa le cégep, ralentit à la hauteur de Holland puis accéléra pour rejoindre la rue Cartier. Il fallait bien qu'il mange quelque chose. Qu'il boive un verre pour réfléchir. Il n'était pas question de payer encore une nuitée dans un motel où il n'arrivait même pas à dormir. Comment était-il possible qu'il en soit là, à chercher une chambre accueillante au lieu d'être chez lui à siroter un scotch devant la télé?

:  :

L'infirmière qui avait remplacé Nicole Rouaix reconnut Maud Graham et s'avança vers elle, l'air désolé.

— Vous venez voir Rachel Côté?

— Qu'est-ce qui se passe?

— On ne le sait pas. Elle vient de retourner en salle d'opération. Elle a perdu connaissance. Les commotions cérébrales, ça peut nous réserver des surprises.

Tiffany McEwen la questionna: est-ce qu'elle avait eu de la visite?

— De la visite? Non. Il n'y a que le policier qui nous l'a emmenée. Il est revenu prendre de ses nouvelles.

— Vous êtes certaine?

L'infirmière hocha la tête, mais Graham devinait les pensées de McEwen; était-il possible que Christian Desgagné soit venu voir Rachel sans qu'on le remarque? Que la peur ait choqué Rachel au point de déclencher cette crise? Ou qu'il l'ait agressée à nouveau?

— Elle était seule dans sa chambre, commença Graham. Vous êtes débordées... Il y a constamment du va-et-vient ici, des tas de gens qui passent dans les corridors.

— Oui, admit l'infirmière, mais Nicole nous a bien dit de la surveiller de près et c'est ce que nous avons fait. De toute manière, jusqu'à midi, Sonia était auprès d'elle. Puis l'agent Bouthillier.

— C'est arrivé d'un coup?

— D'un coup. J'aimerais pouvoir vous rassurer, mais je n'ai aucune idée de ce qui arrivera. Pauvre petite fille...

— On va faire un tour dans la chambre, dit Tiffany à Maud pour secouer le sentiment d'impuissance qui les gagnait.

Et qui persistait après qu'elles eurent inspecté la chambre sans rien trouver d'anormal. Elles retournèrent vers le poste de garde ; est-ce que Rachel resterait longtemps en salle d'opération ?

L'infirmière eut un geste d'ignorance : comment pouvait-elle répondre à cette question ?

Maud Graham lui tendit une carte où elle ajouta son numéro de téléphone personnel en la priant de l'appeler à la seconde où elle aurait des nouvelles de Rachel.

L'infirmière glissa la carte dans une des poches de son uniforme avec un sourire las. Elle aurait voulu rassurer les policières, mais il aurait fallu leur mentir.

En s'éloignant vers la sortie, Graham répéta qu'elle aurait dû réussir à convaincre Rachel de porter plainte contre son mari la première fois qu'elle l'avait vue à l'urgence.

— Qu'est-ce que je vais dire à ses parents ?

— On ne les a pas encore joints. Ils sont dans le Sud.

— Penses-tu qu'ils connaissent la situation de leur fille ?

— Je ne sais pas…

— Il me semble que je ne pourrais pas partir boire des pinas coladas sous les palmiers si je savais que ma fille se fait battre par son chum.

— La plupart du temps, les victimes se taisent.

Graham hocha la tête, songeant que Rachel avait souffert autant de la solitude que de la violence. Comme toutes les femmes battues qu'elle avait rencontrées au cours de sa carrière. Mais comment arriver à briser leur isolement ? Elle avait vu des changements de comportement dans la société depuis ses débuts au sein du corps policier, par rapport à l'alcool notamment. Plusieurs campagnes publicitaires avaient incité les gens à modifier leur attitude, à prendre un taxi plutôt que leur voiture quand ils sortaient faire la fête. Elle espérait que les jeunes policiers étaient mieux formés pour répondre aux appels de détresse, mais rien n'était réellement entrepris, du côté politique, pour éradiquer la violence conjugale. Graham savait qu'elle prendrait sa retraite sans avoir vu de vrais progrès en la matière.

— Rachel est jeune, fit valoir Tiffany tant pour rassurer Graham que pour se convaincre elle-même. Elle va s'en sortir...

: :

*Le dimanche 23 mars*

Églantine suivait le mouvement que dessinait le gros orteil d'Alain sous le drap et se préparait à se jeter sur lui, lorsque Maud l'attrapa par-derrière et la souleva en riant. La siamoise eut un hoquet de protestation, puis se mit à ronronner comme elle le faisait chaque fois qu'on lui caressait le cou.

— J'ai mis le reste du cake au jambon à réchauffer.

— Tu te sauves déjà?

— Pas le choix. On n'a pas encore mis la main sur Christian Desgagné. Et on n'a pas retrouvé Diana Roberts.

— Et Rachel est toujours dans le coma?

Graham soupira avant de confier son appréhension à l'idée de rencontrer les parents de la jeune femme. Ils étaient sous le choc, la veille, quand elle avait enfin réussi à leur parler. Depuis la chambre d'hôtel en Guadeloupe, Daniel Côté lui avait fait répéter plusieurs fois ce qui était arrivé à Rachel et, d'une voix brisée, il avait dit qu'il devinait que sa fille n'était pas heureuse, mais qu'elle ne lui avait rien confié lorsqu'il lui avait parlé, deux semaines plus tôt. Quand il avait insisté, elle avait prétendu qu'elle était simplement fatiguée parce qu'elle faisait des heures supplémentaires chez Physi'Os.

— Je n'ai jamais aimé Christian, avait-il dit. Mais je n'aurais pas pensé qu'il... J'aurais dû...

— Pouvez-vous nous parler de lui ? avait demandé Graham. De sa famille, ses relations ? Pouvez-vous réfléchir à tout ça avant d'arriver ici ? Cet homme a disparu et nous avons beaucoup de questions à lui poser.

— Disparu ? Mais où ? Ça n'a pas de sens ! Je ne comprends plus rien.

Graham avait entendu un gémissement au bout de la ligne et avait ajouté doucement qu'un policier les accueillerait à l'aéroport de L'Ancienne-Lorette.

— Quand les Côté débarquent-ils ? s'enquit Alain.

— En soirée.

— J'aimerais pouvoir te souhaiter une bonne journée.

— J'espère qu'on va mettre la main sur Desgagné. On sait qu'il a passé la nuit dans un motel, mais il s'est évanoui dans la nature depuis… Et on recherche toujours Diana.

Maud soupira avant de déposer la chatte au sol en marmonnant qu'elle n'était plus bonne à rien.

— Tu les retrouveras tous les deux, l'assura Alain. J'en suis sûr.

— Mais toi, je ne te retrouverai pas en rentrant ce soir. Tu seras parti pour Montréal.

— Non, je repars seulement demain. Je vais même pouvoir préparer le souper.

— Même si tu n'es pas certain que je sois là pour en profiter ?

— Maxime et sa blonde mangeront ta part.

Maud se pencha vers Alain pour l'embrasser ; comment avait-elle pu vivre si longtemps sans lui ?

Elle s'arracha difficilement à son étreinte pour filer sous la douche, légèrement rassérénée. Alain avait dit qu'elle appréhenderait Christian Desgagné, c'est ce qui se passerait ! Il avait toujours raison, non ? Et pour Diana aussi. Il le fallait. En s'approchant de sa voiture, elle nota que l'air était plus doux et souhaita, comme chaque année, que le printemps soit hâtif.

En poussant la porte de la salle de réunion, elle se réjouit de constater que Joubert, Nguyen et McEwen étaient présents alors qu'ils auraient dû profiter d'un congé dominical.

— Bouthillier m'a appelé tantôt, dit Nguyen. Dans le fond d'un garde-robe, il a trouvé des blocs de papier à l'en-tête de la compagnie pharmaceutique Campbell. Fait intéressant, plusieurs sont couverts de dessins représentant des têtes de mort.

— On dirait que le monsieur était pas content...

— Au point de passer sa rage sur sa compagne ? souleva Joubert. Qu'est-ce qui s'est passé ? Quelle est la goutte qui a fait déborder le vase ?

— Bouthillier connaît quelqu'un qui travaille chez Campbell, ajouta Nguyen. Il nous revient avec des détails d'ici une heure.

— Vous devez retourner à leur appartement, affirma Graham. On a besoin d'une photo de Christian Desgagné. Et de notre côté, on cherche une photo de Diana.

— On n'en a pas vu quand on a visité son logement, rappela Tiffany McEwen.

— Mais Dominique Poitras en avait peut-être. Soit chez lui, soit chez Physi'Os.

— Je me charge d'appeler le centre.

— Et son amie Linda, à la clinique vétérinaire ?

— Pas elle, protesta Graham, mais Tristan qui est pâmé sur elle.

— À quelle échelle doit-on diffuser cette photo ? s'enquit Michel Joubert. On ignore le rôle de Diana Roberts dans toute cette histoire... Légalement, il n'est pas interdit de disparaître si on ne fuit pas la justice.

— Il n'est pas question de publier sa photo dans la presse, le rassura Graham. Ça restera à l'interne, pour le moment. Dans notre réseau, à la SQ et à la GRC. On verra pour la suite. Et on ne donne que les informations essentielles : son nom, sa description physique, la raison pour laquelle on la recherche : son lien avec

Dominique Poitras. Si vous avez des appels, prenez les informations, mais relayez-moi ces communications.

— Pourquoi? s'étonna Nguyen.

— Parce que Diana Roberts a peur de nous. Que je suis certaine qu'elle a été victime de violence conjugale. Et que son ex était peut-être un policier. Si c'est le cas et s'il voit la photo de Diana, il pourrait se manifester. Sans nous révéler qu'il la connaît.

— Comment veux-tu qu'on le devine? On ne peut tout de même pas demander aux enquêteurs qui appelleront ici s'ils ont déjà été en relation avec Diana Roberts!

— Non. Mais si un enquêteur la reconnaît, il devra bien nous donner quelques détails. Si un collègue l'identifie, on doit être vigilant. Diana n'a rien fait de mal…

— Elle n'est peut-être même pas disparue, dit Nguyen. Vous ne pensez pas qu'on s'excite un peu trop? Elle est majeure et vaccinée, elle a pu partir quelques jours chez des amis…

— Non, fit Tiffany McEwen. Elle semblait prête à déménager.

— Mais justement, elle a laissé ses caisses chez elle. Elle est partie sans rien apporter.

— Elle aurait prévenu la clinique qu'elle s'absentait pour plusieurs jours. C'est une employée modèle.

Nguyen haussa les épaules, peu convaincu, avant de s'informer de Rachel.

— Pas de changement? Ses parents?

— Ils doivent arriver à L'Ancienne-Lorette à dix-sept heures cinquante, dit McEwen. Entre-temps, j'appellerai à l'hôpital pour savoir s'il y a du nouveau. Les infirmières ont promis de nous prévenir, mais elles ont tellement de tâches à accomplir…

— Je retourne chez Diana. Tu m'accompagnes? fit Graham en s'adressant à Joubert.

Celui-ci acquiesça, finit son café et froissa le gobelet de carton avant de le lancer dans la poubelle.

— Je vous appelle dès que j'ai des nouvelles de Campbell et associés, dit Nguyen. Je me demande bien quel genre d'employé était Christian Desgagné.

— Je suis prête à parier qu'il était docile, dit McEwen. Tout le contraire de ce qu'il est à la maison avec Rachel. Un grand parleur peut-être, mais un petit faiseur.

— Ça nous prend vraiment une photo de ce type, dit Joubert avant de suivre Maud Graham qui longeait déjà le corridor.

Nguyen hocha la tête avant de refermer son ordinateur pour regagner son bureau. Il demanderait à Bouthillier s'il y avait des photos du suspect à son domicile. Ou s'informerait à son employeur. Dans l'immédiat, il rappellerait tous les hôtels de Québec pour s'informer de l'éventuelle présence de Christian Desgagné dans l'un d'eux. Des heures de plaisir en perspective…

— Il a peut-être quitté la ville, maugréa-t-il.

— J'espère que non, dit Tiffany McEwen. Si tu avais vu Rachel à l'hôpital. Il l'a prise pour un punching-ball. Si elle sort du coma, dans quel état sera-t-elle ? Avec des séquelles pour le reste de ses jours ? Elle est au début de la vingtaine…

— Mais elle a parlé avec Graham, non ? Elle était cohérente.

— Oui. Ce matin. Mais si un caillot de sang a…

— Arrête de penser à ça !

Nguyen faillit ajouter qu'ils pouvaient encore espérer une issue rassurante, qu'ils vivaient en ce moment une certaine forme d'innocence. Il se souvenait de la manière dont il avait fixé le téléphone, chez lui, quand son père était incarcéré, hésitant à répondre, de peur d'entendre le pire, tout en sachant qu'il avait besoin d'une réponse. Aussi triste fut-elle. Ils ne pouvaient plus, ni lui ni sa sœur, passer des semaines à se demander si on avait ou non exécuté Tran Nguyen. Ils devenaient fous à croire qu'il vivait toujours, pour se raisonner dans l'heure qui suivait et admettre le cauchemar. Puis espérer de nouveau. Et désespérer. Il songeait aux parents de Rachel Côté qui devaient prier pour que leur fille respire encore lorsqu'ils arriveraient à son chevet, qui promettaient à Dieu tout ce qui leur venait à l'esprit afin qu'il permette à Rachel de rester avec eux. De s'éveiller. De sortir du coma indemne.

— Je ne comprends pas ces hommes-là, dit-il à Tiffany. Qui peut avoir envie de perdre la face en s'en prenant à plus faible que soi ?

:   :

Maud Graham avait sonné à deux reprises chez Diana Roberts avant de se résigner à frapper à la porte de sa propriétaire.

Suzanne Fournier leur ouvrit immédiatement, l'air inquiet.

— Vous avez du nouveau ? dit-elle en même temps que Maud Graham, qui secoua la tête en guise de réponse, avant de lui présenter Michel Joubert.

— On doit retourner chez elle, expliqua-t-elle. Il faut qu'on en sache davantage sur Diana. Elle n'est pas revenue, même pour prendre des affaires, n'est-ce pas ?

— Non. Et je n'ai pas bougé d'ici. Je lui ai laissé des messages sans succès. J'ai tenté de me rappeler ce qu'elle aurait pu dire qui nous indiquerait quelles pouvaient être ses intentions, mais je me rends compte que j'en sais très peu sur Diana. Je ne comprends pas pourquoi il y a toutes ces boîtes dans son appartement. Pourquoi elle ne m'a rien dit si elle pensait à déménager. Tout ce dont je suis certaine, c'est qu'elle a vécu à Toronto. Je parlais d'une exposition de Rembrandt, qui y a eu lieu il y a une dizaine d'années, et elle l'avait vue. Quand je lui ai demandé dans quel quartier elle habitait, elle m'a répondu qu'elle n'y avait pas de bons souvenirs et elle a changé de sujet. Elle semblait contrariée.

Suzanne Fournier garda le silence quelques secondes avant de se corriger : Diana n'était pas contrariée, mais inquiète.

— Comme si mentionner Toronto faisait surgir des choses qui l'effrayaient. J'y ai repensé, par la suite, mais je ne savais pas comment aborder ce sujet. Je me suis dit qu'elle m'en parlerait quand elle serait prête, quand elle me connaîtrait mieux.

— On doit retourner chez elle. Nous avons besoin de votre clé.

— Ça me gêne un peu, avança Suzanne Fournier.

— Nous aussi, mais nous avons l'impression que votre amie est en danger. On doit trouver un indice pour nous mettre sur une piste. Avant qu'il soit trop tard. Mais on ne peut pas vous obliger à nous remettre la clé...

La gravité qui teintait la voix de Michel Joubert était persuasive. Suzanne Fournier tendit une clé à Maud Graham.

— On ne déplacera rien, promis.

— J'espère que Diana ne m'en voudra pas. Si elle est seulement partie chez des amis...

— Ce n'est pas le cas.

— Qu'est-ce que vous en savez ?

— Elle était l'amie d'un homme qui a été assassiné. On a une jeune femme dans le coma à l'hôpital qui connaissait cet homme. Et Diana a disparu depuis deux jours. Je ne crois pas aux coïncidences.

Comme Suzanne Fournier s'apprêtait à les suivre, Graham eut un geste de défense.

— On doit se concentrer. Ce n'est pas possible avec un témoin.

C'était une raison trop faible pour être crédible, mais Suzanne Fournier s'inclina et rentra chez elle, son chien sur les talons.

Maud Graham laissa Joubert pénétrer dans l'appartement avant elle et garda le silence tandis qu'il prenait connaissance des lieux après avoir enlevé ses couvre-chaussures. Elle jeta un coup d'œil circulaire ; rien n'avait changé depuis sa précédente visite, mais ce n'est qu'en vérifiant dans la chambre s'il manquait des vêtements, si la valise ou les produits de beauté avaient disparu, qu'elle saurait si Diana était revenue chez elle. Les boîtes de carton étaient toujours alignées entre l'entrée et la cuisine, comme si elles attendaient qu'on décide de leur sort. Est-ce que Diana repasserait pour les emporter ailleurs ou resteraient-elles là durant des semaines avant que Suzanne Fournier ou des parents de Diana s'en chargent ?

Graham jura intérieurement ; elle devait chasser de telles pensées, demeurer optimiste. Se concentrer pour inspecter avec méthode l'appartement et trouver des photos, des documents qui avaient échappé à la fouille sommaire qu'elle avait effectuée avec Tiffany McEwen. Il était impossible que Diana n'ait pas une seule photo d'elle ! Les gens conservaient tous des photos d'eux, de leurs proches, des événements de leur vie. Même s'ils ne regardaient presque jamais les albums où ils les rangeaient, ils savaient que les clichés étaient là, gardiens de leur passé.

Elle s'avança vers le secrétaire où elle n'avait rien trouvé précédemment et ouvrit un à un les tiroirs en les tâtant avec précaution, espérant y découvrir un double fond. Mais ils étaient sans cachette. Et vides de tout indice. Elle délaissa le meuble pour s'intéresser au canapé. Elle souleva les coussins, descendit la fermeture éclair de chacun d'eux, glissa sa main pour vérifier qu'il n'y avait rien non plus entre la mousse et l'enveloppe. Elle les replaça avant de rejoindre Joubert dans la chambre.

— Rien. Ce n'est pas normal. Tu as eu raison de t'intéresser à elle.

— Mais pas assez.

Joubert désigna la table de chevet.

— C'est rare qu'on n'en achète qu'une seule. Habituellement, il y a une table de chaque côté du lit.

— Je me demande si Dominique est déjà venu ici. Quand je suis passée avec McEwen, je n'ai vu aucune brosse à dents. Soit elle n'avait que la sienne à emporter dans sa fuite, soit elle a pris aussi celle de Dominique. En souvenir ? Je n'ai pas décelé une seule trace d'une éventuelle présence masculine ici. Toi ?

Joubert eut un signe de dénégation.

— La salle de bain ? C'est souvent là qu'on en apprend le plus sur quelqu'un.

— Il n'y avait pas grand-chose à voir la dernière fois, dit Graham en suivant Joubert.

Il ouvrit la petite armoire vitrée et s'étonna qu'elle soit presque vide. Un rasoir jetable, un tube de crème épilatoire, des élastiques, un pinceau.

— Elle se teint les cheveux ?

— Oui, en blond. Alors que je suis certaine qu'elle doit être encore plus belle au naturel. Mais comme sa beauté l'embarrasse…

— Réellement ? s'étonna Joubert.

Graham acquiesça ; Diana ne jouait pas les coquettes en disant qu'être belle apportait son lot de problèmes, elle s'appliquait vraiment à gommer sa beauté, à éteindre son éclat, sa lumière.

— Elle voudrait qu'on l'oublie. Rester dans son coin, à l'abri. Ce n'est pas seulement l'agression qu'elle a subie à Montréal qui l'a poussée à se teindre les cheveux, à porter de grosses lunettes et des chandails informes. Elle avait commencé à disparaître avant de se volatiliser. Elle fuyait déjà.

— C'est pour cette raison que tu ne veux pas qu'on diffuse sa photo dans la presse ?

— Je refuse que celui qu'elle fuit l'identifie. Et la retrouve avant nous. Il la connaît mieux que nous. Il a donc une longueur d'avance, il peut deviner où elle se terre.

— En es-tu certaine ? Diana n'est pas idiote, elle n'irait pas se cacher dans un endroit qu'il connaît. Si elle a vécu à Québec ces derniers mois, c'est qu'elle y trouvait une sécurité relative. Le type qu'elle craint n'est pas d'ici.

— De Toronto ? New York ? Ou ailleurs ? Je ne sais même pas si on doit diffuser sa photo à l'interne. Si Diana avait peur des policiers parce que son ex en est un ? S'il était toujours actif ? On ne peut pas lui livrer Diana.

— Mais il faut bien qu'on la retrouve ! Si elle est en danger…

Graham sortit de la salle de bain, revint vers le séjour, souleva un cadre de métal où il y avait la photo d'un cheval ; était-ce celui qu'elle montait à Saint-Augustin ?

Elle allait reposer l'image sur le secrétaire quand elle sentit la vitre jouer contre les montants du cadre. Elle faillit échapper le cadre, imagina un moment la vitre brisée, les reproches que lui ferait Suzanne Fournier. Pourquoi pensait-elle à des trucs aussi futiles en ce moment ? Alors qu'elle tentait de replacer la photo, une vis maintenant le dos du cadre se détacha, roula au sol. Graham pesta en se penchant pour la ramasser.

Elle tendit le cadre à Joubert.

— J'ai oublié mes lunettes, marmonna-t-elle. Il faut revisser…

— Donne-moi ça.

Joubert emporta le cadre pour le déposer sur la table. Il fit glisser la vitre afin de replacer l'image du cheval et le carton qui devait la tenir en place et émit un sifflement.

— Quoi ?

— Bingo ! On a une autre photo. Entre celle du cheval et le carton.

Graham se pencha vers le cliché et pesta à nouveau : comment avait-elle pu oublier ses lunettes à la maison ? Elle prit la photo et la tint au bout de ses bras tout en disant à Joubert qu'elle n'accepterait aucun commentaire sur sa presbytie.

— C'est une troupe de danse, se contenta-t-il de dire. Et Diana est la troisième en partant de la gauche. Elle n'est pas blonde, mais c'est elle.

Graham examina la photo, hocha la tête. Linda avait raison de penser qu'elle avait été ballerine.

Joubert retourna la photo pour lire ce qui était imprimé au verso.

— C'est en anglais. L'adresse du studio d'un photographe. À New York.

— À New York? s'étonna Graham. Diana ne m'a pas menti sur ce point... Redonne-la-moi. Je veux la montrer à Suzanne Fournier. Peut-être qu'elle reconnaîtra d'autres visages puisqu'elle s'intéressait à cette discipline.

Elle remit ses bottes pour traverser chez la voisine; se pouvait-il qu'ils aient enfin trouvé un indice valable? Diana avait certainement une bonne raison pour dissimuler cette image à laquelle elle devait tenir.

Elle sonna chez Suzanne Fournier qui lui ouvrit aussitôt.

— On a trouvé ça.

— Entrez, je vais chercher mes lunettes.

Graham suivit la journaliste à l'intérieur de l'appartement où flottait une odeur de beurre fondu.

— Qu'est-ce que vous préparez?

— Des scones. J'en fais chaque semaine. Ça me rappelle le temps où je vivais en Angleterre. Où avez-vous trouvé cette photo? Je m'en souviendrais si je l'avais vue.

— Cachée dans un cadre.

— Cachée?

Le regard suspicieux de Suzanne Fournier indiquait sa désapprobation.

— Le cadre s'est dévissé, la photo a glissé. Vous connaissez le monde de la danse. Est-ce que des visages vous sont familiers sur cette photo?

Suzanne Fournier scruta l'image, désigna une jeune femme blonde.

— C'est Louise de Billy! s'exclama-t-elle. Mais d'où vient ce cliché? De quelle troupe s'agit-il et... Voyons donc! C'est Diana!

— C'est ce que je crois aussi. Cette photo a été prise à New York.

— Elles étaient très jeunes. Que faisaient-elles là-bas?

— Je comptais sur votre mémoire pour nous éclairer.

La journaliste continuait à examiner la photo, cherchant à reconnaître d'autres danseuses. Elle montra un visage fin à l'extrême droite du cliché.

— Ce doit être Mathilde Saint-Onge. Celle qui a créé une ligne de vêtements de sport, de yoga. Très confortables. Je suis une de ses clientes.

Suzanne Fournier passa la main sur sa cuisse ; elle portait un des leggings de la designer.

— Je ne comprends pas pourquoi Diana ne m'a jamais dit qu'elle avait fait partie d'une troupe… Il faut rejoindre Mathilde. Elle pourrait nous parler de Diana.

Elle rapprocha la photo de son visage, remonta ses lunettes et jeta un dernier coup d'œil avant de remettre le cliché à Graham.

— C'est drôle. Quand Diana s'est présentée ici pour louer l'appartement, j'avais l'impression de l'avoir déjà vue, mais je ne l'aurais jamais reconnue.

— À cause des cheveux, peut-être…

— Je vais parler à Mathilde. Je ne sais pas si elle est au Québec actuellement, mais elle répond toujours assez vite à mes courriels.

— Et cette Louise de Billy ?

— Elle est décédée d'un cancer l'an dernier.

— Il faut venir au poste avec nous. Nous allons numériser la photo.

— Pas nécessaire, j'ai tout ce qu'il faut ici.

— Je retourne à côté chercher mon collègue, fit Graham.

Joubert s'apprêtait à sortir après avoir fait le tour de chacune des pièces une deuxième fois.

— J'ai regardé le contenu des cartons. Elle a emballé des ustensiles de cuisine.

— Elle songeait donc à déménager. Sans en parler à sa propriétaire. Pour aller où ?

Ils sortirent de l'appartement, verrouillèrent la porte avant d'aller rejoindre Suzanne Fournier à qui Graham remit à nouveau sa carte.

— Vous m'appelez dès que vous avez des nouvelles de Mathilde Saint-Onge. À n'importe quelle heure !

Elle nota l'ombre de tristesse qui voilait le regard de Suzanne Fournier. L'impression d'avoir été trahie s'ajoutait à son inquiétude.

— Elle doit avoir de bonnes raisons de ne pas vous avoir parlé de son passé, dit Graham pour la réconforter. Elle pourra sûrement tout vous expliquer. Et si vous remarquez quoi que ce soit d'inhabituel aux alentours, prévenez-nous.

Suzanne Fournier acquiesça avant de refermer lentement la porte derrière les enquêteurs.

Les étoiles qui brillaient maintenant dans le ciel étonnèrent Maud Graham lorsque Joubert et elle regagnèrent leur véhicule ; était-il si tard ? Tandis que Joubert s'installait au volant, elle appela McEwen pour lui faire part de leur découverte. Celle-ci s'en réjouit ; ni elle ni Nguyen n'avaient réussi à en apprendre davantage de leur côté.

— C'est un peu normal, fit Joubert. Tout est au ralenti le dimanche.

— Oui. Est-ce que Grégoire travaille ce soir ? s'enquit Graham.

— Oui, il remplace le sous-chef. Je vais aller au cinéma, je dois me vider la tête. Alain est-il reparti ?

— Pas encore. Maxime m'a envoyé un texto, il soupe chez sa blonde.

— On dirait que ça marche entre ces deux-là...

Graham haussa les épaules ; oui, Maxime semblait heureux avec Coralie, mais ils étaient très jeunes. Et il quitterait Québec pour ses études à Nicolet.

— Il reviendra chaque fin de semaine, objecta Joubert. Et Coralie sera à l'université. Elle aura du travail. Ils seront plus contents de se retrouver le vendredi soir. Comme Alain et toi.

— À vingt ans, je n'avais pas d'amoureux. Cela m'étonne de voir Maxime si sérieux avec Coralie. Mais ça me rassure, j'avais peur qu'il ait des problèmes avec les femmes à cause de sa mère. Il aurait pu développer une peur de l'abandon, du rejet, être plus possessif avec ses copines pour cette raison. Mais il semble plutôt équilibré.

— Il a souvent parlé de sa mère depuis qu'il l'a revue à Toronto ?

Graham secoua la tête. Non, Maxime l'avait à peine évoquée lorsqu'il était revenu à Québec, après son séjour à Toronto où il avait subi la ponction de moelle osseuse qui devait sauver sa demi-sœur.

— Mais il parle beaucoup de Camilla. Elle lui téléphone toutes les semaines. J'ai hâte de la rencontrer, même si ça m'inquiète un peu. Je compte sur Églantine pour faciliter les choses.

— Ça m'a étonné que Diana Roberts n'ait pas voulu garder la chatte. En souvenir de son amoureux.

— Peut-être qu'elle savait qu'elle devrait partir. En tout cas, elle s'est dit qu'Églantine serait mieux avec nous.

— Si je me réincarne un jour, c'est en matou vivant chez vous, déclara Michel Joubert.

— Penses-tu qu'on va retrouver Diana à temps ?

— Oui. Bien sûr que oui.

— Si tu as raison, je t'emmènerai souper au Pain Béni. Quand tu goûteras à leur boudin…

— Tu peux déjà faire les réservations, dit Joubert avec une assurance qu'il ne ressentait pas.

# 11

*Le 24 mars*

Le soleil faisait étinceler la bouilloire et aveuglait Tiffany McEwen, mais elle protesta lorsque Nguyen fit mine de descendre les stores de la salle de réunion

— Laisse entrer la lumière ! On en a besoin ! J'ai tellement hâte que l'hiver finisse.

Nguyen suspendit son geste et vint s'asseoir en face de sa collègue.

— J'ai hâte d'entendre les détails sur la visite chez Diana, dit McEwen. Graham a été chanceuse de tomber sur cette photo.

— Et nous d'avoir la confirmation que Christian Desgagné a été congédié de chez Campbell depuis plusieurs semaines et que...

Des voix dans le corridor les prévinrent de l'arrivée de Rouaix qui discutait avec Joubert de la photo découverte à l'appartement de Diana Roberts.

— Et Graham ? s'enquit McEwen.

— Elle est au téléphone avec ma femme. Rachel n'a pas repris connaissance.

— Pas encore ? Ses parents doivent être anéantis...

Rouaix poussa un soupir de découragement ; le chirurgien avait fait tout ce qu'il pouvait pour Rachel.

— Elle est toujours inconsciente. Il est possible qu'elle ne se réveille jamais. J'ai dit tout ça à Graham, mais elle voulait quand même parler à Nicole. Avez-vous réussi à rejoindre des collègues de Christian Desgagné ?

— Un seul. Pierre Lahaye. Il a été viré en même temps que lui. Il n'a pas revu Desgagné depuis leur congédiement. D'après lui, Desgagné avait une possibilité chez Sauriol et Boisclair. J'ai envoyé deux agents sur les lieux. On sera sûrement en mesure de leur donner rapidement le nom d'un responsable.

— Et les collègues de Rachel ? Que vous ont-ils raconté ?

— Nous n'avons pas rejoint tout le monde. Il doit y avoir des sportifs parmi eux qui profitent des pentes de ski… Ou qui sont partis dans le Sud.

— Je n'ai parlé qu'à une des thérapeutes, Frédérique, reprit McEwen. Elle ne sait pas grand-chose de Rachel. Elle est sous le choc de la nouvelle de son hospitalisation. Je n'ai pas donné de détails, pas parlé de son conjoint violent. On ne peut pas encore accuser Desgagné. Frédérique ne le connaît pas, mais elle sait que Rachel allait le reconduire chez Campbell avant de se rendre chez Physi'Os.

— Chez Campbell ? Elle en est certaine ?

— Oui, elle a même fait allusion aux fameuses soupes.

— Et le patron ? Aymeric Valois ?

— J'ai laissé un message sur son répondeur, dit Tiffany. Et vous, cette photo que vous avez trouvée ?

Graham entra dans la pièce, tira une photo d'une enveloppe et la tendit à McEwen.

— Je l'avais deviné ! s'exclama-t-elle. Elle était danseuse !

Nguyen regarda à son tour l'image, fut saisi par l'éclat de la jeune femme. McEwen lui avait dit que Diana Roberts était belle, mais il ne l'avait jamais vue.

— Elle est vraiment jolie.

— Ça ne semble pas lui avoir tellement réussi, laissa tomber Graham. Penses-tu que Balthazar peut numériser ce cliché et à agrandir le visage pour qu'on fasse circuler l'image?

— Oui, dit Nguyen.

— Mais ce serait mieux d'avoir une photo récente, non? dit McEwen.

— Pour ça, il faudrait en avoir une…

Maud Graham s'interrompit en voyant Tiffany tirer une enveloppe de son blouson de cuir et la lui tendre avec un large sourire.

— Tu avais dit que le technicien de la clinique, Tristan, a pris une photo d'elle. L'image n'est pas parfaite parce qu'il a photographié Diana à son insu, et elle est de trois quarts, mais c'est récent.

— Bravo! fit Joubert. Répétez-nous ce que vous a dit la patronne de Christian Desgagné.

— Elle l'a congédié le 31 janvier, leur apprit Nguyen.

— Ça fait presque deux mois! Pour quel motif?

— Restructuration. Trois autres employés sont partis en même temps que lui.

— Avait-elle quelque chose à reprocher à Christian Desgagné?

— D'après elle, il manquait de patience. Et il aimait un peu trop flirter.

— Avec elle? s'enquit Graham.

— Elle a éclaté de rire quand je lui ai posé la question.

Nguyen relut ses notes pour rapporter fidèlement les propos de Simone Nadeau.

— « Me draguer, moi? Il n'aurait jamais eu les couilles pour ça. Je ne dis pas qu'il ne me faisait pas de beaux sourires, il pense qu'il est irrésistible. C'est le genre d'homme qui parle beaucoup, qui plaisante avec ses collègues, qui aime attirer l'attention. Un narcissique. Mais comme tous les narcissiques, il manque de maturité. » En résumé : un petit coq…

— Pas vraiment flatteur, fit remarquer Joubert. Il ne devait pas trop aimer sa patronne, s'il avait deviné comment elle le percevait.

— Simone Nadeau n'est pas le genre à s'inquiéter de l'opinion de ses employés, l'assura Nguyen.

— La firme Sauriol et Boisclair n'est-elle pas située dans le Vieux-Port? reprit Graham. Si Desgagné y a été embauché et que Rachel le laissait à son travail avant d'aller chez Physi'Os, il fallait vraiment qu'ils partent tôt le matin. Elle devait traverser toute la ville pour le déposer et se rendre ensuite au boulot.

— Frédérique a dit que Rachel reconduisait Christian chez Campbell. Près du boulevard Pie XII. À Sainte-Foy. Elle s'est plainte pas plus tard que la semaine dernière des travaux route de l'Église qui l'avaient retardée et avaient failli l'empêcher d'arriver à l'heure chez Physi'Os.

— La semaine dernière?

— Je suis prête à parier cent dollars que Desgagné n'a pas été embauché chez Sauriol et Boisclair, dit McEwen.

— Et qu'il n'a pas avoué à sa femme qu'il avait perdu son emploi, compléta Graham. Qu'il s'est senti humilié et qu'il a passé sa rage sur Rachel.

— Et qu'il est toujours en colère, dit Michel Joubert. Et qu'un homme en colère est dangereux. Où peut-il être? Il faut bien qu'il dorme quelque part!

Le tintement d'un message qui parvenait à Graham l'interrompit, elle brandit son téléphone cellulaire.

— Bouthillier est un rapide. On a une photo du fou furieux.

— Il est plutôt beau, reconnut McEwen après avoir jeté un coup d'œil à l'image.

Maud Graham scruta la photo, grimaça en constatant que Tiffany avait raison; Desgagné aurait pu être acteur ou mannequin. Elle tenta sans résultat de déchiffrer son regard, se demanda ce qu'elle y lirait quand elle serait enfin en face de cet homme. De la colère? Un grand vide? De la peur? Sûrement. Il ne se cacherait pas s'il n'avait pas peur d'être arrêté. Sa fuite signait sa culpabilité. Il ne pourrait pas jouer les innocents et prétendre que Rachel avait été agressée par un rôdeur qui se serait introduit chez eux.

— Pensez-vous qu'il a quitté la ville? demanda McEwen, exprimant à voix haute la crainte qui les habitait tous et qui les empêchait d'affirmer que Desgagné était toujours à Québec.

— On doit diffuser sa photo, dit Joubert.

— Où a-t-il pu aller?

— Attendez! fit Nguyen. J'ai oublié de vous dire que Francœur, qui est resté à l'appartement de Rachel Côté, a répondu à trois reprises au téléphone. On a raccroché dès qu'il a demandé qui appelait.

— Ça signifie que Desgagné veut savoir ce qui se passe chez lui, conclut Joubert. Il n'est peut-être pas parti si loin. Il doit vouloir revenir à la maison. Au moins pour prendre ses affaires.

— On a pu retracer l'appel?

— Non, trop court.

— Supposons qu'il soit sur notre territoire, réfléchit Graham, il doit se trouver un refuge pour ce soir. Soit il retourne dans un motel, soit il va chez un ami. On a besoin de la liste de ses collègues…

— Mais ses amis? On n'a trouvé ni agenda ni carnet, même si Desgagné semble être parti en coup de vent. Il doit avoir ces informations dans son téléphone. La collègue de Rachel a-t-elle dit autre chose sur lui?

Nguyen secoua la tête.

— Peut-être que ses autres collègues en sauront plus, mais j'en doute. D'après Frédérique, Rachel est très timide, secrète. Nous avons parlé à Aymeric Valois, l'associé de Dominique. Nous rencontrerons tous les employés.

Graham poussa un soupir avant d'acquiescer; aucune enquête n'avançait jamais au rythme qu'elle aurait souhaité. Elle regagna son poste pour relire les notes qu'elle avait prises après la mort de

Dominique Poitras; y avait-il un détail d'un témoignage qui lui avait échappé?

Elle achevait sa lecture sans avoir rien remarqué lorsque la sonnerie du téléphone lui fit repousser son carnet de notes d'un geste brusque.

— Graham, j'écoute.

— C'est bien Diana qui est à côté de Louise de Billy et de Mathilde Saint-Onge sur la photo, dit Suzanne Fournier. Je viens de discuter avec Mathilde. Diana s'appelait Nadia Gourdeault à l'époque et elle venait de La Malbaie. Elles ont joué dans la même revue à New York.

— Attendez! Expliquez-moi tout ça calmement.

Suzanne Fournier rapporta les propos de Mathilde qui avait revu Diana quand une ballerine de la distribution dont elle faisait partie s'était blessée à l'épaule. Diana l'avait remplacée et avait ainsi rejoint la troupe de Mathilde à New York, un groupe auquel elle s'était parfaitement intégrée, ravie de faire cette tournée.

— Vous avez dit « revu »?

— Mathilde Saint-Onge a étudié avec Nadia Gourdeault lorsqu'elles étaient adolescentes à Montréal. Elles étaient les meilleures amies du monde. C'est Mathilde qui a proposé Nadia lorsque la ballerine s'est blessée.

— Mais pourquoi a-t-elle changé de nom?

— Mathilde l'ignore. Elle n'a pas eu de ses nouvelles depuis des années. Il paraît que Diana… Nadia s'est mariée à un riche homme d'affaires. C'est tout ce qu'elle a pu m'apprendre. Elle m'a demandé ce qu'était devenue Nadia, à quoi elle ressemble aujourd'hui. Elle m'a fait promettre de lui dire de la joindre si elle revient ici. Mais si Diana ne l'a pas appelée, c'est qu'elle devait avoir ses raisons, non?

— Vous a-t-elle donné le nom du mari?

— Non, elle a dû interrompre notre conversation, car elle avait un autre appel. Elle a promis de me téléphoner.

— Je vais m'en charger. Quel est le numéro de M^{me} Saint-Onge ?

— Oui, vous saurez mieux que moi ce qu'il convient de lui apprendre.

Graham remercia Suzanne Fournier après lui avoir demandé de garder ces informations secrètes.

— Ne vous inquiétez pas, j'ai compris que Diana est dans une situation délicate. On ne change pas de nom sans raison…

Nadia Gourdeault, Diana Roberts ? Qui était cette femme ? Quand avait-elle modifié son identité ? Pourquoi ? Elle héla Tiffany McEwen, résuma sa conversation avec la voisine de Diana Roberts.

— J'ai un contact à la Sûreté du Québec, dans Charlevoix, dit McEwen. Je vais tenter d'en apprendre plus sur Nadia Gourdeault, sa famille, son mari, ses amis.

— Peut-être qu'elle est retournée là-bas ?

— Ça m'aurait tentée à sa place, c'est un des plus beaux coins du Québec. Émile est né à Saint-Joseph-de-la-Rive. Si tu voyais les photos qu'il a faites à L'Isle-aux-Coudres quand nous y sommes allés, c'est époustouflant. Et tu aurais aimé la miche de pain qu'on a achetée chez Bouchard. Une vraie boulangerie artisanale. Tout est bon ! J'ai faim juste à y penser !

— Appelle ton contact, il faut qu'on retrouve Diana ! Tu lui envoies les deux photos…

— Nguyen s'en est occupé. Elles doivent déjà être partout, dans tous les postes du Québec et du Canada.

— Et à New York.

— Si elle a changé de nom parce qu'elle a commis un délit, on devrait le savoir bientôt. On a aussi ses empreintes…

Elle s'interrompit en voyant Joubert s'avancer vers elles. Nguyen avait pu discuter avec le responsable du personnel chez Sauriol et Boisclair : il avait reçu le CV de Christian Desgagné, mais il ne l'avait pas embauché.

— L'a-t-il rencontré ? demanda Graham.

— Non.

— Qui connaît Desgagné dans cette firme ? Il avait parlé d'une relation…

— Le responsable l'ignore, mais personne n'a recommandé Desgagné. Il a seulement reçu son CV, l'a classé sans y donner suite. Il n'a pas de poste à combler en ce moment.

— S'il avait été engagé par une autre compagnie, compléta Graham, c'est là que Rachel l'aurait reconduit chaque matin. Pas chez Campbell. Il a vraiment fait semblant d'avoir conservé son poste.

— Nguyen a scruté les comptes bancaires, dit Joubert. Rien de très glorieux. Il lui reste à peine cent dollars sur son compte chèques. Et sur le compte commun, il a fait des retraits ces dernières semaines. Rachel devait s'en être aperçue.

— Penses-tu qu'elle a eu l'imprudence de l'interroger à ce sujet ? fit McEwen. C'est peut-être ce qui a déclenché sa colère.

Maud Graham se pinça les lèvres. Desgagné ne pouvait plus déverser sa rage sur Rachel. S'en prendrait-il à quelqu'un d'autre ? Comment vivrait-il avec cette frustration ?

— Frustré ? s'exclama Joubert. Après s'être autant défoulé ! Il y avait du sang partout ! Et ce serait la faute de Rachel ?

— Je crains qu'il reporte sa colère sur une autre femme, avoua Graham. Dans quel état d'esprit est-il actuellement ? Frustré parce qu'il est privé de son jouet préféré ? Ou prostré parce qu'il ne sait plus quoi faire ? Vers qui peut-il se tourner ?

— On n'a pas encore de noms d'amis, dit McEwen. Et toujours pas rejoint ses collègues.

Elle se tut en entendant la sonnerie du téléphone de Maud Graham.

Celle-ci fronça les sourcils quand l'agent Francœur s'identifia.

— Je pense que vous devriez parler à la voisine de Rachel. Elle est rentrée de voyage à l'aube, dit Francœur. Elle est venue sonner pour remettre un souvenir à Rachel. Je lui ai raconté ce qui s'était passé. Elle est certaine d'avoir vu Christian Desgagné près de leur immeuble alors qu'elle sortait du taxi qui la ramenait de l'aéroport. Elle s'est demandé ce qu'il faisait dehors à cette heure-là, puis elle est rentrée, s'est couchée et voilà. Il paraît qu'elle a recueilli la victime plus d'une fois, elle l'a même accompagnée à l'hôpital.

— On envoie un agent la chercher, dit Graham. Merci!

Elle sourit à McEwen et Joubert : Desgagné n'avait pas quitté la ville.

— On va le retrouver! Et il paiera pour ce qu'il a fait à Rachel! Peut-être qu'elle gardera des séquelles toute sa vie…

:  :

*Le 25 mars*

Maud Graham se trompait. Rachel Côté n'aurait pas à vivre avec un handicap, Rachel Côté n'aurait pas besoin d'aide pour faire sa toilette, manger, se vêtir, se coucher, se lever. Rachel Côté n'aurait pas à recourir au soin d'une orthophoniste pour réapprendre à parler, ou de faire des séances d'entraînement intensif avec un physiothérapeute pour pouvoir marcher à nouveau. Rachel Côté n'aurait pas à se réapproprier son existence, n'aurait pas à porter plainte contre son mari pour coups et blessures, n'aurait pas à divorcer. Rachel Côté était décédée à quatre heures vingt-trois.

Nicole Rouaix pleurait en apprenant la nouvelle à Maud Graham qui sentit augmenter le poids de sa culpabilité : pourquoi n'avait-elle pas réussi à persuader la jeune femme de porter plainte contre Christian Desgagné, de le quitter avant qu'il ne soit trop tard?

Qu'aurait-elle dû faire pour la tirer de cet enfer?

Elle inspira longuement pour se calmer avant d'annoncer le décès de Rachel à ses collègues. Ils gardèrent spontanément un moment de silence, puis Joubert murmura qu'ils devaient maintenant trouver les preuves que Desgagné avait prémédité cet homicide.

— Sinon il s'en sortira avec seulement quelques années de pénitencier…

— Il faut l'enfoncer! renchérit Nguyen.

— Mais d'abord, il faut le retrouver, dit Graham. Avant qu'il s'en prenne à une autre femme. Diana Roberts n'est pas réapparue. Elle est mêlée à cette tragédie. Il faut que je joigne cette Mathilde Saint-Onge. Je lui ai laissé un message, mais elle ne m'a pas encore rappelée. J'ignore de quelle façon Diana est mêlée à cette histoire, mais…

— Nadia Gourdeault, la corrigea McEwen. En tout cas, elle n'est pas à La Malbaie dans sa famille. On ne l'a pas vue là-bas depuis des années. Elle téléphone très rarement à sa mère ou à sa sœur Mélanie. Je viens tout juste de parler avec cette dernière : elle m'a confirmé que Nadia a étudié la danse, qu'elle a vécu à Montréal et à Toronto avec son mari. Qu'elle n'est plus avec lui depuis longtemps. Et que c'est une bonne chose, que Nadia craignait son mari…

— On a donc raison de croire qu'elle le fuit! fit Graham. Pourquoi en a-t-elle peur?

— Mélanie m'a dit que Nadia a toujours refusé de lui révéler les motifs de leur séparation, mais elle lui a fait promettre de ne pas chercher à entrer en contact avec lui. Elle l'avait appelée simplement pour qu'elle sache qu'elle n'était pas morte. Elle a promis de donner des nouvelles deux à trois fois par année. Mais elle ne lui a jamais dit où elle vivait.

— Son mari doit pourtant l'avoir recherchée, commenta Graham.

— Nadia a répété plusieurs fois à sa sœur de ne pas se mêler de ça. Que ce serait dangereux pour tout le monde. Les funérailles de son père se sont déroulées sans elle, alors qu'elle l'adorait. Quand j'ai demandé à Mélanie quand Nadia avait changé de nom, elle a semblé surprise, elle l'ignorait.

— Diana dissimule aussi des choses à ses proches…

— J'ai au moins obtenu le nom du mari, continua McEwen. Un certain Ken Formann. Un homme d'affaires. Cordialement détesté par Mélanie. Quand je l'ai interrogée sur le danger qu'il représentait, elle n'a pas pu me donner d'exemples, mais elle a insisté : Nadia lui a fait jurer de ne pas tenter de le joindre, de le confronter. Elle a vraiment peur de lui.

— Elle n'a jamais déposé de plainte contre lui ?

— Pas au Québec, j'ai vérifié. Peut-être à Toronto où ils vivaient ? En tout cas, Mélanie m'a priée de la rappeler quand on aurait retrouvé sa sœur… À n'importe quelle heure.

— Diana a gommé son passé, limité ses contacts avec sa famille, dit Graham. Elle n'est jamais retournée sur les lieux de son enfance, alors qu'elle habite à Québec ! Elle est à trois heures de La Malbaie. Si elle a fui son mari…

— Je vais me renseigner sur ce Formann, déclara Joubert. J'ai un contact à Toronto. Un journaliste.

— Un journaliste ? s'alarma Graham.

— Il est fiable, promit Joubert. Quel genre d'affaires brasse l'ex-mari ? Mélanie te l'a précisé ?

— Import-export, transport. Il paraît que c'est très payant. Qu'il comblait Nadia de cadeaux. Que leur mariage était digne d'une cérémonie royale. Et que, une fois rendue à Toronto, Nadia a vu sa famille de moins en moins souvent.

— Classique des cas de violence conjugale. On isole la victime.

— Je me suis trompée sur un point, avoua Maud Graham, son ex n'est pas un policier… J'aime mieux ça.

Tiffany McEwen hocha la tête en même temps que Joubert et Rouaix.

:  :

*Toronto, le 25 mars, 18 h*

— Il faut que vous retrouviez Nadia, dit Ken Formann au chef de police Vincent O'Neil et au capitaine Louis Kestlin. Enfin ! On sait qu'elle est au Québec !

— Nous n'avons pas de baguette magique, protesta O'Neil. Si les enquêteurs la cherchent depuis quelques jours sans l'avoir trouvée, je ne vois pas comment Kestlin pourrait y arriver. Dans une ville qu'il connaît, certes, mais Québec n'est pas un village.

— Vous allez parler avec les enquêteurs ! l'interrompit Formann en s'adressant au capitaine Kestlin. Des détails devraient surgir, il me semble.

Il vida son verre d'un trait et fit claquer sa langue contre son palais, savourant le goût grillé de l'alcool. Il s'approcha du bar pour se servir à nouveau.

— Répétez-nous ce que l'enquêteur de Québec vous a dit, fit O'Neil en s'adressant à Louis Kestlin. Qu'est-ce qui est arrivé ?

— Poitras, l'ami de Nadia, a été égorgé, dit Kestlin en relisant les notes qu'il avait prises lors de sa conversation avec Michel Joubert. Elle s'est ensuite évanouie dans la nature.

Quand O'Neil lui avait demandé de s'occuper de cette affaire, Kestlin n'avait pas caché son étonnement : pourquoi le grand patron lui confiait-il cette recherche sur une femme disparue il y a tant d'années ?

— C'est toi qui parles le mieux français. Tu as vécu à Québec durant quelques mois. C'est pour ça que j'ai pensé à toi. Tu n'étais pas encore ici quand Nadia Gourdeault a disparu, mais plusieurs ont reconnu sa photo.

Kestlin avait cru O'Neil, alors qu'en vérité celui-ci avait vérifié les informations récentes sur les avis de recherches des personnes disparues dans le fichier central. Parce que Mathilde Saint-Onge avait appelé Ken pour lui annoncer que Nadia avait réapparu à Québec et qu'elle était recherchée par la police. O'Neil avait rapidement repéré sa photo. Et songé à Louis Kestlin pour lui servir de taupe, à son insu, auprès des policiers québécois.

— Nadia a un alibi, mais elle a disparu au moment où les enquêteurs voulaient l'interroger.

— Je vais faire tout ce je peux, affirma Louis Kestlin, mais je voudrais en savoir plus sur votre ex-femme. Les enquêteurs de Québec étaient ravis que je leur dise que j'avais identifié la photo qui est arrivée au poste, mais c'est parce que M. O'Neil a attiré mon attention sur cet avis de recherche que je m'y suis intéressé. Je dois savoir ce qui s'est passé à l'époque. Michel Joubert avec qui j'ai parlé m'a déjà posé la question. Je lui ai promis des réponses rapidement.

Vincent O'Neil avait répété avec Ken Formann la version de la disparition de Nadia qui serait servie au capitaine Kestlin. Qui la répéterait aux enquêteurs de Québec. O'Neil aurait préféré n'envoyer au Québec que Marcus Reiner, l'enquêteur engagé par Formann, mais il était illusoire de s'imaginer qu'il pourrait mettre la main sur Nadia sans en savoir plus à son sujet. Et c'était au poste de police qu'on pouvait trouver ces informations qui permettraient peut-être de remonter jusqu'à Nadia. Par une voie officielle incarnée par Louis Kestlin, O'Neil en saurait davantage sur l'enquête et il relaierait tout ce qu'il apprendrait au fur et à mesure à Marcus Reiner.

— Qu'est-ce qui s'est passé réellement quand votre épouse a disparu ? insista Louis Kestlin.

Le ton de sa voix dénotait de l'impatience ; il refusait que Formann le prenne pour un idiot. Il savait qu'on ne lui avait pas tout dit à propos de cette femme. Que Vincent O'Neil l'envoie rencontrer les enquêteurs québécois l'avait suffisamment étonné pour qu'il se pose beaucoup de questions sur cette Nadia Gourdeault. Il voulait maintenant une réponse plus franche.

— Avant de fuguer, Nadia a tenté de tuer Ken, laissa tomber O'Neil.

— Tuer ?

— Elle m'a agressé. Et volé, compléta Ken Formann.

— Ce n'est pas ce qui est écrit dans le rapport que j'ai lu concernant sa disparition…

— Je le sais, l'interrompit Vincent O'Neil. Au moment de la disparition de Nadia, Ken a cru qu'il avait été assommé chez lui par des inconnus et qu'ils avaient enlevé Nadia. Qu'on lui demanderait une rançon. Il aurait dû m'appeler… nous appeler immédiatement, mais il a craint que l'intervention de la police ne fasse paniquer les ravisseurs.

— Mais je me trompais. Ils ne se sont jamais manifestés. Et j'ai découvert ensuite que l'argent de mon coffre-fort avait disparu.

— Vous n'avez pas rectifié la version que vous aviez donnée aux enquêteurs ? s'indigna Kestlin. Je n'ai rien lu dans le rapport qui…

Formann haussa les épaules, l'air humilié.

— Ça ne changeait rien, puisque Nadia avait disparu depuis plusieurs jours.

Kestlin se tourna vers son supérieur.

— Vous n'avez rien dit aux enquêteurs qui travaillaient là-dessus et vous étiez au courant de…

— C'est ma faute, le coupa Formann. Jusqu'à très récemment, Vincent ignorait ce qui m'était arrivé. Et c'est une façon de parler, car en fait je ne sais pas ce qui s'est réellement passé.

— Vous venez de dire que votre épouse vous a attaqué, fit Kestlin.

— Je n'ai pas vu mon agresseur. Je suppose que c'est Nadia… parce que je ne vois pas qui aurait pu ouvrir le coffre. Tout ce que je veux, c'est connaître enfin la vérité.

— Qu'est-ce qu'il y avait dans le coffre ? s'enquit Kestlin.

— De l'argent. Elle a tout pris.

— Qu'est-ce que ça représentait ?

— Cent mille dollars.

— Cent mille dollars ? s'écria Kestlin.

Et c'était maintenant qu'on le lui apprenait ? Il jeta un coup d'œil à O'Neil qui s'était rapproché de Formann.

— Tu ne m'avais pas dit que c'était autant d'argent ! fit O'Neil sur un ton de reproche.

— Je sais, j'aurais dû. Vous comprenez tous les deux maintenant pourquoi je veux savoir ce qui s'est passé ?

— Bien sûr. Est-ce que d'autres choses ont disparu du coffre ? Des documents ?

Formann secoua la tête en se demandant si O'Neil avait eu raison de choisir Kestlin pour se rendre à Québec. N'était-il pas un peu trop curieux ? Il aurait préféré que ce soit O'Neil qui rencontre les enquêteurs, mais ceux-ci auraient été très surpris qu'un haut gradé se déplace pour discuter avec eux. Même la visite de Kestlin les étonnerait, lui avait expliqué O'Neil. Pourquoi un enquêteur débarquait-il à Québec au lieu de se contenter d'un échange ou d'une conférence téléphonique ?

— Pas de documents, répondit Formann.

— Si tu m'avais dit tout ça dès le départ, répéta O'Neil, on aurait pu mener correctement notre enquête…

— Cesse de me critiquer, protesta Formann avec véhémence. J'ai été idiot, je le sais. Mais c'est moi qui ai perdu cent mille dollars.

Il fit semblant de tenter de se calmer avant de poursuivre :

— Si ce n'est pas Nadia qui m'a assommé et volé, pourquoi n'a-t-elle jamais repris contact avec moi ?

— Tu aurais quand même dû tout me dire immédiatement ! Cent mille dollars !

— J'étais ridiculisé ! Tu ne peux pas comprendre ça ? Ce n'est pas toi qui as été plumé de toute manière. Par une bonne femme qui doit être partie avec un autre !

Formann posa son verre si brutalement sur la table que le scotch se renversa sur sa main.

— OK, c'est bon, j'ai compris, marmonna O'Neil.

Est-ce que cet échange houleux qu'il avait répété avec Ken duperait Kestlin ?

Il le fallait. Il fallait que Kestlin s'exprime avec sincérité quand il rencontrerait Michel Joubert à Québec.

— Tout ce que je veux, reprit Formann, c'est savoir ce qui s'est passé. Si c'est Nadia, je ne me fais pas d'illusion, je ne récupérerai pas cet argent. Mais au moins, elle sera accusée de vol. On connaîtra sa vraie nature. Elle a l'air fragile, mais elle cache bien son jeu. Ne l'oubliez pas si vous finissez par mettre la main sur elle. Dites-le aux enquêteurs de Québec.

— Je vais faire mon possible pour obtenir des réponses, promit Kestlin à Formann tandis que Vincent O'Neil fixait le fond de son verre, tenté de se servir à nouveau, exaspéré par l'obsession de Ken pour Nadia. Ça l'embêtait d'avoir eu à jouer cette comédie devant Kestlin. Cela l'embêtait d'avoir à envoyer Reiner à Québec et que celui-ci doive faire appel à un contact sur place. Cela l'embêtait d'être encore obligé de se mêler de cette histoire. Mais avait-il le choix ? Grâce à Ken, il pourrait s'offrir dans quelques années une retraite dorée aux Bahamas. Ken qui affirmait vouloir s'assurer du silence de Nadia en ce qui concernait certaines de ses activités. Il est vrai qu'O'Neil avait craint, dans les premiers mois de sa disparition, que Nadia se tourne vers la GRC et dénonce les agissements de son mari, mais personne n'avait plus jamais entendu parler d'elle. Aujourd'hui, Ken voulait surtout se venger d'avoir été humilié, O'Neil le sentait bien. Et il aurait franchement préféré que Nadia continue à se terrer au lieu de refaire surface à Québec. Il aurait préféré qu'elle ne soit pas mêlée à une mort suspecte. Ken voulait qu'on lui livre Nadia, mais ce ne serait pas si simple. Il le lui avait dit. Si Nadia était témoin ou suspecte aux yeux des enquêteurs de Québec, Ken n'était pas près de la revoir. À moins que Reiner mette la main sur elle en premier. Mais pour ça, il faudrait qu'il soit vraiment chanceux.

L'affaire était loin d'être réglée.

O'Neil déposa son verre vide sur la table en même temps que Kestlin qui précisa à Formann que son avion devait atterrir à L'Ancienne-Lorette à onze heures.

Deux heures après l'arrivée de Marcus Reiner, songea O'Neil.

— Les enquêteurs seront surpris d'apprendre, monsieur Formann, que vous avez soupçonné cette femme d'un vol important et d'une tentative de meurtre, dit Kestlin. Il est possible qu'ils souhaitent vous rencontrer. Et vous interroger sur cet hypothétique complice de votre épouse. Vous ne m'avez pas donné beaucoup de détails…

— Parce que je n'en ai pas ! J'ai dit ça parce que ça me paraît logique. Avez-vous bien regardé la photo de Nadia ? C'est le genre de femme qui fait ce qu'elle veut avec les hommes.

— Kestlin, commencez par raconter toute l'histoire aux enquêteurs de Québec, intervint O'Neil. C'est le plus pressant. Je compte sur vous pour me tenir au courant des développements d'heure en heure.

:  :

*Québec, le 25 mars, 21 h*

Graham lissa l'accoudoir du canapé du salon en constatant que plusieurs fils avaient été tirés. Églantine n'avait pas envie de comprendre qu'elle n'avait pas le droit de faire ses griffes sur les fauteuils. Ou était-ce une manière de lui signifier qu'elle se sentait délaissée ? Dominique Poitras était-il plus souvent à la maison quand elle vivait avec lui ? Graham en doutait : elle avait vu son carnet de rendez-vous des dernières semaines où il travaillait chez Physi'Os et c'était un homme très occupé. Mais peut-être était-il moins morose quand il rentrait à la maison, satisfait d'avoir guéri ses patients, d'avoir rendu leur mobilité à de jeunes sportifs, d'avoir replacé des membres. Elle ne pouvait en dire autant; elle n'avait redressé aucun tort ni soulagé quiconque. Elle était revenue chez elle vaguement nauséeuse, avait enlevé son manteau et ses bottes en flattant distraitement la siamoise qui se frottait le museau sur le cuir sali par le sable et le calcium. Elle l'avait soulevée d'une main, calée dans son cou, pris ses bottes de l'autre et les avait posées dans l'évier de la cuisine en se répétant qu'elle les nettoierait dans la soirée. Puis elle avait ouvert le réfrigérateur, avait hésité entre le vin blanc et le jus de canneberge, avait opté pour ce dernier. Elle ne méritait pas de boire du bourgogne, elle n'avait pas retrouvé Diana. Ni Desgagné.

Un saut d'Églantine de son épaule au bras du fauteuil fit sursauter Maud Graham.

— C'est toi qui as tiré tous ces fils? Tu sais bien que tu ne dois pas faire ça...

La siamoise qui s'était étirée jusqu'à ses genoux ronronnait maintenant en boulangeant le ventre de sa maîtresse, maltraitant aussi son chandail de laine mérinos.

— Arrête, je vais mettre un vieux gilet. Tu ne vas pas détruire le cadeau d'Alain.

Elle déposa la chatte sur le canapé, se dirigea vers sa chambre où elle ôta le pull vert forêt pour passer un chandail en coton ouaté qui ne craindrait pas les griffes acérées d'Églantine. Graham poussa un cri après avoir manqué d'écraser celle-ci en sortant de la pièce. Elle ne l'avait pas entendue s'approcher.

La chatte émit une longue plainte et Graham gémit: l'avait-elle blessée? Il ne lui semblait pourtant pas l'avoir touchée. Elle se pencha vers elle, la prit délicatement sous le ventre, l'approcha de son visage; Églantine se remit aussitôt à ronronner.

— Il faut que je m'habitue à tes lamentations, dit-elle. Tu pleures comme un bébé. Léo, lui, avait de vrais miaulements.

La chatte s'agita contre elle, lui échappa et se laissa tomber sur le sol avant de courir vers la porte d'entrée. Maxime ne lui avait-il pas dit qu'il ne viendrait pas souper? Que flairait Églantine? La sonnerie tinta au moment où Graham posait son front contre la porte pour vérifier l'identité du visiteur. Bouthillier?

Lorsque Graham ouvrit la porte, il s'excusa, bafouilla qu'il n'aurait peut-être pas dû se présenter chez elle sans s'annoncer.

— Mais j'étais dans le coin. J'ai appris la nouvelle. Je voulais juste te dire qu'on fait aussi tout ce qu'on peut de notre côté pour arrêter Desgagné. Je ne peux pas croire qu'elle est morte! Elle était tellement jeune!

Maud Graham lui fit signe d'entrer, étrangement contente de voir le jeune enquêteur alors qu'elle s'était juré d'oublier sa journée en visionnant *Homeland*. Qui croyait-elle leurrer? La chasse aux terroristes que menait Carrie ne l'aurait jamais empêchée de penser à Rachel Côté. Elle aurait regardé défiler les images sans les voir. Ce serait le visage d'une femme de vingt-deux ans qui se serait imposé en surimpression.

— J'ai de la bière, du vin, du scotch, du gin.

— Scotch, dit Bouthillier en détachant son parka. Je pensais qu'elle s'en sortirait. Elle nous avait parlé!

Il suivit Maud Graham dans la cuisine où elle ouvrait une armoire pour saisir la bouteille de scotch, en verser une bonne rasade dans un verre très lourd qui semblait taillé dans une chute d'eau — cadeau de Provencher à Noël — , puis se servit à son tour de vin blanc.

— Je pensais aussi qu'elle vivrait. Si j'avais pu la convaincre de porter plainte la première fois que je l'ai vue...

— Arrête! Ce n'est pas de ta faute, on en a parlé à l'hôpital. C'est trop complexe. Et je n'y comprends rien. Mais je peux te jurer que Desgagné va savoir comment je m'appelle si je mets la main dessus! Calvaire! C'est un maudit malade...

— Il ne pourra pas aller bien loin, avança Graham. Son compte est presque à sec. Cartes de crédit pleines. À moins de faire un hold-up...

— Ça serait une bonne chose, ça ferait une accusation de plus à retenir contre lui. J'ai tellement peur qu'il se trouve un bon avocat qui réussira à faire croire au jury que Desgagné n'a pas prémédité la mort de sa femme. Moi, j'ai vu Rachel en sang sur le plancher du salon.

— S'il ne voulait pas la tuer, il n'a rien fait pour l'aider. Ce n'est pas lui qui a appelé les secours. Il s'est sauvé. Le jury devrait en tenir compte.

— Moi, les jurys, je ne les *truste* pas.

— On verra quand on sera rendus là. Il faut commencer par l'arrêter. Mais personne, dans son entourage, ne l'a vu ou n'a eu de ses nouvelles. J'espère qu'avec la diffusion de la photo, on obtiendra des résultats.

Bouthillier termina son verre en hochant la tête. Demain serait une meilleure journée.

— Oui, renchérit Graham. Tu as raison, quelqu'un quelque part aura sûrement vu Desgagné.

# 12

*Québec, le 26 mars, 8 h*

Christian Desgagné mit quelques minutes à se rappeler où il se trouvait quand il s'éveilla. Il regarda la table du salon, les deux fauteuils et le tapis vert avant de pousser un soupir de soulagement et de s'étirer en grimaçant un peu. Le canapé était trop mou pour ses vertèbres. Mais il était au chaud et avait pu dormir sans débourser un sou. Il regrettait d'avoir payé pour aller au motel, puisqu'il aurait pu squatter bien avant la demeure de Dominique Poitras. Comment avait-il pu oublier qu'il avait trouvé cette clé dans son portefeuille? Il avait dépensé presque tout l'argent qu'il contenait. Dommage qu'il ne puisse utiliser les deux cartes de crédit. C'était bête d'avoir en sa possession une carte Or et une Argent sans avoir le loisir de s'en servir, mais il résistait à la tentation. Il n'était pas assez stupide pour laisser ce genre d'indices aux enquêteurs. Il devrait se décider à les revendre. Il avait besoin d'argent!

Il sursauta en entendant des voix; venaient-elles de l'extérieur ou du mur mitoyen de ce cottage? Il s'arrêta, le cœur battant. Est-ce que les voisins de Dominique Poitras s'étaient aperçus de sa présence? Quand? Comment? Il avait attendu que les lumières soient éteintes dans les cottages voisins avant de briser les scellés et d'insérer la clé dans la serrure. Il avait failli faire demi-tour en se remémorant son premier et dernier passage chez Dominique Poitras; y avait-il toujours autant de sang sur le tapis ou avait-on procédé au nettoyage? Ça faisait tout de même plus de deux semaines… Mais pouvait-il renoncer à cette planque inespérée? S'il faisait preuve de discrétion, les voisins ne sauraient pas qu'il était là. Il n'avait qu'à rester dans le noir, ne pas écouter la radio ou regarder la télé tant que ces gens ne seraient pas partis au boulot. En s'allongeant sur le canapé, il s'était répété qu'il devait se lever tôt pour surveiller le départ des travailleurs en se postant derrière le store du salon.

Il dénombrait maintenant trois voix provenant de la rue: celles d'un homme, d'une femme et d'un gamin qui protestait, qui refusait d'apporter son lunch à l'école. Il entendit une porte claquer, une certaine vibration dans les murs, la voix d'un autre homme qui saluait le père de famille. Le voisin immédiat de Poitras était aussi parti? Il aurait voulu vérifier son hypothèse, mais il ne pouvait s'approcher de la fenêtre. Il dressa l'oreille, capta un bruit de moteur, puis un second. Les voisins levaient enfin le camp. Desgagné s'avança vers la cuisine, vit la machine à expresso, saliva à l'idée d'un bon café, ouvrit le réfrigérateur et inspecta le contenu. Des yogourts, des oranges, du pain aux neuf grains, du beurre, du fromage qui avait séché, de la confiture. Ce serait suffisant pour un petit déjeuner.

Desgagné jura en constatant qu'il ne restait plus de café dans le moulin. Il ouvrit les armoires sans en découvrir, pesta à nouveau. Il avait vraiment besoin d'un café! Il serra les dents, maîtrisa son envie de frapper la planche à découper sur le comptoir. Comme s'il devait encore se faire discret. Alors que les voisins étaient partis. Parce qu'ils avaient un emploi, eux.

Ces gens n'étaient pas obligés de faire semblant d'aller au bureau pour donner le change. Pour éviter les questions idiotes et les airs de pitié que n'aurait pas manqué de lui adresser Rachel. Elle aurait eu des paroles apparemment compatissantes, mais en fait chargées de mépris, et il était certain qu'elle aurait téléphoné à sa sœur dès son arrivée chez Physi'Os pour lui raconter qu'il avait perdu son travail. Ou elle aurait tout dit à Annie, leur voisine. Ou à ses collègues. À ce Dominique qu'elle vénérait! On l'aurait plainte. Mais c'était lui, la victime! Par la faute de Simone Nadeau! Si cette gouine n'avait pas remplacé son ancien patron chez Campbell, tout ce qui s'était passé ces derniers jours n'aurait jamais eu lieu. Mais pourquoi l'avait-on nommée à ce poste? Pourquoi avait-il fallu qu'elle le prenne en grippe et le mette à la porte? Il n'avait rien fait pour lui déplaire. Rien. Sauf qu'il était un homme et qu'elle voulait s'entourer de femmes.

Maudite vache!

:  :

*Le 26 mars, 8 h 30*

Tiffany McEwen sortit un bagel d'un sac de papier et en offrit la moitié à Maud Graham qui esquissa un geste de refus.

— J'ai déjeuné. J'ai plutôt besoin d'un bon thé pour m'éclaircir les esprits après ce que tu viens de me raconter.

— Oui, drôle d'histoire, fit Tiffany avant de mordre dans le bagel et de se barbouiller le menton de fromage à la crème.

Graham saisit son carnet pour relire les notes qu'elle avait prises, tandis que McEwen lui rapportait ce que son contact de La Malbaie lui avait dit la veille.

— Il semblerait que Diana… enfin, Nadia, ait été dès son adolescence le genre de personne qui se trouve à la mauvaise place au mauvais moment. Elle était revenue chez ses parents pour une semaine de vacances quand Mathieu Buissières s'est tué.

— Elle avait dix-sept ans à l'époque, c'est bien ça?

Tiffany hocha la tête.

— Il n'y a rien de pire qu'un adolescent pour faire des folies, marmonna Graham. Et je ne parle pas uniquement de suicide… Jusqu'à tout récemment, j'avais peur que Maxime tente d'impressionner ses amis ou une fille et qu'il se mette en danger.

— Comme marcher sur un toit ou sur le bord d'une falaise pour prouver qu'on n'a pas peur ?

— D'après ce que Diana a raconté aux enquêteurs à l'époque, lut Graham dans son carnet, le garçon se serait trop avancé vers le cap. Il faisait noir.

— L'enquête a conclu à un accident.

— Oui, mais Stéphane, le meilleur ami de Mathieu a raconté aux policiers que Diana voulait rompre avec lui. Et qu'il voulait tout tenter pour la faire changer d'idée. Que Mathieu voulait la demander en mariage. Qu'elle a refusé et qu'il s'est jeté dans le vide.

— Mais ce n'était pas la version de Diana. Selon ce qu'elle a dit aux enquêteurs, ils étaient allés se promener. Tout à coup, le chien de Mathieu s'est mis à gémir. Mathieu a couru vers lui, a trébuché et est tombé de la falaise. C'est plausible.

— Diana a dû être traumatisée par cette tragédie, soupira Graham. Je me souviens, à l'annonce de la mort de Dominique Poitras, elle m'a dit qu'elle portait malheur.

— À l'enterrement, Stéphane a crié devant tout le monde qu'elle était responsable de la mort de Mathieu. Qu'elle l'avait poussé dans le vide. Il l'a traitée de meurtrière.

Des coups frappés à la porte de la salle d'interrogatoire poussèrent Graham à regarder sa montre ; était-il déjà neuf heures ? Elle avait demandé qu'on les avertisse dès que Mathilde Saint-Onge se présenterait à l'accueil.

Est-ce que celle-ci pourrait apporter des détails au récit de cette tragédie ? Au téléphone, elle avait répété qu'elle n'avait eu aucune nouvelle de Nadia depuis des années, mais qu'elle était à leur disposition pour aider les enquêteurs si Graham le souhaitait.

— Habituellement, c'est plutôt l'inverse, les gens sont réticents. Je lui ai proposé d'aller la voir à son bureau, mais elle a préféré venir ici.

— Elle doit espérer qu'on lui en dira plus sur son amie, suggéra McEwen. Ou elle est poussée par la curiosité. Pour avoir quelque chose à raconter à son prochain cinq à sept avec ses copines.

Avant de sortir de la pièce pour aller à la rencontre de Mathilde Saint-Onge, Maud Graham se lissa les cheveux et ajusta son chandail sur ses hanches, tira sur les manches, replaça sa chaîne. Et s'en trouva ridicule : ce n'est pas parce que Mathilde Saint-Onge avait créé une ligne de vêtements qu'elle devait faire des efforts pour mieux paraître devant elle.

Quand elle la vit à l'accueil, elle se félicita néanmoins d'avoir mis son chandail en cachemire vert au lieu du vieux pull gris qu'elle aurait enfilé avant de quitter la maison si elle l'avait trouvé. Mathilde Saint-Onge portait sous son manteau entrouvert un pantalon et un chandail fauve conçus pour l'intérieur, mais si élégants qu'ils pouvaient être portés au-dehors. L'ensemble était une parfaite réclame de la réputation d'élégance qui avait fait connaître la ballerine reconvertie en designer. Graham lui tendit la main, nota le large jonc de diamant au majeur. Rien à l'annulaire. Ce qui ne signifiait pas nécessairement qu'elle était célibataire.

— Merci de vous être déplacée.

— Avez-vous des nouvelles de Nadia ?

Graham secoua la tête.

— Pas encore. C'est vraiment gentil de nous accorder du temps.

— Je ne pouvais pas refuser de rencontrer les enquêteurs qui tentent de retrouver Nadia ! Quand Suzanne Fournier m'a dit que vous la recherchiez, j'ai été plongée des années en arrière. Au moment de sa disparition. Depuis tout ce temps, je me demande ce qui lui est arrivé.

— Vous l'avez crue morte ? s'enquit Graham en l'invitant à les suivre.

— Oui. Non. Ça dépendait des jours. Je me disais qu'elle m'aurait fait signe si elle était vivante. En même temps, il me semblait que je l'aurais senti si elle était décédée. On était si proches quand on était jeunes.

— Vous avez dû être très surprise quand M^{me} Fournier vous a donné des nouvelles ? dit Tiffany McEwen.

— Je... J'avais peur de rêver, de me tromper, que ce ne soit pas Nadia. Mais c'est bien elle sur cette photo. On était si heureuses d'être ensemble à New York. On ne se doutait pas de ce qui nous attendait. Je ne pouvais pas imaginer que je serais renversée par une voiture à la fin de cet été-là. Je n'ai plus de regrets aujourd'hui, j'ai réussi ma reconversion, mais sur le coup... Quand je regarde cette photo, je pense à Jim qui est mort du sida. Puis à Nancy qui s'est blessée, à Nadia qui a disparu. La malchance s'est vraiment abattue sur notre troupe.

— C'est curieux que vous parliez de malchance, dit Graham en poussant la porte d'une salle de réunion. On nous a raconté une histoire étrange à propos de Nadia. On l'avait accusée de porter malheur, après la mort de son ami Mathieu. Qu'est-ce que vous savez de ce drame ?

Mathilde prit le temps de s'asseoir avant de répondre à la question et Graham se demanda si elle l'avait fait sciemment ou non.

— Pas grand-chose, finit-elle par murmurer.

— Est-ce que Nadia voulait rompre avec Mathieu ? Elle n'avait que dix-sept ans.

— Elle l'aimait bien, mais la danse prenait toute la place. Elle a dû le lui faire comprendre. Peut-être qu'elle a manqué de tact. Elle pouvait parfois être très directe, maladroite. Mais de là à l'accuser d'avoir poussé Mathieu au suicide... Je l'ai dit à Stéphane à l'époque, mais il ne voulait pas en démordre. Il cherchait un coupable à la chute de Mathieu. J'ai essayé de le calmer, même si je comprenais Nadia. J'ai moi aussi quitté Stéphane pour la danse.

— Si la danse était si importante pour Nadia, comment expliquez-vous qu'elle ait cessé toute activité en se mariant ?

Mathilde Saint-Onge haussa les épaules .

— Nadia a épousé un millionnaire. Elle a dû prendre goût au luxe, le préférer au travail acharné, à l'inconfort des tournées. Préférer vivre dans un palace au lieu de partager notre appartement trop petit à New York.

— Comment a-t-elle rencontré Ken Formann ?

— Le plus banalement possible. Dans un bar de Madison.

— C'était un coup de foudre ? avança McEwen.

— Comme dans les romans, oui. J'étais sa demoiselle d'honneur aux noces.

— Ils se sont mariés, mais ils n'ont pas été heureux très longtemps et n'ont pas eu d'enfants, si Nadia a disparu après deux ans de mariage. Je suppose que vous avez été une des premières à apprendre sa disparition.

— En effet. C'était tellement irréel !

— Qui vous a annoncé cette disparition ?

Mathilde Saint-Onge frotta son index entre son pouce et son majeur gauches. Comment pouvait-elle hésiter à répondre ? Elle devait parfaitement se souvenir d'une telle nouvelle.

— Tout le monde m'a appelée en même temps : la sœur de Nadia, Stéphane, Ken. Puis les enquêteurs. Ils espéraient que je puisse leur apprendre quelque chose. Mais je ne savais rien. Nadia n'a jamais communiqué avec moi.

— Vous étiez pourtant très amies, si elle vous a choisie comme demoiselle d'honneur.

— Avec sa sœur. Oui, on était amies. Mais je suppose que je ne la connaissais pas autant que je le croyais. Depuis l'appel de Suzanne Fournier, je me demande pourquoi Nadia ne m'a jamais donné de nouvelles! Elle est installée à Québec depuis plusieurs mois. J'ai une maison ici. Qu'est-ce que ça veut dire? Je ne comprends rien…

— Nous non plus, avoua Graham.

— Suzanne Fournier m'a dit que l'ami de Nadia était mort. Quel ami? Qu'est-ce qui s'est passé?

— Vous n'avez pas entendu parler du meurtre du propriétaire de Physi'Os? Il y a deux semaines?

— J'étais à Vancouver. Qui l'a tué?

— C'est ce qu'on voudrait savoir. On devait rencontrer Nadia, mais elle a disparu. C'est inquiétant.

— J'ai appelé sa mère, révéla Mathilde Saint-Onge, après avoir parlé à M$^{me}$ Fournier. Elle a paru aussi surprise que moi d'apprendre que sa fille vivait à Québec depuis plusieurs mois. Sa propre mère! Elle ne l'a pas vue depuis des années! Dans quoi Nadia s'est-elle fourrée? Je… enfin, je m'exprime mal, mais c'est…

La femme ramena les pans de son manteau vers elle comme si elle avait subitement froid.

— Comment s'entendait-elle avec son mari?

— Bien. Enfin, je suppose. Nous avons eu de moins en moins de contacts après son mariage. Je ne l'ai vue qu'une seule fois. Comme si… Non…

— Comme si? répéta Graham.

— Je n'étais plus assez bien pour elle. La preuve, c'est qu'elle ne m'a pas rappelée depuis qu'elle est ici.

— Et si c'était l'inverse? Si elle a suivi votre carrière, elle connaît votre réussite. Alors qu'elle a un modeste boulot dans une clinique vétérinaire.

— Je me demande vraiment ce qui lui est arrivé.

— Quel genre d'homme est Ken Formann?

— Ken? Je l'ai à peine connu, affirma Mathilde Saint-Onge.

— Vous deviez tout de même être curieuse de rencontrer celui qui avait détourné Nadia de sa passion? insista Graham en notant que son interlocutrice frottait à nouveau ses doigts.

— C'était un homme très pris par ses affaires. Avant le mariage, je l'ai vu deux fois, c'est tout.

— Mais il vous a appelée quand Nadia s'est volatilisée.

— Oui, évidemment.

— Qu'est-ce qu'il vous a dit?

Mathilde Saint-Onge fronça les sourcils, s'humecta les lèvres.

— Je ne m'en souviens pas. J'étais sous le choc.

— Il croyait qu'elle était chez vous?

— Je… je ne me rappelle pas.

— Êtes-vous restés en contact par la suite?

— On s'est parlé quelques fois en espérant que l'un ou l'autre aurait du nouveau, mais ce n'est jamais arrivé. C'est Suzanne Fournier qui m'a donné des nouvelles de Nadia au bout de tout ce temps. Et j'espère que vous pourrez bientôt m'en apprendre davantage. Vous croyez vraiment qu'elle est mêlée à un meurtre?

— Non, dit Graham sans quitter Mathilde Saint-Onge des yeux.

Elle y lut un certain désarroi qu'elle ne put définir: déception ou soulagement? Éprouvait-elle de la rancune envers cette amie qui semblait l'avoir oubliée?

— Il est possible qu'elle communique avec vous, maintenant, dit McEwen.

— Après des années? Et après des mois à Québec?

— Elle a des ennuis. Ça change la donne. On compte sur vous pour nous en informer si…

— Ça n'arrivera pas.

Maud Graham remercia à nouveau Mathilde Saint-Onge d'être venue jusqu'au poste et pria McEwen de raccompagner leur visiteuse à la sortie. Demeurée seule dans la salle de réunion, Graham se demanda combien de fois cette femme leur avait menti. Puis elle consulta sa montre: elle avait le temps de siroter un thé avant son rendez-vous de onze heures avec le sergent-détective Pavel Grundal. De leur côté, Joubert et Nguyen recevraient le capitaine

Louis Kestlin. Ils feraient le point tous ensemble après le départ des deux étrangers.

Deux hommes qui s'étaient déplacés juste pour Nadia/Diana. Qui était réellement cette femme ?

:  :

Il était près de onze heures trente quand le capitaine Louis Kestlin s'était présenté à Nguyen et Joubert qui échangèrent quelques formules de politesse et lui offrirent un café, avant de l'entraîner vers un bureau où l'attendaient des documents sur Diana Roberts, alias Nadia Gourdeault.

— Il y a son adresse à Québec, celle où elle habitait à Montréal, celle de son employeur actuel. Nous vous les avons fait parvenir par courriel, mais au cas où…

— Les relevés téléphoniques ?

— Pas encore, dit Joubert. Nous n'avons pas reçu le mandat, mais ça ne devrait plus tarder.

— Si j'ai bien compris la situation, vous vous intéressez à Nadia Gourdeault parce que son ami a été tué ? fit Kestlin.

— Oui, confirma Joubert, nous nous demandons pourquoi Diana s'est évanouie dans la nature, alors qu'on recherche le meurtrier de son amoureux.

— Lequel travaillait avec une jeune femme, Rachel Côté, ajouta Nguyen, qui a été tuée quelques jours plus tard par son conjoint, Christian Desgagné. Deux morts en moins de deux semaines à Québec, c'est anormal. On espérait que Diana Roberts pourrait nous dire si elle connaît le mari de Rachel, si elle détient des informations sur Desgagné, mais elle a disparu. Depuis, on a appris que Desgagné a un passé de délinquance, vols en tous genres. Il s'est volatilisé, lui aussi. On sait qu'il a dormi dans un motel, mais on a perdu sa trace ensuite.

— On a besoin d'en savoir plus sur Diana, ou Nadia comme vous l'appelez… Votre appel nous a étonnés. On a envoyé sa photo dans tous les postes de police, à la Sûreté, à la GRC en espérant qu'un autre avis de recherche recoupe le nôtre. Si on avait su son vrai nom, on aurait appris plus tôt sa disparition au moment où elle habitait à Toronto. Nous avons été surpris par la rapidité de votre réponse.

« Et que vous vous déplaciez en personne », pensa Joubert en se remémorant la réaction de Rouaix lors d'une courte réunion quand il avait appris la venue de deux enquêteurs de l'Ontario.

— C'est inhabituel, avait commenté Rouaix. Vous leur avez transmis les infos qu'ils demandaient. Pourquoi se déplacent-ils ?

— Et si rapidement ! avait renchéri Maud Graham. Grundal m'a dit qu'il avait une longue histoire à raconter à propos de Diana Roberts. Ça ne m'explique pas pourquoi il ne s'est pas contenté de me livrer ces détails par téléphone. Qu'est-ce que ça leur donne de venir ici, à ces gars de l'Ontario ? Alors qu'ils savent qu'ils ne peuvent même pas rencontrer Diana puisqu'elle s'est volatilisée.

— Mêmes questions pour moi, avait ajouté Michel Joubert qui avait discuté au téléphone avec Louis Kestlin. Il faut que Diana soit vraiment importante à leurs yeux pour que deux enquêteurs fassent le voyage. Et ils ne viennent pas du même coin. Hamilton est à deux cents kilomètres du centre-ville de Toronto.

— Ce qui est aussi surprenant, avait dit Rouaix, c'est qu'ils l'aient reconnue immédiatement. Ça fait des années qu'elle a disparu.

— Elle n'a pas tellement changé, même si elle a modifié son apparence, l'avait contredit Nguyen. Cette femme a une beauté particulière…

— Il faut qu'on sache pourquoi ces enquêteurs s'intéressent à ce point à Diana, avait déclaré Graham.

Michel Joubert observait maintenant Louis Kestlin qui feuilletait les documents.

— C'est une chance que vous ayez reconnu Diana, enfin Nadia Gourdeault…

— Ce n'est pas moi qui l'ai reconnue, le corrigea Kestlin, mais notre patron. Il se demande depuis des années ce que cette femme est devenue. Sa disparition avait fait un peu de bruit, car elle était mariée à un homme d'affaires très en vue à Toronto. Puis cette histoire est tombée dans l'oubli.

— Enterrée sous d'autres dossiers, fit Nguyen, compréhensif. On a un autre enquêteur qui s'intéresse à Nadia Gourdeault. Un certain Grundal qui croit aussi avoir reconnu Diana Roberts.

— Grundal? répéta Kestlin.

— Vous le connaissez?

Kestlin secoua la tête. Ce nom ne lui rappelait rien. Grundal?

— Il est aussi de Toronto? s'enquit-il.

— D'Hamilton, dit Joubert.

Qu'est-ce qu'un mec d'Hamilton venait faire à Québec? se demanda le capitaine. Se pouvait-il que Nadia se soit installée si près de Toronto après avoir quitté le domicile conjugal? Qu'avait-elle fait à Hamilton qui puisse intéresser ce Grundal?

— Il s'entretient actuellement avec notre supérieure, Maud Graham, précisa Nguyen.

— Que pouvez-vous nous apprendre sur Diana? demanda Joubert. Enfin, Nadia… De sa vie à Toronto?

— Pas grand-chose, je le crains, fit Kestlin. Elle s'est mariée avec Ken Formann pour disparaître deux ans plus tard. Je ne vous ai pas tout révélé par téléphone parce que, au moment où je vous ai parlé, je n'avais pas encore interrogé le mari de Nadia Gourdeault. En fait, on n'a jamais su ce qui s'était réellement passé.

— Que voulez-vous dire? dit Joubert en fronçant les sourcils.

— Quand Ken Formann a signalé la disparition de sa femme, il a raconté qu'un ou des inconnus l'avaient assommé et qu'il ne s'était aperçu de l'absence de Nadia qu'en reprenant connaissance. Il avait alors cru que sa femme avait été enlevée, qu'il recevrait une demande de rançon. C'était pour cette raison qu'il n'a pas appelé tout de suite la police. Il ne voulait pas mettre la vie de Nadia en péril.

— C'est idiot, laissa tomber Nguyen.

— Oui, il n'a parlé aux enquêteurs qu'une semaine après la disparition de sa femme! S'il avait cru, au moment des faits, que sa femme avait été kidnappée, il avait changé d'idée. Il croyait plutôt que c'était Nadia qui l'avait agressé. Parce que cent mille dollars avaient disparu de son coffre-fort.

— Quoi? s'exclamèrent Nguyen et Joubert.

— Oui, il paraît qu'elle était la seule à connaître la combinaison du coffre. Elle se serait donc enfuie avec un joli magot...

— Enfuie sans laisser aucune trace? s'étonna Joubert.

— Rien. On l'a recherchée, évidemment. Mais, en une semaine, elle avait eu tout le temps nécessaire pour franchir la frontière.

— Aucune piste? reprit Nguyen.

— Aucune. Je ne sais pas ce que ça vaut, mais Formann a l'air de croire que sa femme avait un complice.

— Un autre homme? fit Joubert.

— Oui, mais je n'en sais pas plus. Je compte sur vous pour m'aider à me faire une idée de la situation. Et si l'homme qui a été assassiné était celui avec qui elle est partie?

— Non, l'arrêta Nguyen. Diana ne connaissait Dominique Poitras que depuis quelques mois.

— Vous n'avez vraiment aucune idée de l'endroit où se cache Nadia Gourdeault?

— Non. Et cela nous inquiète, avoua Joubert. On dirait que cette femme s'entoure de mystère. En tout cas, il ne lui reste rien des cent mille dollars si c'est vraiment elle qui les a dérobés. Elle vit ici dans un quartier populaire, travaille dans une clinique vétérinaire...

— Vous avez interrogé ses collègues, bien sûr. Et ses voisins et amis.

— Ça n'a pas été trop long. Elle est plutôt sauvage.

— Avec votre permission, j'aimerais les rencontrer. Même si je doute d'apprendre quoi que ce soit de plus. J'ai pu lire les comptes rendus que vous m'avez envoyés…

— C'est maigre, déplora Joubert. Mais nous vous fournirons l'assistance nécessaire, si vous le souhaitez.

— Il y a bien quelqu'un qui sait où est cette femme, soupira Louis Kestlin.

Joubert se contenta de hausser les épaules, songeant que Diana avait encore plus de secrets que Graham ne l'avait supposé. Il repensa au faux passeport de Diana ; Graham aurait dû se rendre chez elle avant qu'elle disparaisse. Il ne comprenait toujours pas ce qui l'avait freinée et n'aimait pas la découvrir faillible. Quelle tête ferait-elle en entendant parler des cent mille dollars ?

: :

Christian Desgagné avait les yeux rivés sur l'écran de télévision où il avait vu sa photo et celle de Rachel, puis des images de leur appartement, de leur rue. C'était là, avait dit le présentateur du journal télévisé, qu'une jeune femme avait été sauvagement battue. Elle avait succombé à ses blessures à l'hôpital, malgré les efforts des médecins pour la sauver. On recherchait activement son mari, un homme blond aux yeux bleus dans la trentaine. Les enquêteurs invitaient la population à leur faire part de tout renseignement pouvant leur être utile. L'homme pouvait être dangereux.

Sa photo était apparue de nouveau en gros plan puis elle avait disparu, remplacée par une carte de la région où on annonçait un refroidissement inhabituel pour la fin mars.

Sa photo. À la télévision.

Et sûrement sur Internet. Dans les journaux !

Et Rachel qui était morte. Voyons donc! C'était impossible, il n'avait pas frappé si fort. Il y avait eu des complications à l'hôpital. Elle avait dû attraper un virus, faire une infection.

Ou les enquêteurs mentaient pour le piéger. Oui, c'était une ruse.

S'ils pensaient qu'il était assez idiot pour tomber dans le panneau, ils se trompaient. Aucun d'entre eux ne pouvait imaginer qu'il s'était réfugié chez Dominique. Il était à l'abri pour l'instant, mais il devrait modifier son apparence, se couper les cheveux, les raser. Il changerait de vêtements, porterait un des manteaux de Dominique Poitras quand il sortirait, une tuque. Et il filerait hors de Québec.

Merde! Sa plaque d'immatriculation. Les policiers devaient tous la connaître.

Il retourna à la cuisine, fouilla dans les armoires. Comment Poitras pouvait-il avoir une machine à expresso et ne pas avoir de café? Il trouva des sachets de thé, les fixa un moment. Il n'aimait pas le thé, mais il avait envie d'un breuvage chaud. Il but quelques gorgées, puis dénicha une bouteille de brandy derrière un sac de raisins secs. Il l'attrapa et avala une rasade qui le fit tressaillir.

Que devait-il faire maintenant?

Il se dirigea vers la fenêtre, jeta un coup d'œil à l'extérieur. La rue était parfaitement calme, presque déserte. Tout le monde était parti au travail. Il restait néanmoins trois voitures du côté gauche de la rue. Pouvait-il emprunter l'une d'entre elles? Quand il était jeune, il était plutôt doué pour crocheter les serrures. Il trouverait bien des outils chez Poitras pour y parvenir. Adolescent, il avait forcé des dizaines de serrures, changé des dizaines de plaques d'auto. C'était même cette aisance qui l'avait mené au tribunal de la jeunesse. Il saisit la bouteille et but à même le goulot avant de se mettre en quête d'un tournevis.

: :

En l'absence de leur patron, Rouaix et Graham squattaient son bureau. Graham observait Pavel Grundal tandis qu'il répondait aux questions de son partenaire. Le sergent-détective avait tenu à s'exprimer en français, heureux d'utiliser cette langue qu'affectionnait sa mère.

— Vous nous avez dit que vous aviez entendu parler de la disparition de Diana... enfin, de Nadia Gourdeault, par votre oncle.

— Oui, mon oncle Milan, qui était alors enquêteur, s'intéressait depuis plusieurs mois aux activités de son mari, Ken Formann. Parce que deux de ses concurrents en affaire étaient morts à trois ans d'intervalle. Malcolm Kyle et Derek Hopkins.

— Votre oncle a fait part de ses soupçons à des collègues ?

— Évidemment. Mais on lui a dit qu'il avait trop d'imagination. Puis la femme de Formann s'est volatilisée, et lui, il n'a déclaré cette disparition qu'une semaine après les événements. Il paraît qu'on l'aurait assommé et, à son réveil, Nadia avait disparu. Il aurait d'abord cru qu'elle avait été enlevée. Il n'avait donc pas osé appeler la police et il avait attendu la demande de rançon.

— Vous semblez en douter ?

— J'ai lu les dossiers de mon oncle. Formann a ensuite servi une version où Nadia l'aurait agressé et s'était enfuie après l'avoir volé.

— Volé ?

— On n'a jamais su quoi au juste. Formann a dit qu'elle avait ouvert le coffre-fort. Dans ce cas, pourquoi a-t-il mis une semaine à s'en apercevoir ? Mon oncle pensait plutôt que Nadia avait pu être témoin de quelque chose d'incriminant pour Formann. Et qu'il s'en était débarrassé.

— Aussi simplement ? s'étonna Graham.

— Mon oncle a toujours dit que Formann était capable de tout. Il était persuadé que Formann n'est pas l'honnête homme d'affaires qu'il prétend être. Ni le mari bouleversé qui souhaitait connaître la vérité. Mais mon oncle est mort et...

— Vous avez hérité de ses questions, avança Rouaix.

Pavel Grundal lissa ses cheveux avant de hocher la tête.

— Oui, j'ai hérité de ses questions. Et de son entêtement. Je vais vous raconter tout ce que je sais. Même si on ne se connaît pas…

Graham se contenta d'esquisser un vague geste d'assentiment ; Grundal avait-il flairé sa méfiance ?

— J'étais adolescent quand Nadia a disparu, reprit-il. Je me rappelle pourtant sa photo dans le journal. Elle était tellement belle ! Quand j'ai vu l'image que vous nous avez envoyée, je l'ai imprimée et montrée à ma mère. Elle se souvenait aussi de cette disparition. Mon oncle lui en avait parlé. Ce n'est pas parce qu'il travaillait dans un poste de banlieue qu'il ne savait pas comment les choses fonctionnaient à Toronto.

— Quelles choses ?

— Les trafics de toutes les grandes villes. La corruption. Ken Formann a gagné beaucoup d'argent très rapidement.

— Et ça n'a pas éveillé la curiosité des enquêteurs qui recherchaient sa femme ?

— Apparemment non. Mon oncle a pourtant continué à fouiller. Puis il a été victime d'un accident de la route.

— Un accident ? fit Joubert.

— Ma mère et moi sommes persuadés que ça n'en était pas un. Que Formann était derrière tout ça. Et qu'il avait appris que mon oncle s'intéressait à lui. C'est pourquoi je suis ici : le moindre détail que vous m'apprendrez me sera utile. J'ai lu les documents que vous m'avez envoyés, mais d'autres éléments peuvent vous revenir à l'esprit, après ce que je viens de vous raconter.

Grundal tira une clé USB de la poche de son veston et la tendit à Maud Graham.

— Je vous ai fait une copie de tous les dossiers qui se rapportent à Ken Formann. Au cas où vous pourriez établir certains recoupements.

— Des années d'enquête, évalua Rouaix. Vous n'avez jamais cessé de vous intéresser à Formann.

— Jamais. Avec plus de prudence que mon oncle, cependant. Formann semble avoir plusieurs prête-noms pour des achats et ventes de compagnies de transport. J'ai parlé aux familles de ses concurrents. Ils m'ont appris des choses passionnantes, mais j'avance très lentement. J'espère néanmoins obtenir la certitude, en venant ici, que c'est bien Nadia Gourdeault qui a refait surface à Québec. Et je veux savoir pourquoi elle a disparu durant toutes ces années. Il faut que je lui parle!

— Au cas où elle détiendrait des informations sur Formann qui vous permettraient de le coincer? dit Graham.

Pavel Grundal hocha la tête.

— Vous aimiez beaucoup votre oncle.

— Il a été très présent quand mon père nous a quittés, confia Grundal. Je vous ai aussi apporté le rapport d'enquête sur sa mort. Afin que vous sachiez que je ne vous mène pas en bateau.

— Vous semblez croire qu'on se méfie de vous, nota Rouaix. Alors qu'on a envoyé cette photo parce qu'on avait besoin d'aide extérieure.

— Peut-être que c'est parce que je suis moi-même sur mes gardes? admit Grundal. Vous n'avez vraiment aucune idée de l'endroit où peut être Nadia Gourdeault?

Graham eut un soupir de découragement. Diana/Nadia pouvait être n'importe où…

— J'aimerais en savoir davantage sur cet homme qu'elle connaissait et qui a été tué, la pria Grundal.

— Tout le monde aimait Dominique Poitras, expliqua Graham. Adoré par ses employés et ses patients. Un homme généreux, menant une vie tranquille.

— Il y a pourtant quelqu'un qui le détestait.

André Rouaix expliqua le lien qu'ils avaient établi entre Poitras et Desgagné.

— Rachel Côté, la femme de Christian Desgagné, travaillait chez Physi'Os. On sait maintenant que Poitras s'est informé auprès de Germain Francœur, un de ses amis et, par hasard, collègue de Desgagné : il voulait savoir quel genre d'homme était le mari de Rachel. Pourquoi s'est-il intéressé à lui ?

— Desgagné l'aurait tué juste parce qu'il fouinait dans ses affaires ? Comment l'aurait-il su ?

Graham apprit à Grundal que Desgagné avait perdu son emploi, mais faisait semblant de continuer à aller au boulot. Pourquoi avait-il caché tout ça à sa femme ?

— Parce qu'il se sentait humilié ?

— Probablement, fit Rouaix. Mais il a pu aussi s'imaginer que Rachel avait une aventure avec Poitras. Admettons qu'il utilisait ses loisirs à surveiller Poitras, que celui-ci s'en soit aperçu, qu'il ait confronté Desgagné ? Ce ne sont que des conjectures, mais le lien entre Poitras et Desgagné est réel. Et Nadia Gourdeault, qui était l'amie de Poitras, a disparu en même temps que Christian Desgagné.

— Je ne peux pas croire que Nadia Gourdeault a échappé à Formann pour être ensuite la victime de ce type ! s'écria Pavel Grundal. Pourquoi est-ce si difficile de la retrouver ?

— Parce qu'elle est habituée de se cacher depuis un bon bout de temps, marmonna Graham. Parce qu'elle est très solitaire.

— On va rejoindre Joubert et Nguyen. Ils s'entretiennent avec un enquêteur de Toronto. Peut-être aura-t-il de son côté des précisions à nous apporter ?

— De Toronto ?

— Vous n'êtes pas le seul à vous soucier de Diana. Enfin, Nadia... peu importe, cette femme cristallise notre intérêt. Le capitaine Kestlin est arrivé de Toronto quelques minutes après vous. Vous le connaissez ?

— Non. De quel district ?

— Je l'ignore.

— Kestlin sait-il que je suis venu ? s'inquiéta Grundal.

— Peut-être que Joubert le lui a appris, mais je devine que vous ne souhaitez pas qu'on sache que vous vous intéressez aussi à Nadia.

— Je ne sais pas qui est ce Kestlin ni pour qui il travaille. Dites-lui que j'avais cru reconnaître une femme disparue il y a cinq ans à Hamilton, mais que je me suis trompé. S'il fait des vérifications, il verra qu'on nous a effectivement signalé une disparition.

Il marqua une pause avant de dire à Graham et à Rouaix qu'il fallait retrouver Nadia Gourdeault, car Formann ne la lâcherait pas. Il devait craindre qu'elle sache trop de choses.

— J'espère sincèrement que vous découvrirez dans le document que je vous ai remis des éléments qui évoqueront quelque chose pour vous. Je les ai tellement lus que je ne les vois plus, je n'ai pas de recul. Ce serait bien de faire le point en fin d'après-midi si c'est possible pour vous.

Maud Graham hocha la tête en signe d'assentiment.

— Mais pourquoi Formann craint-il que Gourdeault le dénonce maintenant ? dit Rouaix. Alors qu'elle s'est fait oublier durant toutes ces années ? C'est illogique.

— Peut-être, admit Grundal. Je pense que Formann veut tout simplement la détruire. Croyez-vous que je pourrais aller chez Nadia Gourdeault ? Après avoir vu ses collègues ? Parfois, un œil extérieur peut être utile…

— On vous fournira toutes les autorisations nécessaires. Un agent peut vous accompagner. Disons en fin d'après-midi ? Je vous appellerai d'ici quinze heures.

Rouaix entraîna Grundal vers la sortie de secours tandis que Maud Graham revenait vers la salle de réunion où Joubert et Nguyen s'entretenaient avec Louis Kestlin à qui elle tendit la main.

— Avez-vous formellement reconnu M^{me} Roberts ? s'enquit-elle en désignant le visage de Diana sur l'écran d'un ordinateur.

— Oui, c'est bien Nadia Gourdeault.

— Tant mieux, parce que l'enquêteur d'Hamilton s'est déplacé pour rien, dit Graham à l'intention de Joubert et Nguyen.

— Pour rien?

— Ce n'est pas la femme qu'il cherchait, fit-elle d'un ton découragé. Grundal n'avait rien à nous apprendre. Et de votre côté?

— Le capitaine croit que Nadia Gourdeault s'est enfuie de Toronto avec un homme, répondit Joubert. Il n'en sait pas davantage.

— Alors on est à égalité, fit Graham.

Elle esquissa une moue à l'attention de Kestlin dont le visage aux traits appuyés lui rappelait étrangement le faciès d'un oiseau de proie. Ses sourcils en V accentuaient son regard scrutateur que n'arrivait pas à nier son sourire.

— Je suppose que vous avez retracé sa famille? fit-il.

— On a même envoyé quelqu'un là-bas, dit Joubert. Personne ne l'a vue à La Malbaie.

— Vous avez dit qu'elle avait vécu à Montréal…

— On a lancé des avis de recherche, sans résultat, dit Nguyen.

Graham tira une chaise et s'assit en face de Kestlin, posa les mains à plat sur le dossier de Diana Roberts, comme si elle voulait jouer cartes sur table.

— Pour être franche, je redoute qu'elle ait été assassinée. Desgagné a tué Rachel Côté. Et tout indique qu'il est aussi l'auteur du meurtre de Poitras. Pourquoi pas de celui de Diana Roberts?

— Vous n'avez aucune idée de l'endroit où se trouve Desgagné?

— Aucune. J'ai bien peur que vous ne vous soyez déplacé pour rien. Joubert vous avait prévenu…

— J'ai pris congé. Je vais rester ici deux jours, au cas où les choses bougeraient… Et j'irai voir ses collègues, ses voisins. La procédure habituelle. Tant qu'à être ici.

— Connaissez-vous Québec?

— Je suis venu pour la première fois dans le temps du Carnaval, j'avais vingt ans.

Joubert et Nguyen échangèrent un sourire narquois qui fit sourciller le capitaine.

— Je vous amuse ?

— Les Ontariens sont nombreux à venir ici pour le Carnaval. Parce qu'ils ont le droit de boire à partir de dix-huit ans au Québec plutôt qu'à vingt et un… Tous les patrouilleurs font l'expérience d'emmener des jeunes complètement soûls à l'hôpital pour leur éviter de mourir gelés dans les bancs de neige. Il y a déjà eu des amputations.

— Moins maintenant, protesta Graham. C'est devenu une fête plus familiale.

Joubert songea que Graham ne changerait jamais ; elle ne supportait pas qu'on critique Québec. Elle seule en avait le droit.

— En tout cas, c'est une bien belle ville, dit Kestlin. Je m'y suis installé quelques mois il y a une vingtaine d'années, j'étais amoureux d'une fille de Limoilou. Je vais être content de revoir les endroits que j'aimais. Est-ce que le café Au temps perdu existe encore ?

— C'est à Sainte-Foy, pas à Québec, le corrigea Graham.

Joubert se retint de conseiller à Kestlin d'aller plutôt boire son expresso au Hobbit, en plein cœur du quartier Saint-Jean-Baptiste.

# 13

*Le 26 mars*

Nadia Gourdeault regardait la route défiler derrière la vitre sale de l'autocar sans la voir. Elle ne remarquait ni la blancheur de la neige dans les champs, ni les toits des granges, ni les formes massives des silos à grains qui brisaient l'horizon. Elle fixait la page 43 du roman qu'elle avait commencé la veille sans réussir à se concentrer sur les personnages. Avait-elle raison ou non de rentrer chez elle? Durant ces derniers jours, elle n'avait pas cessé de changer d'idée, décidant de quitter Québec le matin pour revenir sur ce choix en après-midi. Dans la cellule du monastère où elle s'était réfugiée, elle avait écrit noir sur blanc les raisons qui justifiaient qu'elle déménage ou qu'elle reste dans son appartement. Elle en était venue à la conclusion qu'elle ne pouvait prendre une décision éclairée sans savoir ce qui était arrivé à Dominique. Il y avait une infime possibilité que Ken soit derrière toute cette histoire, oui, peut-être qu'il l'avait retrouvée, même si elle ne voyait pas comment il avait réussi, mais si c'était vraiment lui qui avait commandité le meurtre, pourquoi ne s'était-il pas manifesté auprès d'elle d'une manière ou d'une autre? S'il avait tué Dominique pour la faire souffrir, il aurait voulu, par cruauté, qu'elle le sache et qu'elle tremble en pensant qu'elle serait sa prochaine victime. Il aurait joui de sa terreur. Dans le silence du monastère, elle avait éprouvé une grande lassitude, puis étonnamment, une aussi forte détermination : elle cesserait de fuir. Parce qu'elle ne voulait pas changer de vie à nouveau. Parce qu'elle ne voulait pas quitter cette ville qu'elle aimait. Parce qu'elle appréciait Suzanne et Linda. Linda à qui elle n'avait pas à cacher les raisons de sa prudence. Elle devait se convaincre qu'il était improbable que Ken pense encore à elle après tant d'années et qu'il pouvait être responsable du meurtre de Dominique. Les gens sont en général victimes de leur entourage. C'était Maud Graham qui le lui avait dit. Et elle en avait fait elle-même la cruelle expérience.

Il fallait chercher plus près de Dominique. Mais qui ?

Elle ne pouvait s'empêcher de penser à Christian Desgagné ; s'il avait su que Dominique avait donné la carte de la Maison verte à Rachel, il avait pu s'imaginer qu'il y avait plus qu'une relation d'amitié entre eux. Ken voyait d'hypothétiques amants dès qu'ils sortaient de la maison. N'importe qui pouvait attiser sa jalousie maladive : un voisin de table au restaurant, le médecin qu'elle consultait, l'informaticien qui était venu installer l'ordinateur à leur résidence. Même les femmes n'échappaient pas à sa suspicion. Si Desgagné était aussi taré que Ken Formann, il avait fort bien pu croire que Rachel s'était éprise de Dominique. Et l'avoir éliminé.

Nadia avait dû scruter son âme et s'avouer qu'elle avait aussi songé à quitter la capitale parce que Dominique était mort ; elle mesurait avec d'infinis regrets qu'elle était beaucoup plus attachée à lui qu'elle ne l'avait cru. Mais en même temps, elle avait l'impression qu'elle trahirait sa mémoire si elle déménageait, si elle fuyait Québec que Dominique aimait tant. Il lui avait promis de l'emmener voir les oies au printemps aux chutes Montmorency. Et elle irait. Elle se rappelait une photo encadrée, dans la chambre de Dominique, une mer d'oiseaux bistre, noire et blanche, si nette, si précise qu'elle lui avait dit alors qu'on pouvait entendre les cris des bernaches. Il l'avait corrigée : il n'était pas question de simples criaillements, mais d'un formidable, assourdissant et joyeux tumulte.

Oui, elle irait à la rencontre des oiseaux au printemps.

En songeant à cette photo, elle se dit que c'était l'unique chose, probablement, qu'elle voulait garder de Dominique. Même si cette enquêtrice, Maud Graham, pensait qu'elle devait accepter le legs de vingt mille dollars, c'était cette image qui lui importait. Devait-elle la demander à la sœur de Dominique ?

L'associé de Dominique, Aymeric, pouvait sûrement les mettre en contact. Ou Maud Graham.

Mais elle devait des explications à cette dernière…

Elle referma son livre et s'étira pour attraper le journal qu'un passager descendu de l'autocar quelques minutes plus tôt avait abandonné. Elle n'avait rien su de ce qui s'était passé dans le monde durant sa retraite, mais il était temps maintenant de replonger dans la réalité.

Nadia poussa un cri de surprise horrifiée qui fit se retourner ses voisins immédiats. Ils la dévisagèrent, la trouvèrent très pâle, mais elle réussit à esquisser un geste d'excuse de les avoir dérangés. Ils se détournèrent aussitôt, soulagés. Ils avaient mesuré le retard qu'ils auraient subi si cette femme avait eu un problème nécessitant l'arrêt de l'autocar. Il y eut bien un jeune homme, quelques minutes plus tard qui jeta un coup d'œil dans la direction de Nadia, mais celle-ci relisait l'article relatant la mort de Rachel Côté pour la troisième fois.

Rachel ? Qui avait vingt-deux ans, selon l'entrefilet, un père, une mère et une sœur. Et un mari dont on était sans nouvelles depuis l'agression. Il n'était pas écrit en toutes lettres qu'il s'agissait d'un drame conjugal, mais Nadia n'avait aucun doute. On n'aurait pas imprimé la photo de Rachel et de son époux sans raison. On demandait d'ailleurs aux lecteurs qui auraient des informations à propos de Christian Desgagné de se manifester.

Nadia scruta l'image en tentant de trouver des points communs entre cet homme et son ex, se dit qu'elle était stupide d'imaginer qu'il y avait des traits caractéristiques aux tortionnaires. Ils étaient blonds ou bruns, grands ou petits, gros ou minces, jeunes ou vieux. Ils étaient monsieur Tout-le-Monde.

Elle se ravisa : Desgagné et Ken étaient tous deux de beaux hommes, au menton volontaire, aux sourcils bien dessinés, aux yeux clairs. Et froids.

Dominique avait raison de croire que Rachel était victime de violence à la maison. Il avait eu raison de remettre la carte de la Maison verte à la jeune femme. Même si elle n'avait visiblement pas servi. Christian Desgagné avait-il trouvé cette carte ? Avait-il obligé Rachel à lui dire qui la lui avait donnée ?

Elle devait appeler Maud Graham et lui faire part de ses doutes : Desgagné était peut-être le meurtrier de Dominique. Elle lui téléphonerait en arrivant à la gare du Palais. Elle était heureuse qu'il vente ce jour-là ; elle ne serait pas la seule à porter un foulard pour se protéger de la bise. Et des regards.

Quels regards ? Elle l'ignorait. Et elle aurait dû s'en balancer puisqu'elle avait pris la décision de cesser de se cacher et de fuir, mais cette résolution ne lui semblait plus aussi aisée à respecter depuis que le car se rapprochait de Québec.

Et si on l'attendait là-bas ?

Qui ?

Elle frissonna ; ces jours de retraite ne lui avaient donc rien apporté ?

Elle s'efforça de continuer à lire le journal, sourit tristement en découvrant le témoignage d'un habitant de Beauport qui avait recueilli à l'automne une oie blessée et l'avait gardée tout l'hiver dans son sous-sol. Il espérait qu'elle pourrait retrouver les siens au printemps, mais il en doutait, craignant que Bec-Noir soit rejetée par le groupe, trop imprégnée des odeurs humaines. D'un autre côté, expliquait-il, avait-il eu le choix de la prendre chez lui ? Elle serait morte s'il l'avait laissée dehors. Dominique aurait agi de la même manière, songea Nadia. Il aurait apporté l'oie au chalet, l'aurait soignée.

Pourquoi avait-il disparu ?

Des odeurs de pain grillé, de tomate, de sucre et de friture surprirent Nadia Gourdeault lorsqu'elle arriva à la gare d'autocars et elle s'étonna d'avoir subitement faim. Des gens faisaient la file en face du Subway, mais il y avait moins de monde au comptoir où on vendait des sushis et elle opta pour une barquette de huit morceaux, dégota une place près de la caisse, prit *Le Soleil* qui traînait sur la table voisine de la sienne et chercha de nouvelles informations sur le décès de Rachel. Elle n'apprit rien de plus que ce qu'elle avait lu dans *Le Journal de Québec*.

Rachel, morte. Elle ne l'avait aperçue qu'une seule fois et elle avait pourtant l'impression de la connaître. Dominique aurait été atterré par cette nouvelle. Se serait senti coupable de ne pas avoir pu la protéger. Et il aurait aidé les enquêteurs en leur disant tout ce qu'il savait.

Elle souhaitait que le mari de Rachel soit condamné pour le meurtre de celle-ci. Mais à combien d'années de prison ? Si son avocat parvenait à faire avaler aux jurés qu'il n'y avait pas préméditation, il s'en sortirait avec quoi ? Dix, douze ans ?

Alors que si Graham établissait que Desgagné était aussi l'auteur de l'assassinat de Dominique, les chances d'avoir une sentence réduite s'amenuiseraient considérablement. Elle devait appeler Graham, lui dire que c'était par Dominique que Rachel avait eu la carte de la Maison verte et que Christian, peut-être, l'avait découvert.

Elle sortit de la gare, se dirigea vers un taxi et allait donner son adresse au chauffeur quand elle s'entendit plutôt lui indiquer l'adresse de Dominique ; elle voulait récupérer la photo des oies sur les battures. Maintenant. L'esprit de Dominique était dans cette image, elle avait besoin de la revoir avant de parler à Maud Graham. Elle toucha le double de la clé de Dominique, qu'elle gardait dans un compartiment de son sac à main, et demanda au chauffeur de l'attendre.

— Je vous laisse ma valise, je reviens dans quelques minutes. Nous irons ensuite dans Limoilou.

L'homme dut se garer à une vingtaine de mètres du cottage où avait habité Dominique Poitras et Nadia lui répéta qu'elle serait rapidement de retour.

— J'ai un cadre à récupérer et on repart tout de suite. Préférez-vous que je vous donne de l'argent maintenant ?

— Je vous fais confiance.

Dans le rétroviseur, le chauffeur repéra néanmoins la maison devant laquelle sa cliente s'était arrêtée, puis son attention fut détournée par l'arrivée de deux gamins qui couraient l'un derrière l'autre en riant. Quelques minutes plus tard, il la voyait revenir vers lui les mains vides.

— Vous n'avez pas trouvé ce que vous cherchiez ?

Nadia ne répondit pas.

— Où est-ce qu'on va ?

— Je... je...

— Madame ? Ça va ?

Le chauffeur se retourna pour la dévisager.

Nadia hocha la tête et donna son adresse tout en se penchant pour regarder la maison de Dominique. Elle ne s'attendait pas à y trouver quelqu'un quand elle avait inséré la clé dans la serrure. L'homme qui lui avait fait face quand la porte s'était ouverte avait l'air aussi surpris qu'elle. Et furieux. Ils étaient restés quelques secondes sans dire un mot, puis elle avait expliqué qu'elle était l'amie de Dominique. Il avait répondu qu'il était son cousin, lui avait fait signe d'entrer en souriant, mais elle avait reculé, descendu la première marche du perron. Elle ignorait tout de cet homme, elle n'allait certainement pas le rejoindre à l'intérieur. Au cours des dernières années, elle ne s'était jamais trouvée seule dans une pièce avec un homme. Hormis Dominique. Le cousin lui avait souri, mais son regard était polaire. Cet homme ne ressemblait pas du tout à Dominique et pourtant, son visage lui semblait familier. L'avait-elle vu sur une des rares photos de famille que Dominique lui avait montrées ?

Alors que le taxi démarrait, Nadia comprit pourquoi elle croyait avoir déjà vu le cousin : c'était Christian Desgagné ! Les cheveux rasés changeaient sa physionomie, mais elle se rappelait la photo qu'elle avait regardée dans le journal et elle était certaine que c'était cet homme.

Mais que faisait-il chez Dominique ? Comment était-il entré chez lui ? Ça n'avait aucun sens !

Elle devait prévenir les enquêteurs. Elle fouilla dans son sac, récupéra son portefeuille où elle avait glissé la carte que lui avait laissée Maud Graham, saisit son cellulaire et composa le numéro.

— Graham, j'écoute.

— C'est Diana Roberts.

— Où êtes-vous ?

— À Québec. Je suis revenue.

— Où êtes-vous ? insista Graham.

Elle fit signe à Joubert de s'approcher et choisit le mode haut-parleur de son téléphone. Elle se félicita que leur troisième visiteur ontarien, le détective Marcus Reiner, soit parti quinze minutes plus tôt.

— Je viens de voir Christian Desgagné chez Dominique. Dominique Poitras.

— Quoi ?

— Je ne sais pas ce qu'il faisait là. Ni comment il est entré dans le cottage. Je ne l'ai pas reconnu tout de suite, il s'est rasé le crâne, mais c'est lui ! Et je pense qu'il est mêlé au meurtre de Dominique.

— Que savez-vous exactement ? dit Graham.

— Dominique a voulu aider Rachel. Christian a dû l'apprendre et voir Dominique comme un rival. S'il a tué Rachel, il est bien capable d'avoir assassiné aussi Dominique.

— Où êtes-vous?

— Dans un taxi, dit Nadia. Je rentre chez moi.

— Non! N'y allez pas! s'alarma Graham. Vous seriez en danger!

— Mais je… Desgagné ne viendra tout de même pas me relancer…

— Écoutez-moi pour une fois! l'interrompit Graham. Allez à l'adresse que vous avez donnée à cette jeune femme que vous vouliez aider. Par l'entremise de votre ami. Vous me comprenez?

— Celle que… oui… je pense… Qu'est-ce qui se passe?

— Je vous expliquerai tout. Rendez-vous là-bas. J'y serai dans quinze minutes.

Au moment où Graham coupait la communication, Joubert envoyait un message à toutes les unités: il fallait se diriger le plus vite possible chez Dominique Poitras. Christian Desgagné s'y trouvait peut-être. Il était soupçonné de deux meurtres. Et dangereux.

— J'y vais avec Nguyen, déclara-t-il à Graham.

Elle s'était empressée de son côté de dépêcher une unité vers la Maison verte. Les patrouilleurs devaient se poster tout près de l'établissement et empêcher tout individu, hormis Nadia Gourdeault d'y pénétrer tant qu'elle et McEwen ne seraient pas rendues sur place.

— J'envoie aussi une équipe chez elle. Et Kestlin ou Grundal, on les appelle?

Graham eut un geste pour balayer la question.

— Non. On les informera plus tard des événements.

— Ils seront frustrés. Si tu étais à leur place, tu voudrais participer.

— D'après les renseignements qu'on a pris sur eux, leurs dossiers sont impeccables. Ils comprendront la situation. De toute façon, je les ai fait suivre.

— Pardon ? s'étouffa Joubert.

— Je ne veux rien laisser au hasard en ce qui concerne Diana. Je l'ai mise en danger une fois, ça n'arrivera plus !

— Tu te méfies…

— De tout le monde. Même de moi.

— Tu crois pourtant à la version de Grundal.

— Je crois tout le monde et personne. J'aurais aimé avoir du temps pour ouvrir les documents qu'il nous a copiés sur la clé USB. C'est toujours la même chose. On erre pendant des jours, puis tout déboule d'un coup.

Des bruits de pas dans le corridor les firent se retourner : McEwen et Nguyen qui avaient entendu l'appel général lancé par Joubert avaient déjà enfilé leurs manteaux. Graham attrapa son Kanuk, Joubert l'imita et ils sortirent rapidement du poste. Sans qu'elle ait besoin de parler, McEwen la devança dans le stationnement et s'installa au volant de sa voiture. Au moment où Graham ouvrit à son tour la portière, elle entendit retentir la sirène du véhicule que conduisait Nguyen.

— J'espère que Nadia m'a écoutée, dit-elle à McEwen tandis que celle-ci empruntait le boulevard Laurentien.

— J'ai hâte d'entendre ce qu'elle aura à nous dire. Je me demande ce qui l'a décidée à revenir. Au moment précis où des enquêteurs de l'Ontario débarquent chez nous. Est-ce qu'elle a pu savoir qu'on a diffusé sa photo à l'interne ? Ça signifierait qu'elle connaît un policier ? Qu'elle ne nous l'a jamais dit ?

— Suzanne Fournier semblait croire qu'elle craignait la police. J'ai même pensé un moment que son ex était un policier.

La neige avait fondu aux abords de l'autoroute et on distinguait un mélange de terre grisâtre déprimant.

— Je déteste le mois de mars, soupira Graham. On dirait qu'il ne finira jamais !

— Mais les jours allongent. Émile est ravi. Il essaie de profiter au maximum de la lumière naturelle.

— On ne pouvait pas se douter qu'une enquête te ferait rencontrer ton amoureux, sourit Graham. Moi, avec Alain, c'était plus prévisible, on évolue dans le même univers. Mais ton Émile est un artiste…

— Ça faisait longtemps que je n'avais pas été aussi amoureuse. Je suis chanceuse. On est chanceuses toutes les deux d'avoir des chums comme les nôtres.

— Plus chanceuse que Diana, en tout cas… Il faut qu'elle se soit rendue à la Maison verte, sinon je…

— Elle y sera, affirma Tiffany même si elle redoutait aussi d'être déçue, d'arriver à Charlesbourg et qu'on leur dise qu'on n'avait pas vu Nadia. Qu'as-tu pensé du capitaine Kestlin?

— Je l'ai fait suivre, avoua Graham.

— Quoi?

— Oui. Lui et Grundal. Les patrouilleurs doivent me tenir au courant de leurs mouvements.

— Balthazar s'est renseigné sur eux. Leurs dossiers sont parfaits.

— Ça ne veut rien dire. On a déjà eu une pomme pourrie dans l'équipe. Nous aussi, nous sommes suivies.

— Nous?

— Si quelqu'un pense qu'on peut le mener à Nadia, je veux en être avertie.

— Tu ne laisses rien au hasard.

— Pas après l'erreur que j'ai commise.

— C'est tout de même toi qu'elle a rappelée, fit remarquer McEwen.

:  :

*Le 26 mars, 14 h*

Nadia Gourdeault était immobile, la main droite serrée sur son portable qu'elle fixait, se remémorant l'avertissement de

Maud Graham. *Vous êtes en danger.* Pourquoi la prévenait-elle de ce péril, alors qu'elle venait tout juste de lui dire que Christian Desgagné était à l'appartement de Dominique? Pensait-elle qu'il savait où elle habitait? Comment l'aurait-il su? Cet homme était recherché depuis deux jours, selon ce qu'elle avait lu dans *Le Journal de Québec.* Graham n'avait pu lui parler. Et même si elle lui avait parlé, il ne lui aurait pas dit qu'il connaissait son adresse. Cela n'avait aucun sens! Il ne s'était pas élancé derrière elle pour sauter dans une voiture et suivre son taxi!

*Vous êtes en danger.* Qu'est-ce que ça signifiait? Graham lui avait-elle dit qu'elle était menacée pour qu'elle croie qu'elle avait besoin de sa protection? Pour être certaine de lui parler? De quoi? Nadia avait certes promis quelques jours plus tôt de lui donner des explications sur son passé, mais en quoi était-ce si urgent, maintenant qu'elle lui avait appris que Desgagné était chez Dominique? Pour avoir pu entrer chez Dominique, il fallait bien que Desgagné sache où il vivait. Et avoir la clé de son domicile. Et s'il détenait cette clé, ce n'était certainement pas parce que Dominique la lui avait remise! Il l'avait volée chez Dominique. C'était son meurtrier, c'était une évidence. Quelle importance d'établir un lien entre elle et cet assassin?

*Vous êtes en danger.* Le ton de Graham était chargé d'anxiété. Sa voix était tendue quand elle lui avait demandé de se rendre à la Maison verte. Qu'elle s'était refusée à désigner précisément. Comme si elle craignait qu'on l'écoute. Qui?

*Vous êtes en danger.* Pourquoi devait-elle rejoindre la policière à la Maison verte? Pourquoi pas au poste de police? Pourquoi ne pouvait-elle pas rentrer chez elle?

Nadia se prit la tête entre les mains; tant de questions l'étourdissaient. Et l'inquiétude de Graham. Bien réelle. Elle fut parcourue d'un long frisson et regretta d'avoir écourté sa retraite fermée. Une secousse de la voiture résultant d'un nid-de-poule que n'avait pu éviter le chauffeur de taxi lui fit échapper un petit cri, tandis qu'elle regardait défiler les rues en s'étonnant de les avoir empruntées à peine deux semaines plus tôt avec Linda. Elle avait l'impression que cela faisait des mois.

∴

Christian Desgagné était resté immobile durant une vingtaine de secondes après le départ de Diana Roberts, totalement abasourdi : il avait eu devant lui cette femme qu'il avait tant cherchée et il n'avait pas pu la retenir. Tout s'était passé si vite ! Il regardait de nouveau les informations et n'avait pas entendu la clé tourner dans la serrure. La porte s'était ouverte brusquement et Diana était là devant lui ! Elle l'avait dévisagé avant de lui dire qu'elle était l'amie de Dominique en esquissant un sourire. Mais il n'était pas dupe : elle avait eu un mouvement de recul, elle l'avait reconnu. Il lui avait souri à son tour en l'invitant à entrer, mais la salope avait refusé, marmonné qu'elle ne voulait pas déranger. Elle avait dévalé les marches du perron et couru vers un taxi. Il avait entendu la portière claquer, la voiture démarrer. Il avait poussé un rugissement de colère : Diana filait sûrement vers le poste de police. Ils débarqueraient pour l'arrêter ! Il n'avait plus une minute à perdre ! Après avoir remis ses bottes, enfilé son chandail, le manteau de Poitras, il avait saisi son sac de sport, y avait glissé la bouteille de brandy et les biscottes, puis il était sorti de la maison en jetant un regard inquiet aux alentours. Il avait respiré un peu mieux en constatant qu'il n'y avait aucun passant. Il s'était obligé à marcher d'un pas mesuré jusqu'à sa voiture garée de l'autre côté de la rue. Il aurait voulu forcer une serrure ou dévisser une plaque d'immatriculation pour la mettre à la place de la sienne, mais il ne pouvait s'attarder dans les parages. Il devait se rendre au centre commercial le plus près. C'était étonnant le nombre d'étourdis qui ne verrouillaient pas les portières de leur auto. Il espéra ne pas avoir perdu la main.

En démarrant, il constata que le réservoir d'essence était presque vide. Il n'avait pas le choix, il devait changer de voiture. Mais il lui restait à peine vingt dollars. Vingt dollars! Où pourrait-il aller avec vingt dollars?

Il était dans une merde noire! Tout ça à cause de cette folle qui avait débarqué et l'avait chassé de son abri, alors qu'il était enfin en sécurité! Il était certain que Diana et Rachel étaient complices, qu'elles avaient parlé contre lui.

Et maintenant il était là. Forcé de bouger.

À cause de cette pute! Toutes des putes! Il en avait assez des bonnes femmes qui ruinaient sa vie. Sans Diana, il serait au chaud, à préparer sa sortie. Sans Rachel qui l'avait poussé à bout, il serait bien tranquille chez lui à regarder la télé.

Et sans Simone Nadeau, il aurait pu continuer à bosser chez Campbell et il n'aurait jamais eu tous ces problèmes. C'était elle, l'instigatrice de cette chaîne de malchance. C'était elle, le premier maillon! C'était elle qui devait payer pour la merde dans laquelle elle l'avait enfoncé!

Et elle paierait!

Il savourait déjà la tête que ferait Simone Nadeau en le reconnaissant. La tête qu'elle ferait quand il la menacerait avec son couteau. Il était fier de lui, très content d'avoir cherché à en apprendre plus sur elle quand elle avait remplacé leur ancien patron. S'il n'avait pas deviné que Simone Nadeau le congédierait, il avait tout de même eu le flair de se renseigner sur elle. À l'époque, avec Pierre Lahaye, ils avaient eu l'idée, en sortant du bar où ils fêtaient tous les vendredis soir, d'aller voir où créchait leur nouvelle patronne. Ils avaient découvert une maison luxueuse, un immense terrain, deviné une piscine derrière la palissade de bois blond.

Elle avait sûrement épousé un homme d'affaires, avait-il dit à Lahaye qui l'avait détrompé. Simone Nadeau n'était pas mariée.

Elle vivait seule dans cette grande baraque? Alors qu'il devait partager avec Rachel un banal quatre-pièces? C'était injuste!

— En tout cas, elle veut la paix, avait fait remarquer Lahaye. La maison est vraiment éloignée de la rue. Ça doit coûter cher de déneiger cette allée-là!

— Elle a les moyens de payer. Je n'en reviens pas qu'elle vive toute seule dans ce château.

— C'est son père qui avait du fric, avait expliqué Lahaye. Toutes des maisons de millionnaires, par ici...

Christian Desgagné se souvenait parfaitement de ces résidences, de ces pelouses bien entretenues, de ce cul-de-sac qui respirait l'opulence. S'il avait pu poursuivre sa carrière de mannequin, il aurait vécu dans un pareil endroit.

Il emprunta l'autoroute Henri-IV en se félicitant qu'il fasse soleil; personne ne s'étonnerait qu'il porte des lunettes teintées. Il avait renoncé au chapeau, son crâne lisse modifiait vraiment son apparence. Il savait que c'était son abondante chevelure qu'on remarquait lorsqu'on le regardait. Il ne lui servait à rien de se rendre immédiatement chez Simone Nadeau; elle était chez Campbell à cette heure-ci. Et il avait faim. Il voulait boire enfin un café. Il trouverait un Tim Hortons ou un McDo, un Burger King sur le boulevard de l'Ormière et s'arrêterait le temps de commander un sandwich et une boisson chaude. Il se réjouit en constatant qu'il n'y avait qu'une vingtaine de voitures devant un des établissements. Le coup de feu du dîner était déjà loin, il y aurait peu de clients à l'intérieur. Il remonta le col du manteau et se décida à sortir de sa voiture. La jeune fille qui prit sa commande le regarda à peine, occupée à raconter sa soirée à sa collègue. Il fut tenté de s'asseoir en attendant que son hamburger soit cuit, mais il repéra *Le Journal de Québec* sur une table et blêmit en voyant sa photo à la page 7. Il dut faire un effort surhumain pour se maîtriser et rester sur place au lieu de se précipiter à l'extérieur. L'employée lui fit enfin signe que sa commande était prête, il lui tendit dix dollars et sortit sans attendre la monnaie.

Il se retourna pour jeter un coup d'œil à l'employée, craignant qu'elle se soit précipitée sur le téléphone pour appeler les policiers, mais elle n'avait pas bougé, s'était appuyée sur le comptoir et bavardait avec son amie. Il pouvait manger son hamburger dans sa voiture sans crainte d'être inquiété. Il jura en s'apercevant qu'il avait oublié de prendre un sachet de sucre et de la crème, mais il but son café noir. Le trouva trop âcre. Comme son existence. Sombre et amère. Il sourit en se rappelant la bouteille de brandy qu'il avait prise chez Poitras. Il s'étira du côté du passager, saisit la bouteille et baptisa son café. Les prochaines gorgées seraient nettement meilleures !

Il y avait sûrement des cognacs de prix chez Simone Nadeau. Elle ne devait pas se contenter d'un brandy ordinaire. Elle devait s'offrir du Courvoisier. Il était idiot de rester dans cette voiture, sur ce terrain de stationnement, au lieu de se rendre directement chez elle. Et les risques de rencontrer quelqu'un en après-midi étaient moins grands, ses voisins devaient bien travailler, eux aussi. S'il se glissait chez elle maintenant, il aurait tout le temps de se familiariser avec les lieux, de fouiner partout, de récupérer tout ce qui lui plaisait. À condition qu'il puisse entrer.

Il faillit renverser son café en jurant : un système d'alarme était certainement en veille chez Simone Nadeau. Il ne s'introduirait pas si facilement dans cette baraque.

C'était quoi, la solution ? Il ne pouvait pas continuer à se balader dans Québec longtemps. Il fallait qu'il quitte la ville, qu'il se rende en Ontario. Mais il n'avait plus de *cash*. Plus beaucoup d'essence. Simone Nadeau, elle, avait toujours de l'argent dans son beau portefeuille en cuir rouge.

Et s'il allait l'attendre dans sa voiture ? Oui ! Il connaissait l'emplacement de la Mercedes dans le stationnement de Campbell. Un emplacement idéal, juste à côté de l'escalier, légèrement en retrait. Il trafiquerait la serrure, se cacherait dans la voiture, et l'attraperait par le cou pour obliger la maudite Nadeau à suivre la route qu'il lui indiquerait. Il n'avait pas à craindre que d'autres employés regagnent leur voiture en même temps que la Nadeau : elle était toujours la dernière à quitter l'immeuble. Il la forcerait à emprunter le pont. Il verrait ensuite ce qu'il ferait. Chose certaine, personne ne saurait qu'il avait quitté Québec à bord de cette voiture. Il jeta un coup d'œil au tableau de bord, il devait avoir assez d'essence pour se rendre chez Campbell. Ensuite… il roulerait en Mercedes.

:  :

Marcus Reiner avait rejoint Marco Lamothe, son informateur, dans une voiture garée tout près de la centrale de police. Il lui avait répété sa conversation avec Vincent O'Neil, à qui Kestlin avait rapporté son entretien avec Joubert et Nguyen.

— Les enquêteurs n'ont fourni aucun nouvel élément intéressant à Kestlin dans le dossier Nadia/Diana. Ils ne semblent pas avoir la moindre idée de l'endroit où peut se trouver Nadia Gourdeault. Ça se peut qu'ils soient aussi malchanceux ? Que Nadia ait été tuée ?

— Et nous, on serait censés la trouver ? persifla Lamothe. Quand les locaux ont échoué dans cette recherche ?

— Je pense que j'ai rencontré inutilement Mathilde Saint-Onge. Elle ne sait rien de plus que ce qu'elle a déjà raconté à Ken Formann. Il ne nous reste plus qu'à espérer que tes contacts nous mènent à une piste.

— Je m'active, promit Lamothe, je m'active. Je me suis rendu au domicile de Nadia Gourdeault. J'ai vu ses collègues, ses voisins. Aucun résultat.

— Il faut sortir de ces sentiers-là, déclara Reiner.

— Si Nadia a vraiment croisé la route d'un tueur, exposa Lamothe, ce gars-là doit s'être fait remarquer d'une manière ou d'une autre. En achetant une arme ? Un passeport ? Si Desgagné a assassiné Nadia, il est dans le trouble. Il va devoir se cacher. Mais il n'aura pas beaucoup de choix…

Reiner acquiesça : Desgagné ne pouvait pas se terrer au Hilton quand sa photo était dans le journal. Son passé de petit délinquant remontait à plusieurs années, mais peut-être avait-il gardé des contacts dans le milieu ?

— Mon boss m'envoie tout de suite les infos sur les enquêteurs qui ont discuté avec Kestlin. Peut-être que tu les connais, toi qui connais tout le monde.

— Tu exagères, le contredit Lamothe.

Il craignait de décevoir le détective Reiner et le regrettait. Celui-ci lui avait déjà versé une bonne somme pour ses premières recherches, mais elles n'avaient pas abouti. Il fallait que ça change.

— Tu as toujours des contacts…

— On sait que les enquêteurs recherchent une femme blonde, reprit Lamothe. Que personne n'a vue. Répète-moi ce que les enquêteurs ont dit à Kestlin.

— Qu'ils n'avaient pas le moindre indice, maugréa Reiner, Nadia n'a pas utilisé de carte de crédit, elle n'est pas allée à l'hôtel. On ne lui connaît pas d'amis. Sauf une collègue, Linda Masson, mais Nadia ne s'est jamais pointée chez elle. Si elle n'était pas reliée à la mort de Poitras, jamais les enquêteurs ne se seraient intéressés à elle.

Reiner tendit son portable à Lamothe, désigna une image.

— C'est la gang qui s'occupe du dossier.

Reiner fit défiler des images de Rouaix, Joubert, Nguyen et Graham.

— Câlice ! tempêta Marco Lamothe.

— Tu en as reconnu un ?

— Elle, fit Lamothe en tapotant le téléphone. C'est Maud Graham. Un genre de vedette, ici. Bonne. Trop bonne. Obstinée. Elle ne lâche jamais sa proie. Le pitbull roux ! Si elle n'a pas trouvé Nadia, on n'y arrivera pas non plus. Rappelle-moi donc pourquoi ton boss est si obsédé par Nadia Gourdeault.

— O'Neil veut rendre service à quelqu'un, expliqua Reiner. Ça fait des années qu'il s'entête à chercher Nadia Gourdeault. Le mieux, ce serait qu'elle ait été tuée. C'est d'ailleurs ce que redoutent les enquêteurs, d'après Kestlin. Si on découvrait son corps, on enverrait une photo de son cadavre à O'Neil. Ça simplifierait tout.

Il fallait que les enquêteurs mettent la main sur Desgagné. Qu'il leur dise ce qu'il avait fait de Nadia et qu'on trouve son cadavre. Et lui, Reiner, pourrait rentrer à Toronto et clore enfin ce dossier.

Le tintement d'un texto le détourna de la photo de Maud Graham qu'il fixait depuis un moment. O'Neil l'avertissait que Louis Kestlin se rendait maintenant à la clinique vétérinaire où travaillait Nadia.

— Tant mieux, on ne l'aura pas dans les jambes, marmonna Reiner. Je pense qu'on doit surveiller Maud Graham. D'après Kestlin, c'est elle qui a interrogé Nadia. Joubert ne l'a jamais rencontrée. C'est elle qui la connaît le mieux, qui peut en savoir plus.

— On ne peut pas se poster devant la centrale de police ou devant chez elle en espérant qu'il se passe quelque chose, protesta Lamothe. Ça peut durer des jours. On n'a aucune garantie que Nadia cherchera à entrer en contact avec Maud Graham. Même qu'elle aurait dû le faire avant, si elle était en danger…

Il se tut un instant avant de se pencher subitement vers le rétroviseur.

— On dirait que ça bouge. Ton Joubert et le Chinois viennent de sortir.

Reiner s'avança sur son siège et vit quatre hommes se diriger vers des voitures au pas de course.

— C'est sérieux.

— On les suit?

— Attends, fit Lamothe. Voilà Maud Graham. Qu'est-ce qui se passe?

— La rousse, c'est elle qu'il faut suivre!

# 14

*Québec, le 26 mars*

L'ombre des carreaux de la fenêtre découpait des rectangles sur la table de la cuisine où était ouvert *Le Journal de Québec*. La photo de Christian Desgagné semblait encadrée par cette ombre, mais Tania Cassidy ne remarquait rien de ces formes géométriques : elle scrutait le visage souriant de Desgagné avec stupéfaction. C'était le fou qui l'avait agressée quelques jours plus tôt ! Le gars qui avait fait du théâtre à New York, qui avait voulu la violer. Elle referma le journal d'un geste brusque, le repoussa comme s'il sentait subitement mauvais. Se leva en manquant renverser sa chaise, se précipita vers la cuisinette pour se laver les mains avant de revenir se blottir sur le canapé aux coussins trop mous. Où cet homme avait tenté de lui caresser les seins avant qu'elle le repousse gentiment en lui disant qu'il était un peu trop pressé.

— On s'embrasse depuis une heure, avait-il protesté, il me semble que ça devrait…

— Ce n'est pas la même chose.

— Tu es pareille aux autres, avait-il ricané et jamais elle n'oublierait la vitesse avec laquelle son regard s'était durci.

— Mais Christian…

— Vous faites toute une histoire avec ça, mais je sais ce que tu veux dans le fond. Toi, Rachel, Simone, vous êtes toutes pareilles !

— Arrête !

Il l'avait giflée puis saisie aux poignets, l'avait repoussée vers le canapé, avait pesé de tout son poids sur elle. Elle s'était débattue avec une énergie qu'elle ne se soupçonnait pas, l'avait griffé, avait hurlé, avait fini par lui échapper et courir vers la porte d'entrée. Il l'avait jetée au sol, mais elle avait entendu son voisin derrière la porte qui l'appelait. Son agresseur avait pris la fuite par l'escalier de secours tandis qu'elle ouvrait à son voisin, bégayait qu'il fallait courir vers la cour. Le temps que Marc-André comprenne ce qui se passait et s'élance vers l'escalier, il était trop tard. Il n'y avait plus personne derrière l'immeuble. Marc-André était revenu proposer à Tania de faire le tour du quartier avec elle en voiture, au cas où ils repéreraient ce maudit malade, mais ils avaient sillonné les rues sans succès.

Et maintenant, on faisait appel à la population pour obtenir des informations sur Christian Desgagné !

Et s'il revenait ici ? S'il pénétrait chez elle en son absence ? Il devait s'imaginer qu'elle avait porté plainte contre lui. S'il était assez violent pour tuer, briser la fenêtre de la porte arrière pour atteindre la poignée ne le dérangerait pas. S'il revenait se venger ?

Tania remonta ses genoux contre son ventre, enroula ses bras autour de ses jambes repliées en se répétant qu'elle devait appeler les policiers, même si Marc-André le lui avait déconseillé.

— Tu verras qu'ils te reprocheront d'avoir emmené chez vous un gars que tu venais juste de rencontrer. Ils vont rire de toi, je les connais.

Marc-André avait peut-être raison, mais Tania n'oubliait pas qu'il avait été arrêté lors d'une manifestation en face du Parlement et qu'il ne portait pas les policiers dans son cœur.

Et ils n'auraient pas tout à fait tort, de toute manière, de lui dire qu'elle n'aurait pas dû ramener un étranger chez elle. Elle avait oublié toute prudence parce que Christian Desgagné était trop beau. Quelle idiote !

Elle se releva : elle se préparerait un café et téléphonerait au numéro indiqué dans le quotidien. Rachel, c'était un des prénoms qu'il avait hurlés quand il s'en prenait à elle. Et elle était morte...

Et Simone ? On ne parlait d'aucune Simone dans le journal. Parce qu'on ignorait qu'il l'avait aussi tuée ou parce qu'il ne l'avait pas encore fait ? Qui était cette femme ?

Tania réchauffa ses mains glacées autour de la tasse de café, puis saisit son téléphone. Elle avait déjà trop tardé. Par honte. Par négligence. Parce que Marc-André l'avait influencée. Mais, même si elle en doutait, peut-être que son témoignage serait utile aux policiers.

: :

L'humidité fit éternuer Christian Desgagné lorsqu'il sortit de sa voiture pour se rendre à pied dans le stationnement intérieur du complexe Campbell et associés. Heureusement, les usagers du stationnement y entraient à l'aide d'une carte. S'il y avait eu un préposé à l'entrée, tout aurait été plus compliqué. Il devait se rendre jusqu'à l'espace réservé à Simone Nadeau, vérifier que sa Mercedes y était garée. Puis évaluer la distance entre les escaliers et la voiture de Simone Nadeau. Le temps qu'elle mettrait à s'approcher de son véhicule. Tout se déroulerait en quelques secondes. Il devait l'attraper par-derrière, lui appliquer un chiffon sur la bouche pour l'empêcher de crier. Elle se débattrait, c'est sûr, mais l'effet de surprise jouerait en sa faveur. Tout aurait été plus simple s'il avait réussi à forcer la portière de la Mercedes, mais il aurait déclenché une alarme. C'était bien la dernière chose qu'il souhaitait. Il devait répéter son scénario, se chronométrer, prendre ses marques. Comme il l'aurait fait au théâtre. N'avait-il pas dit à cette conne de Tania que le secret d'une bonne prestation était dans la répétition ? Que l'habitude permet d'intégrer les nuances de chaque geste et de les livrer dans un mouvement fluide? Elle avait bu ses paroles. Pour le repousser ensuite. Il détestait les agace-pissette et celle-là en était une de première catégorie. Comme Simone Nadeau qui lui avait adressé de beaux sourires durant des semaines avant de le foutre à la porte. De maudites allumeuses.

Des pas derrière lui le firent se tourner de manière à ce qu'on ne voie pas son visage et il fouilla dans les poches de son manteau comme s'il cherchait ses clés de voiture. Les pas s'éloignèrent. Il entendit démarrer un véhicule en se demandant si c'était un ancien collègue ou une nouvelle embauchée qui quittait le bureau. Il revint vers sa voiture pour se réchauffer, sortit la bouteille de brandy et avala deux gorgées. Puis il s'assit dans les marches en songeant qu'il devrait attendre encore une bonne heure avant que Simone Nadeau arrive. Il secoua la fatigue qui lui tombait subitement dessus; il devait se cacher, car le stationnement commencerait bientôt à se vider, la plupart des employés de Campbell terminant à dix-sept heures. Mais pas Nadeau, ça, il le savait bien; elle était la première sur les lieux et la dernière partie. Il espéra qu'elle ne traînerait pas chez Campbell jusqu'à dix-neuf heures ou même encore plus tard. L'humidité du stationnement souterrain était vraiment malsaine. Elle réveillerait ses douleurs au poignet. Il pensa qu'il s'était sûrement fêlé un os en se battant avec Rachel. À l'appartement, il avait des anti-inflammatoires, mais il ne pouvait aller les chercher. C'était vraiment trop bête! Et il n'avait trouvé que des Tylenol dans la pharmacie de Dominique Poitras. Il ne pouvait quand même pas se présenter à l'hôpital où, en attendant des heures, il risquait d'être reconnu. Et où il devrait montrer sa carte d'assurance maladie.

Il fallait bouger, changer de province! Et pour ça, il avait besoin d'argent. De tout ce que pourrait lui donner cette crisse de Simone Nadeau. Comment avait-elle réagi en voyant sa photo dans le journal? Si elle l'avait vue! Madame devait lire les actualités et le cours de la Bourse sur le iPad qu'elle sortait cent fois par jour de son étui en lézard pour consultation.

Il regarda l'heure; il aurait bien voulu entendre les dernières informations. Il revint vers la voiture, mais renonça à écouter la radio. Si quelqu'un l'entendait? Il se répéta qu'une heure plus tôt, alors qu'il roulait vers le stationnement, son nom n'avait pas été prononcé. Il avait poussé un soupir de soulagement : les policiers voulaient des informations sur lui, oui, mais pas au point d'en faire une urgence nationale. Il avait ensuite reconnu la voix de Bruno Pelletier qu'affectionnait Rachel et s'était dit qu'elle mentait quand elle affirmait qu'elle n'était pas folle de lui. Pourquoi était-elle allée le voir trois fois en spectacle? Pourquoi avait-elle tous ses CD sur son iPod? Qu'est-ce qu'elle lui trouvait qu'il n'avait pas? Et Dominique Poitras? Pourquoi s'était-elle tournée vers lui? C'était un vieux! Mais n'importe quel homme semblait faire l'affaire pour Rachel. Il n'avait vraiment pas eu de chance avec elle. Elle l'avait piégé avec son air timide, mais elle ne valait pas mieux que toutes les autres.

: :

Une poche de thé au jasmin reposait dans une soucoupe à côté d'une tasse à moitié vide.

— On dirait que Desgagné est parti d'ici sans finir son thé, fit remarquer Joubert à Nguyen.

— Je me demande depuis combien de temps il s'était installé ici. Son voisin nous aurait appelés s'il avait entendu du bruit. Le mur mitoyen a beau être épais, on sent une présence quand il y a quelqu'un. Je le sais quand ma voisine rentre à la maison.

— Soit Desgagné est entré quand Jean-Serge Fortier était couché, soit il est venu ce matin après qu'il soit parti au travail.

Joubert poussa un long soupir; ils avaient fait le tour de chacune des pièces deux fois afin d'être certains de ne pas avoir loupé le détail qui leur fournirait un début de piste pour retrouver Desgagné, mais celui-ci n'avait oublié que ses gants sur le divan du salon.

— C'est rageant! dit Nguyen.

— Ça aurait pu être pire. Imagine si Diana Roberts n'avait pas pu lui échap…

Joubert posa la main sur son portable et poussa un cri de stupéfaction qui fit écarquiller les yeux de son collègue.

— Je n'en reviens pas!

— Quoi? s'alarma Nguyen. Qu'est-ce qui se passe?

— J'ai reçu un texto du poste. Une femme a téléphoné pour dire qu'elle avait reconnu Christian Desgagné! La semaine dernière, il a failli la violer et ils se sont battus. Je la rappelle tout de suite!

Michel Joubert composa fébrilement le numéro que lui avait donné Rouaix. Tania Cassidy répondit à la première sonnerie et il la remercia d'avoir pris la peine de téléphoner au poste.

— On doit retrouver Christian Desgagné. Si j'ai bien compris, vous avez eu des ennuis avec lui ou…

— C'est de ma faute. Je n'aurais pas dû l'emmener chez moi.

Michel Joubert protesta:

— Ce n'est jamais la faute des victimes, mais de leur agresseur. Comment allez-vous? Est-ce qu'on peut faire quoi que ce soit pour vous?

— Je vais bien. Je me suis débattue et mon voisin est arrivé à temps. J'aurais dû vous appeler aussitôt, mais je voulais oublier tout ça. J'ai été trop conne.

— Quand avez-vous vu Christian Desgagné? fit Joubert.

— Vendredi, en après-midi. Je l'ai rencontré au café où je travaille. Puis on a pris le même autobus. On a parlé de théâtre. J'étudie au Conservatoire. Il m'a dit qu'il avait déjà joué à New York. J'avais avec moi la pièce que je dois répéter. Il m'a offert de me donner la réplique. Et on est allés chez moi. Il avait l'air gentil. Je n'aurais jamais dû l'emmener à l'appartement.

— Que s'est-il passé?

— Il a voulu coucher avec moi, j'ai résisté, il m'a frappée. J'ai essayé de lui échapper, mais il était fort. Et enragé. Il aurait continué à me battre si mon voisin n'était pas arrivé. Marc-André m'a entendue crier, il a ma clé. Tandis qu'il entrait chez nous, Christian s'est poussé par la porte arrière. On a essayé de le rattraper en voiture, mais il avait disparu. C'est un psychopathe ! Il n'arrêtait pas de crier que j'étais une pute comme toutes les autres, comme Rachel et comme Simone. C'est pour ça que je vous ai appelé. Au cas où il voudrait agresser d'autres femmes.

— A-t-il dit autre chose ?

— Non… Il répétait les mêmes noms. Il déteste vraiment ces deux femmes !

— Et maintenant, vous êtes certaine que ça va ?

— Ça ira.

— Peut-on envoyer quelqu'un chez vous pour recueillir votre témoignage ?

— Je ne vois pas ce que je pourrais ajouter…

— Ce ne sera pas long, je vous le promets.

Joubert la remercia avec chaleur avant de lui préciser qu'il la rappellerait rapidement pour lui donner le nom des agents qui se présenteraient chez elle.

— Rachel et Simone ? fit Nguyen qui n'avait pas perdu un mot de l'échange. Sa femme et sa patronne ?

— Il faut prévenir Simone Nadeau au plus vite.

— J'appelle chez Campbell.

— J'envoie des patrouilles là-bas et chez elle. Desgagné a vraiment l'air d'avoir perdu les pédales. Il s'en est pris à une parfaite inconnue. Et la même journée, il a battu sa femme.

— S'il disjoncte, il peut faire n'importe quoi… Et s'il est armé ? C'était un petit délinquant, il a peut-être trouvé une arme.

— On doit avertir tout le monde d'être très prudent.

: :

Tiffany McEwen ralentissait pour garer la voiture dans une des rues voisines de la Maison verte quand Maud Graham reçut un appel d'un des patrouilleurs qui les suivraient. Ils l'avaient déjà prévenue qu'une Passat avait démarré quelques secondes après qu'elle-même et McEwen avaient quitté le périmètre de la centrale de police. Qu'elle avait ensuite emprunté le boulevard Laurentien.

— Vous êtes toujours suivie.

— Parfait, on se gare. On sera à la Maison verte dans quelques minutes. Je vous rappelle quand je serai à l'intérieur de l'établissement. La Passat va devoir ralentir aussi. Dépassez-la. Vous me confirmerez s'il y a un ou deux individus à bord.

Elle coupa la communication et se tourna vers McEwen.

— J'espère qu'il n'y en a qu'un, sinon on devra réviser notre plan pour protéger Nadia.

— Non. Ça fonctionnera quand même. On peut les piéger.

— En te mettant en danger.

— Non. Nous sommes bien organisées.

— Vérifions d'abord si nous sommes attendues, fit Graham pour éviter de répondre à sa collègue.

Sonia, la jeune femme qui avait veillé Rachel Côté, vint leur ouvrir la porte. Elles se glissèrent à l'intérieur et Graham rappela l'agent pour vérifier qui les avait suivies.

— Un homme d'une cinquantaine d'années, cheveux gris, quatre-vingts kilos. Grand. Il est à pied et il ne va pas tarder à passer devant la maison, à la dépasser, pour vous faire croire qu'il se dirige ailleurs. On ne le lâche pas. Il n'est pas seul. Le conducteur est resté dans la Passat.

— Qu'est-ce que ça veut dire? fit Nadia Gourdeault qui avait quitté la salle commune en reconnaissant la voix de Maud Graham.

— Vincent O'Neil. Ce nom vous est familier?

— Vincent O'Neil?

Nadia jeta des coups d'œil affolés autour d'elle comme si cet homme pouvait apparaître subitement à ses côtés.

— Nous savons que Vincent O'Neil est un bon ami de votre mari. Que vous avez fui le domicile conjugal parce que votre époux était dangereux. Qu'il a tout fait pour vous retrouver. L'avez-vous vu récemment?

— Non! s'écria Nadia. Il est à Québec?

Tandis que McEwen restait devant la fenêtre tout en communiquant avec les patrouilleurs, Graham suivait Sonia qui leur indiquait un petit salon où elles pourraient discuter au calme. Elle ne quittait pas Nadia des yeux: celle-ci semblait sous le choc de ses révélations.

— Non. Ni lui ni O'Neil. On va quand même vous protéger, promit Graham. Il faut qu'on en sache davantage.

— J'ai quitté Ken parce qu'il m'aurait tuée, fit Nadia sur le ton de l'évidence. Je ne l'ai jamais revu. Qui vous a parlé de Vincent O'Neil?

— Je me trompe ou vous n'avez pas demandé l'aide des policiers de Toronto parce que votre mari était l'ami de Vincent O'Neil, lui-même capitaine à l'époque?

— Au temps de notre mariage, deux hommes d'affaires concurrents de Ken ont péri dans des accidents: Malcolm Kyle et Derek Hopkins. Ken s'amusait à laisser sous-entendre que la prochaine victime pourrait être moi. Qu'il avait des types prêts à tout, moyennant une bonne prime. Il ne me cachait même pas ses crimes! Il avait commandité les meurtres! Et O'Neil a été grassement payé pour noyer les enquêtes.

— Les enquêtes?

— Les familles de Kyle et Hopkins ont demandé des comptes à la police. Mais cela n'a rien donné. Pareil pour le blanchiment d'argent. Ken était très fier de sa société bidon. J'ai vu des documents... Je les ai volés.

— Vous croyez qu'il vous a recherchée durant toutes ces années pour vous faire taire ? À cause de ces preuves ? Ou parce que vous vous êtes enfuie avec cent mille dollars ?

— Quoi ?

— C'est sa version.

— J'avais à peine cinq cents dollars sur moi quand je suis partie.

— Alors il avait peur que vous le dénonciez. Mais vous ne l'avez pas fait, même si vous aviez ces documents...

— C'était beaucoup trop risqué ! À qui aurais-je pu m'adresser ? Je ne savais pas à qui faire confiance. Comment avez-vous appris l'existence de Ken ?

Maud Graham lui répéta qu'elle veillerait à sa sécurité avant de lui révéler les événements qui s'étaient déroulés durant sa retraite et les révélations de Pavel Grundal.

— Vous avez envoyé ma photo partout ? s'écria Nadia en se levant d'un bond. Vous dites que vous voulez me protéger, mais c'est à cause de vous qu'ils m'ont retrouvée ! J'ai réussi à leur échapper durant... vous... vous...

— On va les piéger, affirma Graham. Et vous recommencerez à vivre normalement.

Nadia la dévisagea avec un tel mépris que Maud Graham eut l'impression qu'elle l'avait giflée.

— Vous ne connaissez pas Vincent O'Neil. Ni Ken Formann, ils...

— Vous ne me connaissez pas, moi, la coupa Graham. Votre fuite s'arrêtera à Québec. Elle a trop duré. Écoutez-moi. J'ai un plan.

Nadia se rassit, les bras croisés dans une attitude de doute. Mais avait-elle le choix ? Que pouvait-elle faire maintenant que les loups la traquaient de nouveau ? Elle se répéta que Linda affirmait que Graham était honnête. Elle avait toujours collaboré avec efficacité avec les intervenantes de la Maison verte. Elle s'était même investie à l'ouverture du centre afin que les policiers aient une meilleure approche envers les femmes victimes de violence conjugale.

— Vous croyez vraiment que ça peut fonctionner?

— On aura l'aide nécessaire, promit Graham.

Elle alla rejoindre Tiffany qui lui confirma qu'un homme avait ralenti à la hauteur de la Maison verte avant de poursuivre sa route.

— Et d'après les patrouilleurs, un type portant un manteau sombre est entré dans la Passat qui nous a suivies. J'ai parlé à Suzanne Fournier, elle ouvrira à Brisson. Je le lui ai bien décrit et je lui ai dit qu'il lui présenterait sa plaque en sonnant chez elle. Elle est vraiment soulagée que Nadia soit avec nous.

— À mon tour de reconfirmer avec Brisson, fit Graham. Il attend mon appel. Et ne t'inquiète pas, il ne sera pas seul.

— Je ne sais pas comment tu as réussi à tout organiser avant de partir du poste.

— Brisson et Fauteux sont sur la route. Ils arriveront chez Nadia avant toi. Ils seront là quand tu entreras chez elle. Mais si jamais il y avait un délai...

— Il n'y aura pas de délai, affirma Tiffany.

— S'il y a un délai, reprit Graham, tu n'entres pas

— Ça va fonctionner!

— Récapitule l'opération.

— Je prête mes vêtements à Nadia qui me donne les siens. Nous sortons ensemble toutes les trois et nous partons vers son domicile. On sera sûrement suivies par la Passat. Qui sera filée, elle aussi. On a une autre voiture qui prend le relais?

— Oui, si jamais ils ont repéré quelque chose... Ces types vont probablement se demander pourquoi nous n'emmenons pas Nadia au poste, mais ils voudront savoir ce qu'on fait d'elle. Enfin, je l'espère.

— Tu trouves vraiment que je lui ressemble?

— Ce n'est pas moi qui l'ai dit en premier, c'est Joubert. Quand il a vu sa photo. Vous avez la même taille, les cheveux de la même teinte. Ses grosses lunettes feront le reste, on ne voit qu'elles. Nadia portera ton béret, ton imper. Et j'irai chercher la voiture pour vous cueillir ici. La Passat est garée plus haut, ils ne vous verront pas distinctement. Ils apercevront trois silhouettes, reconnaîtront ton imper gris. Il est beaucoup plus clair que le manteau de Nadia. C'est suffisant pour faire illusion. Ce qu'ils retiendront, c'est que nous sommes trois. Et que je vais à la voiture pour la ramener devant la porte.

— Ils en déduiront qu'on a quelqu'un à protéger.

— Oui, et ils comprendront peut-être qu'on se dirige vers l'appartement de Nadia, nous ne savons pas ce qu'ils ont réussi à obtenir comme information. Ce n'est ni Kestlin ni Grundal qui nous suivent, mais ces types sont pourtant là, à nous filer le train. Il faut bien qu'on les ait aiguillés sur nous. Ou sur Nadia. Si c'est le cas, ça veut dire que Kestlin a raconté son passage au poste à O'Neil. Qui a relayé l'information à un complice.

— Kestlin serait manipulé ?

— Tout est possible.

Tiffany enlevait son manteau et le tendait à Nadia quand Graham reçut une confirmation de Brisson ; il était au domicile de Nadia.

— Je vais conduire, dit Maud alors que Tiffany et Nadia sortaient de la maison. Nadia, vous vous assoyez à côté de moi, comme si vous étiez ma partenaire.

— Et c'est le cas, fit Tiffany, pour encourager celle qu'elle devinait très angoissée.

Au moment où les trois femmes bouclaient leurs ceintures de sécurité, Graham reçut un appel de Rouaix.

— Desgagné a pété les plombs ! On pense qu'il va s'en prendre à son ex-patronne.

— Quoi ? Il était chez Dominique Poitras.

— On pense qu'il est parti chez Campbell. On a reçu un appel d'une autre fille qu'il a agressée. Devant elle, il a parlé de Simone Nadeau.

Graham écouta Rouaix avant de lui expliquer comment se présentaient les choses de leur côté. Il protesta : elle ne pouvait mettre McEwen en danger.

— Elle est prête à servir d'appât. Brisson et Fauteux sont déjà sur place.

— Ils sont jeunes, sans beaucoup d'expérience.

— On a deux autres agents qui nous suivent. Et j'arriverai moi-même dès que ces types se présenteront chez Nadia.

— Si jamais ils tirent sur Tiffany ? Y as-tu pensé ?

— Elle porte mon gilet pare-balle. Je l'ai mis avant de quitter la centrale et je le lui ai refilé. De toute manière, on ne se rendra pas jusque-là. McEwen entrera chez Nadia pour ressortir directement par la porte de la cour. On maîtrisera ces intrus dès qu'ils pénétreront chez elle : ils ne s'attendent pas à un comité d'accueil. Ils sonneront peut-être et, en sachant que Nadia est chez elle et ne leur répond pas, ils ne vont pas en rester là, ils vont forcer la porte. C'est essentiel qu'ils commettent cette effraction…

— Ils prétendront qu'ils voulaient seulement lui parler.

— Ce sont eux qui devront répondre ensuite à nos questions ! Nadia est prête à nous raconter tout ce qu'elle sait sur O'Neil et Formann. Elle a en sa possession des documents concernant des paiements que Formann a versés à O'Neil.

— Ça corrobore ce que je viens de lire dans les dossiers de Grundal.

— Ce ne sont pas des preuves, mais d'excellentes pistes pour lui. Ils ne la lâcheront jamais si on ne l'aide pas. C'est notre devoir de la protéger. Déjà qu'on n'a pas pu sauver Rachel… Tu me tiens au courant pour Desgagné ?

Rouaix lui dit qu'il enverrait deux autres agents chez Nadia Gourdeault. Il lui demanda de retarder légèrement son arrivée à l'appartement, afin qu'il s'assure que tous les hommes étaient à leurs postes.

— Soyez prudentes.

Graham coupa la communication en songeant que c'était peut-être la dernière fois que Rouaix lui faisait cette recommandation. Il prendrait sa retraite dans quelques semaines... Comme il lui manquerait!

— Desgagné? Ils l'ont attrapé? la pressa Tiffany, chassant cet instant d'émotion.

— Non, mais ils croient qu'il peut s'en prendre à son ancienne patronne. Il y a déjà des agents en place chez Campbell et associés.

Tiffany McEwen remonta sur son nez les lunettes que lui avait prêtées Nadia avant de sortir de la maison.

— Elles ne sont vraiment pas très fortes, dit-elle à cette dernière.

— Non. J'ai pris la prescription la plus faible à la pharmacie. Je les porte seulement pour avoir la paix.

Ce ne sera plus nécessaire, se promit Graham. Diana pourrait de nouveau s'appeler Nadia. Elle retrouverait les siens. Et peut-être même une certaine sérénité.

:  :

Simone Nadeau dévisageait Michel Joubert avec une surprise teintée d'agacement. Ce qu'il lui racontait n'avait aucun sens! Elle jeta un coup d'œil à l'extérieur; de la fenêtre panoramique de son bureau, elle pouvait voir toute la banlieue de Sainte-Foy.

— Il faut que vous restiez ici avec l'agent Boutin, le temps qu'on vérifie les issues et qu'on mette en place un système de sécurité.

— Vous pensez vraiment que Desgagné débarquera ici pour me menacer? C'est juste un *loser*...

— Un *loser* qui a tué sa femme, rappela Joubert.

— Parce qu'elle ne lui tenait pas tête. Mais je peux vous jurer qu'il n'oserait jamais se présenter ici. Il est davantage du genre à m'attendre dans un coin sombre.

Joubert l'interrompit, il n'avait pas de temps à perdre à discuter avec cette femme qui ne semblait pas comprendre qu'il était là pour la protéger.

— Je vous laisse avec l'agent Boutin, dit-il. Je reviens dès que j'aurai parlé à mes hommes.

— Est-ce que ce sera long? soupira Simone Nadeau. J'ai un souper prévu à dix-neuf heures.

— Ça prendra le temps que ça prendra. Nous allons prévenir vos employés, les regrouper dans la même pièce.

— Pour quoi faire?

— On ne sait pas si cet homme est armé. S'il a envie de tirer sur tout ce qui bouge.

— Armé? fit Simone Nadeau en écarquillant les yeux, saisissant enfin que Desgagné représentait une réelle menace.

— Vous... vous l'arrêterez avant qu'il monte?

— On est là pour ça, madame.

Joubert quitta la pièce pour rejoindre Nguyen au rez-de-chaussée. Il lui confirma qu'on avait vérifié les trois étages sans rien remarquer d'anormal.

— Aucun employé n'aura accès au stationnement tant que nous n'aurons pas vérifié chaque voiture. J'ai posté des hommes à chaque entrée, chaque sortie. Il faut maintenant repérer la Mercedes de Simone Nadeau. Rangée 6, sur le plan. À côté de l'escalier A.

— On y va, fit Joubert en se dirigeant vers l'escalier gauche qui menait au garage souterrain.

Il dévala les marches et poussa la lourde porte extérieure, tentant de se situer dans le stationnement. La rangée 6 se trouvait-elle vers sa gauche ou vers sa droite? Joubert n'eut pas le temps de réfléchir davantage, il perçut un mouvement derrière lui. Il retint son souffle, fit volte-face vers une Mazda, repéra les agents qui s'avançaient vers lui, cria « Police », puis se glissa entre deux voitures. Il entendit des bruits de pas précipités, se redressa et vit un homme qui courait vers la sortie.

— Arrêtez-le ! hurla Joubert.

Il s'élança à la poursuite de Christian Desgagné tout en pestant contre le mauvais éclairage de l'endroit. Il avait perdu de vue Desgagné ! Celui-ci s'était sûrement caché entre les automobiles. Il tendit l'oreille, balaya les alentours du regard et appela Nguyen afin qu'il lui envoie d'autres agents pour ratisser le garage souterrain.

— Il en faut à chaque étage, je le sais, mais j'ai besoin d'en avoir plus ici.

Un bruit de verre fracassé le fit se retourner en une fraction de seconde. Il vit le goulot de la bouteille et donna un coup de pied au bas-ventre de Desgagné pour lui faire lâcher cette arme improvisée. Le goulot tomba par terre, rebondit sous une voiture tandis que Desgagné se mettait à gémir en se recroquevillant. Joubert se jeta sur lui, attrapa brusquement son bras droit, le tordit vers l'arrière pour le menotter. Il sentait le béton sous ses genoux, l'odeur d'une flaque d'huile, puis l'haleine chargée d'alcool de Desgagné alors qu'il pesait sur lui de tout son poids.

— Ici ! cria-t-il aux agents qui accouraient vers eux. Ici !

Il s'écarta lentement de Christian Desgagné, le fixa un moment, déplora la régularité de ses traits, le menton carré, le nez parfait tandis que les agents le relevaient : la beauté accordée à des monstres le dérangerait toujours. Il eut ensuite une pensée pour les parents de Rachel Côté qui ressentiraient un certain soulagement à l'annonce de cette arrestation. Mais peut-être que non. Peut-être qu'ils étaient trop hébétés par la douleur. Peut-être qu'ils ne comprendraient ce qui s'était passé qu'au moment du procès, quand les choses seraient dites et redites et réexpliquées aux membres du jury. Peut-être qu'ils n'y comprendraient jamais rien. Car qu'y avait-il à comprendre? Il remonta lentement les marches de l'escalier, vit Nguyen qui venait à sa rencontre.

— Tu l'as eu.

— J'aurais aimé mieux qu'il se débatte.

— Pour être obligé de le frapper.

Joubert haussa les épaules pour chasser la gêne d'avoir ressenti cette violence.

:  :

Tiffany McEwen se frotta le visage pour chasser la tension qui l'habitait. Elle fixait la porte avant de l'appartement de Nadia depuis plus de quinze minutes. Elle avait vu sans les voir les marques autour de la poignée, l'éraflure au bas de la porte de chêne, la teinte chaude du bois. Elle attendait l'appel de Maud Graham pour sortir. Elle sentait son cœur palpiter, s'étonnait qu'il puisse battre à ce rythme effréné si longtemps, se traitait ensuite d'idiote : ne courait-elle pas une heure par jour, plus encore les fins de semaine? Mais il lui semblait qu'à ce moment précis son cœur était plus gros, qu'il émettait un son plus sourd, qu'il était plus lourd. Sans s'en rendre compte, elle avait croisé les doigts : il fallait que ces salauds pénètrent par effraction dans cet appartement! Il le fallait, il le fallait, il le fallait. Sinon, Nadia n'aurait jamais la paix. Et Graham ne pourrait jamais se pardonner d'avoir envoyé sa photo dans tous les postes de police du pays. Mais qu'aurait-elle pu faire d'autre pour la retrouver?

Une vibration lui fit presser les doigts autour du téléphone. Graham annonçait l'arrivée des deux inconnus.

— OK. Tu passes maintenant devant la fenêtre du salon en coup de vent et tu sors par l'arrière. Vas-y!

Tiffany McEwen se dirigea vers la grande pièce en prenant soin de ne pas trébucher sur les caisses empilées à côté du mur, s'attarda cinq secondes près d'un fauteuil, puis courut vers la porte arrière.

Elle aurait dû sortir immédiatement, mais elle voulait entendre la sonnerie de la porte. Ou des coups frappés avec insistance. Elle sursauta et sourit lorsque retentit la sonnerie. Elle ouvrit la porte pour se glisser à l'extérieur afin de rejoindre les deux agents postés dans la cour.

La porte arrière était restée entrouverte, mais Tiffany n'entendait aucun bruit suspect provenant de l'appartement, que les battements de son cœur, son souffle saccadé. Puis elle perçut un grincement, des bruits de pas, de mouvements. Des heurts, des cris. Un agent se rua à l'intérieur tandis que l'autre lui faisait signe de rester sur place pour éviter toute tentative de fuite. Elle faillit se précipiter dans l'appartement, ne pas obéir aux consignes de Maud Graham, se disant qu'elle portait un gilet pare-balle. À quoi servait-il si elle restait dehors? À quoi servait-elle? Elle parvint à grand-peine à se maîtriser et à garder sa position sur la galerie arrière. Tout son corps se projetait vers l'avant, vers la cuisine, vers le salon, tout son être voulait passer cette porte, mais elle attendit le signal de Maud Graham avant de pénétrer dans l'appartement de Nadia Gourdeault. Un des types était debout, échevelé au milieu du salon dévasté. Il dévisagea McEwen quand elle s'approcha de lui.

— Ma collègue, Tiffany McEwen, dit Maud Graham en anglais. Et vous?

Reiner haussa les épaules. Graham s'approcha de lui, fouilla ses poches, en tira un passeport.

— Marcus Reiner? Venez-vous aussi de Toronto?

Reiner la fixa en continuant à se taire.

Dès que des agents eurent emmené Reiner et Lamothe vers les voitures banalisées, Graham s'empressa de téléphoner pour rassurer Suzanne Fournier et Nadia qui attendaient des nouvelles au poste de police où on garantissait leur sécurité. La journaliste leva la main en signe de victoire quand elle apprit que l'opération s'était parfaitement déroulée. Nadia lui arracha quasiment l'appareil des mains pour parler à Maud Graham.

— C'est vrai ? Tout s'est passé comme…

— Comme je vous l'avais promis. Je viens vous retrouver. On a besoin d'enregistrer votre témoignage au sujet de Formann et d'O'Neil.

— Je doute que ce que je raconterai permette de les arrêter, dit Nadia, subitement moins enthousiaste. Ken va payer pour échapper à la justice.

— Grundal devrait pouvoir offrir l'absolution à Reiner en échange d'informations sur O'Neil. Il a déjà monté tout un dossier contre Formann. Si on ajoute votre témoignage, ça pèsera dans la balance. Acceptez de rencontrer Grundal.

— Grundal ?

— Un enquêteur d'Hamilton qui sait qui est votre ex-mari. Il se servira à bon escient des documents que vous avez en votre possession et qui incriminent Formann.

— Vous voulez que je me rende là-bas ? À Hamilton ou à Toronto ?

L'espace d'un instant, Graham s'imagina aller rencontrer la mère de Maxime à Toronto, puis repoussa aussi vite cette idée avant de préciser que Grundal était à Québec. Avant de raccrocher, elle ajouta que Christian Desgagné avait été arrêté.

— C'est une bonne journée pour vous, fit Nadia.

— Oui, c'est une bonne journée. Pour vous aussi. Grundal est un homme très déterminé. Il fera condamner Formann, je vous le jure, Diana.

— C'est Nadia, maintenant.

: :

*Le 13 avril*

La lumière bleutée de la fin du jour était de la couleur exacte des yeux d'Églantine qui ronronnait sur les genoux de Camilla, assise contre Maxime qui avait posé un bras protecteur sur ses épaules. La douceur de cet éclairage naturel rehaussait l'harmonie de la scène et Maud Graham renonça à allumer la lampe du salon.

La fillette lui avait plu instantanément, à la fois si semblable à Maxime et si différente. Ils partageaient la forme du visage, la ligne des sourcils, la couleur des yeux, mais Camilla était la version arrondie de Maxime qui, lorsqu'il s'était mis tardivement à grandir, avait poussé comme une asperge, long, fin, sec. Les joues pleines de Camilla étaient peut-être dues à l'enfance, peut-être qu'elle serait aussi mince que son frère quand elle aurait vingt ans, mais aujourd'hui, sans être potelée, elle présentait des rondeurs aimables. Et des fossettes attendrissantes lorsqu'elle souriait à Maxime qu'elle regardait comme un dieu vivant. Avoir un grand frère de dix-neuf ans, quel bonheur !

Presque vingt ans déjà… À peine moins que Rachel Côté. Il ne se passait pas un jour sans que Maud Graham pense à la jeune femme et espère que le juge prononcerait une sentence exemplaire à l'égard de Christian Desgagné. Il fallait que l'avocat de la Couronne parvienne à convaincre les jurés que l'agression fatale n'était pas un fait isolé, mais bien une destruction, un anéantissement systématique de Rachel. Elle songea à ses parents, retournés à Montréal. Où trouveraient-ils la douceur réconfortante dont ils avaient tant besoin ? Elle observa la main aux ongles vernis rose vif de Camilla qui répétait inlassablement un mouvement de va-et-vient sur l'échine d'Églantine et elle remercia le Ciel, même si elle ne croyait pas en Dieu, d'avoir autant de chance. Heureusement, les nouvelles étaient bonnes en ce qui concernait l'avenir de Ken Formann qui avait été formellement accusé de gangstérisme.

— Et ça n'en restera pas là, avait juré Pavel Grundal lorsqu'il avait téléphoné à Maud Graham. On va prouver qu'il a commandité des meurtres. On a un type au pénitencier qui se mettra à table en échange d'une réduction de peine. Nadia Gourdeault peut respirer en paix. Elle n'entendra plus parler de son ex pendant un bon bout de temps.

Alain dessina de son doigt une ligne imaginaire sur la colonne de Maud qui se tourna vers lui.

— J'ai l'impression que tu préférerais rester ici ce soir plutôt qu'aller au Pain Béni.

— Avoue qu'ils sont charmants. Mais je suis vraiment ravie de retrouver Grégoire et Joubert. Je leur avais promis qu'on irait ensemble à ce resto. Je sens déjà le parfum du boudin noir maison. Toi, tu vas prendre la fesse de cerf rouge rôtie aux champignons.

— Je n'ai rien décidé encore, protesta Alain en riant.

— Mais tu as mangé du saumon hier et de la morue à Montréal au Portus Calle avec Johanne. Donc tu auras envie de viande. Et comme tu n'as pas cuisiné de gibier depuis longtemps, le cerf te tentera. J'ajoute que tu choisiras les pétoncles et les beignets de morue au curry en entrée. Parce que tu veux boire à nouveau le fameux Saint-Véran du Domaine Combier.

Alain éclata de rire avant d'étreindre Maud et de lui chuchoter qu'elle était une sorcière. Sa sorcière bien-aimée.

## REMERCIEMENTS

L'auteure tient à remercier Manon Ouellette pour son aide inestimable et sa confiance.

Pour leurs conseils tant avisés qu'amicaux : François Julien, Johanne Blais, Mélanie Bergeron et Gilles Langlois.

Pour leur regard attentif et si précieux : Anne-Marie Villeneuve, Lise Duquette et Isabelle Chartrand-Delorme.

Pour avoir si bien su donner une image à ce roman : Anne Tremblay.

Pour leur vigilance et leur patience : Patrick Leimgruber et Nathalie Goodwin.

Et toute l'équipe des Éditions Druide pour leur accueil si chaleureux.

## CHRYSTINE BROUILLET

———

J'avais déjà évoqué la violence conjugale dans les précédents romans mettant en scène Maud Graham, mais j'ai voulu cette fois-ci en faire le thème central de *Six minutes* parce que la réalité, hélas, ne change pas d'année en année. Ces tragédies qui touchent à l'intime intégrité des femmes pourraient parfois être évitées si davantage de moyens étaient mis au service de la justice et des organismes qui tentent de contrer ce type de violence.

Même s'il y a eu moins de meurtres au Québec en 2013 et 2014, les drames conjugaux et familiaux occupent toujours le triste premier rang au tableau des statistiques...

Comme Maud Graham, j'espère que les maisons d'hébergement recevront le financement nécessaire pour continuer d'exister. C'est une question de survie.